宋慈洗冤笔记
2

巫童 著

四川文艺出版社

果麦文化　出品

目录

"白梅、葱椒、食盐、酒糟，合而用之，有去污、吊伤、通关节之效。"宋慈道，"有的死者生前遭受击打，伤痕在皮肉之下，死后不易显现出来，只须将我所说的这些东西混合研烂，做成饼子，放火上烤热，再用藤连纸衬在尸体上需要看之处，将饼子贴于纸上熨烙，伤痕便会显现。此法唤作梅饼验伤法，韦司理不知道吗？"

金国使团一行人离开后，宋慈站在长生房中，望着虫娘的尸体，脑中所想，全是尸体上验不出致命伤一事。眼下能确定虫娘不是死于中毒，那凶手无论是用何种手段杀害她，勒死也好，掐死也罢，或是重物击打、锐器捅刺，她是身上总该留下致命伤才对。

众人面面相觑，不明白刘克庄的意思，有人道："公子说的是什么变化？""韩㺪不是打扫了这间房吗？"刘克庄一时心急，直接说了韩㺪的姓名，没再以韩公子相称，"他打扫之后，这间房和过去相比，有没有什么不同之处？"

引　子

一轮明月将满未满，盈凸在天，清辉洒下，映得西湖沿岸的残雪银白如玉。

就在这子夜时分的月光下，就在这残雪点缀的湖岸上，一个身穿彩裙的女子正一步一滑地奔逃。那女子不时回头张望，在身后的夜幕深处，有成片的人声隐隐传来。

如此奔逃片刻，侧首出现了灯光。有灯光便意味着有人，那女子离开湖岸，朝灯光奔去。

灯光来自两盏灯笼，灯笼悬于门楣左右，其上横有匾额，上题"净慈报恩寺"五字。那女子奔至寺前，拍打寺门。

"开门啊，快开门啊……"

那女子在心中默念着。片刻时间，她却仿佛熬过了许久。寺门一直没开，身后的人声却越追越近。她知道不能再等下去了。冰雪消融后的地面太过湿滑，她转身时不小心跌了一跤，本就凌乱的发髻摔散了，横插在髻上的珠钗掉落在雪地里。她顾不得捡拾，披头散发地爬起身来，朝不远处的苏堤逃去。

"在那里！"

"快，抓住她！"

夜幕深处出现了七八道人影，追着那女子上了苏堤。

"吱呀"一声轻响，净慈报恩寺的大门缓缓打开了。知客僧弥光提着一盏灯笼出现在门内。他打了一个长长的哈欠，揉了揉惺忪的睡眼，向门外探出灯笼，没照见人，只照见了满地的脚印，以及脚印间一支掉落的珠钗。他将珠钗捡了起来，只见钗头坠有两串玛瑙雕琢而成的红豆，那是一支红豆钗。他听见了呼喝声，举目望去，见月光下一伙人正在追赶一个女子。

弥光迟疑了一下，紧了紧单薄的僧袍，跨出寺门，跟了上去。

"刚才明明还在，怎么突然人就没了？"

"跑不远的，定是躲在附近，分头找！"

苏堤两侧树木林立，追赶的七八人分散开来，一株树一株树地挨着搜。

弥光远远跟在后面，刚踏上苏堤，就听见"找到了"的喊声，紧接着传来扑通一响。他望见一株大树背后闪出一个女子。那女子着急忙慌地逃跑，与抓她的人扭打在一起，脚底一滑，跌入了西湖之中。湖面倒映着月光，银白如镜，一时碎裂开来，仿若翻涌起了万千雪花。

时值寒冬腊月，湖水侵肌刺骨。那女子在水中不住地扑腾，显然是不会游水，断断续续地呼救了几声，很快没入了水下。追赶的七八人围在岸边，眼睁睁地看着那女子被湖水吞没，却无一人施救。待那女子从湖面上彻底消失后，这些人还不忘继续蹲守在岸边，以确定那女子再没浮起来，是当真淹死在了水下。其间有人扭头张望四周，看见了躲在远处手提灯笼的弥光。

七八人立刻围了过来，弥光吓得后退了几步。

"臭和尚，躲在这里做什么？"一个马脸凸嘴之人一把拽住弥光的胸口，"你叫什么名字？"

"弥……弥光。"

"你是净慈寺的和尚？"

弥光畏畏缩缩地点了点头。

"你的样子我记住了，今晚的事敢说出去，一把火烧了你的和尚庙！"那马脸凸嘴之人狠狠一推，弥光摔倒在了雪地里。

那马脸凸嘴之人一招手，带上其他人离开了。

弥光蜷缩在雪地里，不敢起身，更不敢抬头去瞧这伙人。一直等到这伙人走没了影，他才小心翼翼地爬起来，赶到那女子落水之处。

西湖湖面早已恢复平静，湖中月亮早已破镜重圆。

弥光呆立了片刻，双手合十，低声道："罪过，罪过……"

一阵夜风吹来，弥光浑身一抖，冷不丁地打了个寒战。

第一章

梅饼验尸法

宋慈没有想到，正月初七的这场南园之会，他一介书生，竟会受到当朝宰执韩侂胄的邀请。

南园位于临安城南的吴山，密林幽竹环绕其旁，西湖之水汇于其下，可谓天造地设，极尽湖山之美。这地方原是高宗皇帝的别馆，太皇太后吴氏去世之前，特意下了一道懿旨，将这座别馆赐给了韩侂胄。韩侂胄的生母是太皇太后吴氏之妹，妻子是太皇太后吴氏之侄女，当年他能上位执掌权柄，很大程度是仰仗于太皇太后吴氏的支持。受赐别馆后，韩侂胄将其更名为南园，数年大兴土木，扩建一新。如今南园落成，他大摆庆贺之宴，能受邀赴宴的，无不是当朝的高官显贵。正因如此，当夏震奉韩侂胄之命来到太学，邀请宋慈前去南园赴宴时，不仅同斋们大吃一惊，连宋慈也颇觉意外。

虫娘的尸体从西湖中打捞起来,已经过去两天了。这两天里,刘克庄不止一次地往府衙跑,想方设法打听此案的进展。今日一早,刘克庄又去了府衙,此时不在太学。宋慈本不想参加这场宴会,可夏震一直等在斋舍门外,说韩侂胄有命,若宋慈不肯赴宴,他就不必回去复命了。宋慈不想夏震为难,只好答应下来,只身一人随夏震前往南园。

宋慈向来对各种聚会不感兴趣,连同斋们平日里的小聚都少有参加,更别说这种高官云集的庆贺大宴了。既然是庆贺大宴,自然少不了送礼,各式各样的贺礼琳琅满目,在南园东侧的堆锦堂中堆积如山。宋慈是空手来的,倒让迎客的家丁们一愣。宋慈却丝毫没觉得尴尬,在夏震的引领下走进了南园。

迎面是南园中最大的厅堂——许闲堂,匾额上的"许闲"二字乃是当今皇帝赵扩的御笔翰墨。宋慈进入许闲堂时,堂中广置筵席,当朝高官显贵们早已坐满。恭维道贺的客套话随处可闻,端盘送盏的婢女往来穿梭,络绎不绝。韩侂胄坐在上首,一个肥头大耳的官员正在他耳边说着什么,听得他红光满面,抚髯微笑。宋慈走向最边角一桌,只有这里还空着。夏震没有资格入席,将宋慈带到后便退了出去。

宋慈独自坐在角落里,没有哪个官员过来打招呼,他也不主动去结交任何人。桌上摆满了各种山珍海味,许多都是宋慈闻所未闻见所未见的。各桌高官都忙着劝酒交结,很少动筷,宋慈却拿起筷子大夹大吃。邻桌官员投来异样目光,他只管吃自己的,浑不在意。

饱肚之后,宋慈打了个嗝,抬起头来,环望了一圈。众高官之中，他只认得史弥远和杨次山，两人也都在筵席之中，尤其是杨次山，作为韩侂胄的政敌，居然与韩侂胄同坐一桌，彼此间有说有笑。宋慈看向韩侂胄时，韩侂胄也正朝他望来，两人的目光隔空对上。韩侂胄没作任何表示，只看了他一眼，便把目光移开了。

宋慈不知韩侂胄为何要特意邀请他来，只是周遭充满了各种阿谀逢迎、掇臀捧屁的丑态，实在让他不想在这乌烟瘴气的许闲堂里多待。他默默起身，悄悄离开筵席，走出了许闲堂。

夏震在堂外值守，见宋慈这么快就出来，怕他要回太学，迎上来道："宋提刑，太师早前有过交代，筵席结束后，要单独见你一面，还请你稍留片刻。"

"多谢夏虞候提醒。里头有些闷，我出来走走。"

今日的南园不设禁，凡是前来赴宴的宾客，大可随意游玩。宋慈绕过许闲堂，独自一人沿着清幽曲径，漫无目的地往前走去。南园占地极广，除了许闲堂外，另有十座极具规模的厅堂，此外还有潴水艺稻的囷场，以及牧牛羊、畜雁鹜的归耕之庄。放眼整个大宋，众王公将相的园林之中，论恢宏别致，只怕没有能及得上南园的。宋慈一路行去，飞观杰阁，虚堂广厦，或高明轩敞，或窈窕邃深，沿途清泉秀石，若顾若揖，奇葩美木，争放于前。

然而南园再怎么恢宏，景观再怎么别致，宋慈都无心赏玩，就像刚才筵席上的山珍海味，他吃得再多，也觉得食之无味，还不如太学馒头那般有滋有味。他随意地往前走着，心中所想，全是两天前打捞虫娘尸体时的场景。

当时虫娘被打捞起来后，陈尸于苏堤上。她发髻松散，两眼睁着，嘴巴微张，两手不拳曲，腹部不膨胀，口、眼、耳、鼻没有水流出，指甲里也没有泥沙，这些都不符合溺水而亡的特点，更别说她身上还绑着一块石头，显然是被人杀害后再沉尸于湖底。她身上穿着淡红色的裙袄，裙袄被撕裂了多道口子，左袖只剩下半截，裸露在外的手臂上有一道短短的弧形伤口。除此之外，虫娘身上所有目之能及的地方，再不见任何伤痕。手臂上这道形如月牙的弧形伤口太过细小，不可能是致命伤。然而要查看虫娘的致命伤位于何处，想查找出她真正的死因，就须脱光衣物，仔细查验虫娘全身。宋慈虽是浙西路提刑干办，半个月的期限也还没到，但他奉旨专办岳祠案，对其他案子无权插手，哪怕死者与他相识，哪怕死者是好友刘克庄倾心的人。他所能做的，便是守着虫娘的尸体，不让任何好事之人触碰尸身，以免破坏线索，然后请人去城里府衙报案。

等府衙来人期间，宋慈的目光越过围观人群，打量所处的这片堤岸。南北走向的苏堤纵贯西湖，平直的堤岸在这里稍稍凸出，一棵大树直立在旁，正好遮挡住了这片凸出的堤岸。看过地形后，他转头看向刘克庄。

刘克庄坐在地上，呆呆望着虫娘的尸体。他初见虫娘，便是在这苏堤之上，彼时众里相逢，虫娘清扬婉兮，仿佛从画中款款走出，可如今的虫娘横尸在地，死状凄惨，早没了当初的佳人模样。他对着尸体呆望许久，心中哀戚，不忍再看，别过头去。

过了许久，苏堤上响起一阵大呼小叫之声，一队差役大张旗鼓地赶到了。

宋慈抬眼一望，来的是临安府衙的差役，为首之人他认得，正是当日在太学岳祠验过何太骥尸体的司理参军韦应奎。

韦应奎在众差役的簇拥下走进人群，突然看见宋慈，脱口道：

"姓宋的……"宋慈被皇帝辟为提刑干办，还在前一天破了岳祠案，此事传遍了整个临安城，他当然知道。一想到宋慈提刑干办的身份，"姓宋的"三字刚一出口，他便立刻打住了。

"韦司理。"宋慈向韦应奎见了礼。

韦应奎知道宋慈身在提刑司，提刑司总管所辖州府的刑狱公事，又有监察官吏之权，可谓处处压着他这个司理参军，只要宋慈愿意，可以想出各种法子来刁难他。他心思转得极快，颇为恭敬地回了礼，道："没想到宋提刑也在这里，失敬失敬。"

宋慈不在意韦应奎的态度如何转变，只在意眼前的这起沉尸案。他将如何发现和打捞虫娘的尸体说了，又说了虫娘的身份，以及前夜他将虫娘带到提刑司问话、再由刘克庄护送离开的事。

韦应奎一听虫娘是青楼角妓，不禁轻蔑地挤了挤眉头。他俯下身，朝尸体粗略地看了几眼，道："照宋提刑这么说，这角妓前夜由刘公子护送离开，却再也没回熙春楼，那她很可能当晚就已遇害了。她身上绑有石头，一看便是他杀。这位刘公子，只怕我要带回府衙，详加审问一番了。"想到当初刘克庄在岳祠当众顶撞自己，此番将刘克庄抓入府衙，定要好好出这一口恶气。

宋慈却道："虫娘应该不是死于前夜。"

"哦？"韦应奎奇道，"不是前夜死的，那是什么时候？"

"尸体未见腐坏之状，浑身也只是略微浮肿，从肿胀程度来看，虫娘被杀并沉尸于湖中，应该还不足一日光景，只怕是昨晚才遇害的。"

宋慈说者无心，韦应奎却听者有意。他好歹是堂堂临安府司理参军，刚说虫娘是前夜被害，便被宋慈当众否定，顿觉脸上无光。

他不禁想起之前在岳祠查案，也是这般被宋慈当众纠正查验之失，虽然韩侂胄没有真正追责罢他的官，但他因此事被知府大人臭骂一顿，不但除岁休沐被剥夺了，还颜面尽失，在差役面前都有些抬不起头来。他心中百般怨恨，却丝毫没有表露在脸上，故作一脸深思之状，附和道："宋提刑所言甚是啊。"

"人命关天，还请韦司理详加细查，不要令虫娘枉死。"

韦应奎心里不悦："你说这话，那就是认定我不会详加细查，只会草菅人命了？"嘴上却很恭敬："宋提刑不亲查此案吗？"

"我奉旨查办岳祠案，对其他案子无权干涉。"

"就算这青楼角妓是昨晚才死的，但刘公子前夜护送她回青楼，"韦应奎看向刘克庄，"当时到底发生了什么事，还是须向刘公子问过才行。"

自从岳祠验尸之后，刘克庄便一直看不起韦应奎的为人，换作平时，以他的性子，定要口无遮拦地怼上几句，哪里肯老老实实地回答问话？可如今虫娘死于非命，尸体就横在眼前，他满心哀戚，再没有任何斗嘴的心思。他如实答来，说前夜护送虫娘回熙春楼的路上，遇到了夏无羁。夏无羁与虫娘私下相好，他成全了二人，将虫娘交由夏无羁护送离开，此后再没有见过虫娘。至于夏无羁是什么人，住在何处，他全不清楚。

"该向韦司理说的，我和刘克庄都已说了，这便告辞了。"宋慈拉了刘克庄，步出人群，沿苏堤往北去了。韦应奎望着宋慈远去的背影，脸色如笼阴云，心中暗暗发狠："姓宋的，你三番两次令我当众难堪，这口恶气不出，我便不姓韦！"

自那之后的两天里，刘克庄不止一次地往府衙跑，打听虫娘一案的进展。每天进出府衙的差役很多，可奇怪的是，一个青楼角妓的案子，这么多差役却守口如瓶，一点消息都不肯透露。刘克庄花了不少钱打点，一个差役才悄悄把他拉到一旁，稍稍松了口，说此案已查到凶手，不日便可破案，至于凶手是谁，又是如何杀害虫娘的，却怎么也不肯透露了，说是知府大人下了严令，此案不能对外言说，胆敢泄密者，将从重惩处。

刘克庄将此事告知了宋慈，宋慈不禁大感奇怪。虫娘不是什么王公贵族，不是什么金枝玉叶，一个地位低下的青楼角妓，府衙为何要对她的案子如此保密呢？

刘克庄却不觉得奇怪。死者既然没有任何问题，那问题定是出在凶手身上，必是凶手的身份非同小可，不便对外透露。

"凶手定是韩㻞！"

刘克庄清楚地记得，前夜在熙春楼里，韩㻞是如何当众欺辱虫娘的。韩㻞为人横行霸道，睚眦必报，但凡有谁稍稍忤逆于他，他必加倍报复。"虫娘点花牌时没有选韩㻞，韩㻞记恨在心，第二天便去熙春楼欺辱虫娘。"刘克庄道，"我们虽替虫娘解了围，却只能救她一时，事后韩㻞必定还会去找她，再施报复！"

宋慈却摇了摇头。虫娘前夜就没有回熙春楼，可前夜韩㻞想找宋慈和刘克庄的麻烦，带着家丁去了太学，不但打伤了王丹华，还与辛铁柱等人发生了冲突。由此可见，虫娘前夜没回熙春楼，应该与韩㻞无关，韩㻞是不是凶手，自然也就不能妄下定论。前夜护送虫娘离开的是夏无羁，只要找到夏无羁问明情况，就能知道前夜到底发生了什么事。可虫娘尸体打捞起来的当天下午，刘克庄去府衙打听案情时，亲眼看见夏无羁被差役押入了府衙，此后再也没有放出来，想找夏无羁问话，那是不可能了。

　　宋慈想着与虫娘沉尸一案相关的事，想得太过入神，以至于自己何时走入了一个广植松柏的园林都不知道。脚下是幽谧曲径，绕过一个弯，宋慈的眼前出现了一座接一座的坟墓。原来他已走进了南园最南端的祖茔园。韩侂胄祖籍相州，韩家祖坟也都在相州，然而靖康之变后，相州已沦为金人领地，韩家人逢年过节，只能在家中摆置祭品，遥祭祖先。此番修葺南园，韩侂胄特意修建了这样一座祖茔园，用香糕砖砌起一座座坟墓，为祖先刻碑立传。这些坟墓虽然都是空坟，但其富丽堂皇之盛，实是令人咂舌。

　　宋慈在祖茔园中快步绕了一圈，唯独在一处角落停顿了一下。这处角落里矗立着一座坟墓，那墓高一丈八尺，墓前有一块神道碑，碑高九尺，螭首龟趺，上刻"宋故右谏议大夫赠太师魏国公光弼韩公神道"，另刻有生平事迹，乃是韩侂胄高祖韩国华之墓。与其他坟墓的香糕砖严丝合缝不同，这座坟墓的香糕砖出现了些许裂缝，可见工匠修砌坟墓时没有封实。虽然出现裂缝的只是一小片香糕砖，可这是给一人之下万人之上的韩侂胄修建祖茔，居然犯下如此错误，若是让韩侂胄发现了，只怕这批工匠都要受到重罚。好在这座坟墓位于边角之上，出现裂缝的地方又位于坟墓的侧面，若非宋慈这般心细如发之人，只怕难以注意到。

　　宋慈从侧门离开了祖茔园，又行了一段路，来到了囿场之中。

　　他已走了许久，腿脚有些乏，见囿场中有一处竹棚，竹棚下设有竹凳，便走过去坐了下来。

　　如此休息了片刻，囿场外由远及近传来了一阵谈笑之声，原来许闲堂的筵席已经结束，韩侂胄带着一众官员在南园中漫步赏景，已走到了囷场之外。

谈笑声渐渐清晰，韩侂胄和官员们走进了囷场。

囷场是潴水艺稻之地，竹篱茅舍，桑梓相间，宛若田家，以此来彰显南园可雅可俗，有别于其他王公贵族的园林。众官员对着各处景致不断发出赞美之声，韩侂胄却不无遗憾地叹道："此真田舍间气象，就可惜少了些鸡鸣犬吠之声。"

这话刚说完不久，茅舍后忽然响起一阵"汪汪汪"的叫声。韩侂胄微露惊讶之色，转过茅舍一看，原来是一个肥头大耳的官员正躲在这里学狗叫。众官员见了，忍不住哄堂大笑，韩侂胄则微笑着捋了捋长须。

宋慈坐在不远处的竹棚里，亲眼看见那肥头大耳的官员如何在韩侂胄话音刚落之时便悄悄退出人群，轻手轻脚地跑到茅舍背后躲藏起来，有模有样地学起了狗叫。他记得之前刚到许闲堂时，就看见这个肥头大耳的官员在韩侂胄耳边说话。他不知道这官员是谁，也不想知道，甚至不愿再多看一眼，打算悄悄起身离开。

韩侂胄却已远远望见了他，一声"宋慈"叫出了口。

宋慈停住脚步，回身向韩侂胄行礼。

韩侂胄指着宋慈道："这位就是前些天破了岳祠案的宋慈，圣上对他可是赞赏有加。"

众官员一听，纷纷出声附和，对宋慈各种夸赞，都是"年少有为""前途无量"之类的套话。

"宋慈，你先别急着走，回头我还要找你说道说道案情。"

韩侂胄没有踏入竹棚，留下这话，穿过囷场，继续游园去了。众官员簇拥着他而去，再没人朝宋慈多瞧一眼。

宋慈虽然破了岳祠案，却仍有不少疑问未能解开，韩侂胄要留他说道案情，他自是求之不得。他不想与这群高官走在一起，于是在竹棚中坐了下来，静心等待。他等了大半个时辰，才等到夏震赶来，请他移步归耕之庄。

归耕之庄位于南园西侧，前院广植奇木，蓄饲鹰雁，后院围山圈地，牧养牛羊。宋慈进入庄内时，韩侂胄正手把黑釉茶盏，独自一人品茗。

"太师，岳祠一案，真凶虽已服罪，但此案仍有不少……"

宋慈一上来便直奔主题，可他的话才开了个头，韩侂胄便摆了摆手。

"圣上闻听你破了岳祠案，龙颜大悦，有意在上元节太学视学典礼之上，当众嘉奖于你，你可要及早做好准备，上元节当天，切莫缺席。"

皇帝当众嘉奖，那是莫大荣宠。宋慈应道："谢圣上天恩，可是此案……"

"岳祠案已经了结，你无须再多言。我叫你来说道案情，不是要说此案。"韩侂胄将黑釉茶盏一搁，"自乾道之盟以来，每年正旦，我大宋与金国都会互遣使团朝贺，此事你应该有所耳闻吧。"

宋慈不明白韩侂胄为何突然提及正旦使团一事，应道："此事我略知一二，听说候潮门内的都亭驿，便是专门接待金国使团的地方。"韩侂胄微微颔首，道："今年金国使团比往年来得早，腊月二十六便到了，眼下已在都亭驿住了十余日。此次使团的主使名叫赵之杰，是金国的太常卿，副使完颜良弼，是金国的兵部郎中。往年金国使臣入宫贺正旦时，都有礼有节，今年这二位可就不大一样了。"说着沉声一哼，"正月初一的大朝会上，文武百官齐集大庆殿，金国二使入殿朝贺，非但容止倨慢，还手持国书立而不进，自称天朝上使，要圣上亲自下殿去取金国国书。我让知阁门事夺了国书进呈圣上，二使居然面带愤色。后来赞者唱'躬身立'时，百官尽皆躬身行礼，唯独二使端立不动。百官甚为气愤，著作郎朱质当场奏言：'金使无礼，乞即斩首！'不少大臣都出班请奏，乞斩北使。宋慈，倘若当时你也在场，金国二使如此无礼，冒犯圣上天威，你觉得当不当斩？"

宋慈略微一想，道："正旦朝会乃国之大典，大典上斩他国来使，恐有不妥。"

"不错，圣上深明此理，下旨让二使回都亭驿待命，择日再入宫朝见，二使当场愤恚而去。圣上虽然忍下了这口气，事后却龙颜大怒。我身为宰执，理应为圣上分忧。金国使臣冒犯圣驾，如此狂悖无礼，岂能任由他们逍遥事外？"韩侂胄说到这里，双掌一拍。

掌声未落，西侧屏风后忽然笑吟吟地转出一人，正是那个在囷场学过狗叫的肥头大耳的官员。

"这位是工部侍郎兼知临安府事赵师睪。"韩侂胄道，"赵知府，你把案情向宋慈说一说。"

"下官遵命。"赵师睪向韩侂胄行了礼，转身面向宋慈，打量了几眼，一团和气地笑道，"这些日子说起宋提刑，圣上和太师都是称赞有加，我还当是老成持重之人，没想到竟是如此年少。"

不久前赵师睪当众学狗叫的那一幕如在眼前，宋慈心中厌恶，虽然赵师睪贵为工部侍郎兼临安知府，他却一动不动地站在原地，既没向赵师睪行礼，也没应赵师睪的话。

赵师睪仍旧笑意不减："赵某知临安府已有数年，近来年事渐高，常觉力不从心，下属一干官吏也是力有不逮，查一些鸡毛蒜皮的小案尚可，遇到疑难要案，可就难以胜任了……这不，府衙近日查破了一桩命案，明知凶手是谁，却苦于没有实证，无法将这凶手定罪。这桩命案，宋提刑也是知道的，就是西湖沉尸一案，死者名叫虫娘，是一位青楼角妓。"

突然听闻虫娘的命案，宋慈神色一紧，原本不愿搭话的他，脱口问道："凶手是谁？"

赵师睪脸上的笑容一僵，看向韩侂胄。韩侂胄点了点头。赵师睪这才道："凶手是金国二使之一的完颜良弼。"

"金国副使？"宋慈眉头一皱，"如何查到他便是凶手？"

"此案由本府司理参军韦应奎查办，听韦应奎说，虫娘的尸体最早就是由宋提刑在苏堤上发现的。韦应奎接手此案后，把虫娘的情人抓了回来，顺藤摸瓜，查到了完颜良弼的身上。韦应奎上次因岳祠案失职，此番查案很是卖力，短短一日便搜集到不少线索和证据，呈报于我。我虽为知府，但此案涉及金国使臣，我岂敢擅作主张？后来是太师入宫面圣，奏明此事，圣上下旨如实查办，我才敢让韦应奎连夜带人去都亭驿，抓捕完颜良弼归案。"赵师睪讲到此处，肥大的脑袋晃了晃，"却不料那金国正使赵之杰，过去曾做过金国的西京提刑使，居然精通验尸断案，韦应奎查到的那些线索和证据，被他一条条驳斥推翻，闹到最后，居然没法将完颜良弼定罪。那完颜良弼分明就是凶手，昨晚要抓他时，他神色慌张，一看就不对劲，奈何查不到实证，始终无法将他定罪。

"还有，金国使团此次出使，原定于正月初十启程北返，圣上正旦后下旨，让金国二使改在二月初一入宫朝见，金国二使原本答应了。可今天一早，金国二使却突然改变主意，说是金国中都有事，要按原计划初十返程。昨晚才上门抓人，今天便突然改变行程，金国二使走得这么急，不是心里有鬼，那是什么？"

宋慈听罢，想了一想，道："金国使团正使，当真名叫赵之杰，做过西京提刑使？"

"不错。"赵师睪道，"宋提刑莫非识得此人？"

宋慈摇了摇头，道："你说韦司理查到的线索和证据被这位金国正使给推翻了，都是些什么线索、什么证据？"

"这个我一时也说不清楚，只有韦应奎才能道个齐全。"赵师睪道，"韦应奎对此案已是无能为力，想了一夜，也想不出如何才能查到实证。对方是金国副使，若无实证，贸然抓人，岂不是落人口实？但若过了初十，对方就要北返金国了。时间急迫，本府实在是束手无策。闻听宋提刑明于刑狱，精于验尸，为人又不畏强权，刚正不阿，是不可多得的查案大才……"

"有话还请直言。"宋慈道。

赵师睪脸上重新现出一团和气的笑容："府衙查不了的案子，以往都是交由提刑司来查办。本府想请宋提刑接手西湖沉尸一案，在正月初十之前查得实证，将完颜良弼缉拿归案。"

宋慈没有应话，脸色一如既往地平静，看不出任何变化。

赵师睪不知宋慈是何意思，一旁的韩侂胄见状，也看不透宋慈的心思，便问道："宋慈，赵知府所言，你意下如何？"

"在下一介书生，能破岳祠案实属侥幸，此案关系重大，恐难以胜任。"宋慈道，"新任浙西提刑乔行简，在淮西提点刑狱任上声名远闻，听说是真正的查案大才。只要他一到任，定能查得实证，让此案水落石出。"

"乔行简移浙西提刑一事，"韩侂胄语气微奇，"你这么快便知道了？"

"我昨日出入提刑司，听书吏们谈论新任提刑，因而知道。"

韩侂胄将元钦外放，调乔行简接任浙西提刑，不过是两天前的事，没想到风声走漏得这么快。乔行简原是淮西提点刑狱，这两年断案洗冤，声名远扬，但韩侂胄之所以挑中乔行简接任浙西提刑，却与这些无关，而是因为乔行简认定金国有必亡之势，不久前上奏备边四事，正合他主战的心思。如今朝堂上主战派与主和派势同水火，只要是上奏主战之人，在韩侂胄看来，都是在向他示好，对于这样的人，无论才干如何，他一概加官授爵，收为己用，尤其是乔行简这种有真才实学的名士，他更是要委以重用。

"乔行简提点淮西刑狱时，的确破了不少案子，可他从淮西赶来临安赴任，少说也要三五日。金国使团北归在即，远水难救近火，等不得他了。"韩侂胄道，"提刑司有不少干办，可他们跟了元钦多年，连元钦都不值得信赖，这些干办嘛，我看也没一个能胜任此案的。唯独你宋慈，与他人不同，圣上对你也是称赞有加。只要你肯，我今日便向圣上请旨，由你来查办此案。"

宋慈略作思索，道："我想先验一验虫娘的尸体。"

"这么说，你是答应了？"

宋慈点了一下头。

"离正月初十还剩三天，你既然答应了，那三天之内，你就务须查得实证，将完颜良弼治罪。"韩侂胄语气一寒，"这帮金虏蛮横无理，在正旦朝会上冒犯圣上天威，又在我大宋境内杀人行凶，须得名正言顺地给他们些惩戒才行。"

半个时辰后，宋慈提着一只陶罐，由赵师睪陪着，出现在临安府衙外。

临安府衙位于城西南清波门内，离吴山南园不远。当宋慈来到这里时，刘克庄正守候在府衙大门外。

宋慈知道刘克庄对虫娘一案甚为关心，这两日不知疲倦地往府衙奔走，就是为了打听此案的消息，如今他有权查办此案，刘克庄定然不肯置身事外。他将刘克庄叫到一旁，如实说了奉命查案一事，道："只要你忍受得了，查案期间你便跟着我，做我的书吏。"

"做书吏有什么忍受不了的？"刘克庄消沉的精神为之一振，"只要能抓住真凶，不让虫娘枉死，叫我做什么都行。"

"做书吏可不简单，要能忍常人所不能忍。"宋慈将手中的陶罐交给了刘克庄。

陶罐虽然封了口，但刘克庄刚一接过去，就立马闻到了一股刺鼻的酸味，不禁皱眉道："这是什么？"

"糟醋。"宋慈应道。

一旁的赵师睪由几个差役簇拥着，等在府衙大门口。望着宋慈与刘克庄在街边说话，赵师睪脑中所想，却是今早在归耕之庄与韩侂胄单独见面时的场景。

当时宋慈还没有到归耕之庄，韩侂胄带着所有赴宴官员游览完南园后，单独留下了赵师睪。

"过会儿宋慈来了，你知道该怎么跟他说吧？"

面对韩侂胄的问话，赵师睪躬身应道："下官知道。"顿了一下，又道，"可是太师，那宋慈虽说破了岳祠案，说到底却只是个太学学子，这桩案子当真要交给他去查吗？"

"此案牵涉金国使臣，圣上甚是在意，难不成你赵知府想查吗？"韩侂胄斜了赵师睪一眼。

赵师睪忙道："不不不，下官岂敢！"他心下明白，此案凶手是金国副使，皇帝赵扩又极为重视，这案子怎么查办都是吃力不讨好。要知道赵扩一心北伐，又在正旦朝会上受了金国使臣的气，明摆着是想借此案大做文章。倘若查出证据，证实完颜良弼就是凶手，赵扩势必将完颜良弼下狱治罪，甚至以此为借口，挑起与金国的边衅，届时能占到上风还好，可万一在与金国的冲突中没能讨到便宜，赵扩必然要找台阶下，到时候拿人治罪，首当其冲的便是查办此案的官员。倘若没能查出证据，无法坐实完颜良弼杀人之罪，那便是办案不力，只怕祸患来得更快。赵师睪深明此理，韩侂胄将此案交给宋慈来查办，绝非出于什么好意。

此时，赵师睪回想起这一幕，脸上却是一团和气，道："宋提刑，好了吗？"

宋慈点了一下头，带上刘克庄，跟随赵师睪跨过门槛，进了府衙。

临安府衙原本坐落于城南凤凰山下，建炎南渡后，高宗皇帝占府衙为大内，盖起了皇宫，府衙被迁往城北祥符寺附近。后因府衙离皇宫太远，官员往来办事须穿过大半个临安城，极为不便，只过了两年，府衙便南迁至吴山脚下，原来祥符寺附近的府衙旧址则改为了提刑司。到了乾道三年，又因府衙规模太小，吴山脚下扩建不便，这才将府衙迁到了如今的清波门内。此后大宋与金国息兵止戈，天下承平数十载，临安府衙也在一派文恬武嬉的氛围中不断扩建，中和堂、有美堂、香远楼、竹山阁、牡丹亭、诵读书院等数十间建筑拔地而起，规模越来越大，浑不似官员办公之地，更像是供人休憩游玩的山水园林。

宋慈从没进过临安府衙，没想到府衙内部竟是如此模样。他在家乡建阳时，经常去建阳县衙，县衙的建筑都很老旧，也没有任何休闲场所，远不及临安府衙之万一。但他还是觉得建阳县衙更为亲切，反倒对这恢宏别致的临安府衙生不出半点好感。

赵师睪由几个差役簇拥着，领着宋慈和刘克庄，穿行于雕梁画栋、高台厚榭之间，直奔府衙的西北角而去。这里有一排瓦房，甚是简陋，与周遭华美的建筑格格不入，唤作长生房。通常而言，府衙受理命案后，差司理参军或仵作行人验完尸，要么让死者亲属写下责状，将尸体交给亲属看管，要么便送到就近的义庄停放，不会把尸体运回府衙。但遇到重案要案，生怕尸体出现丝毫毁伤，这时就必须把尸体运至府衙，派差役日夜看管。此刻出现在宋慈面前的长生房，正是临安府衙用来停放尸体的地方。

"自打查到金国使臣涉案，本府深知此案重大，不敢稍有怠慢，便把虫娘的尸体从城南义庄运回了府衙，一直停放在这长生房内。"赵师睪抬手道，"宋提刑，请吧。"

宋慈踏入了长生房，偌大一间房中，只停放着一具尸体。这具尸体躺在一张草席上，全身上下被一块白布遮盖着。宋慈上前揭开白布，尸体露了出来，那淡红色的裙袄，那曾经如描似画的容颜，不是别人，正是虫娘。

刘克庄早已见过虫娘的尸体，然而再次与之面对，仍免不了心戚神哀。宋慈看了看尸体，回头道："赵大人，我想见一见韦司理。"

长生房中弥漫着尸臭味和霉臭味，赵师睪一进入房中，便皱眉捂鼻，一脸嫌恶地远远站着。他吩咐身边差役道："快去司理狱，叫韦应奎过来。"那差役道："是，赵大人！"领命去了。

不多时，脚步疾响，韦应奎急匆匆赶到，一入长生房，便向赵师睪行礼："见过赵大人，不知大人有何吩咐？"说话之时，颇有些讶异地朝宋慈和刘克庄看了一眼，似乎没想到二人会出现在此。

赵师睪朝宋慈一指："韦应奎，宋提刑奉韩太师之命，已接手西湖沉尸一案，他有事想见你。"

"原来宋提刑已接手此案，那真是再好不过。"韦应奎朝宋慈行了一礼，"不知宋提刑有何见教？"

"听说韦司理查出杀害虫娘的凶手是完颜良弼？"宋慈道。

刘克庄早已打听到府衙查到了杀害虫娘的凶手，却一直不知道凶手是谁，直到此刻方才听说凶手的姓名，暗暗心奇："完颜良弼是什么人？完颜乃金族之姓，方才知府又说金国使臣涉案，莫非杀害虫娘的是金人？"

韦应奎应道："正是。"

"不知韦司理是如何查出来的？"宋慈又道。

一旁的赵师睪道："韦应奎，本案的案情，你要详细说与宋提刑知道，不可有半点隐瞒。"

韦应奎应道："是，赵大人。"随即朝刘克庄看了一眼，道：

"宋提刑应该还记得，当日苏堤上打捞起虫娘的尸体时，这位刘公子曾提及虫娘有个情人，名叫夏无羁，虫娘初三夜里正是跟着夏无羁走了，再也没回熙春楼。我当天便将这个夏无羁抓回府衙，羁押在司理狱，一番审问之下，夏无羁交代说，初三夜里之所以没回熙春楼，是因为虫娘提出要和他私奔。"

"私奔？"宋慈眉头一凝。

"是啊。这夏无羁对虫娘一往情深，早就想和虫娘长相厮守，虫娘提出私奔，夏无羁当然巴不得，可突然说要私奔，哪有那么容易？两人的行李细软还没收拾，留在城中又怕被人瞧见，稍有不慎，虫娘就可能被熙春楼的人抓回去。夏无羁为了避人耳目，带虫娘连夜出城，在涌金门外的望湖客邸住了一夜，第二天他再一个人回城里，收拾好自己的行李，又到熙春楼找到一个叫袁朗的下人，听说这下人和虫娘私交不错，由袁朗潜入虫娘的房间，打包好所有金银首饰，交给夏无羁带走。夏无羁再回到望湖客邸，已是夜里。他怕夜长梦多，打算当晚便带虫娘离开临安。哪知刚出客邸不远，经过丰乐楼时，却撞上了韩太师的公子。"

刘克庄一听到"韩太师的公子"，语气一下子急了起来，道："后来怎样？"

韦应奎道："虫娘曾经得罪过韩公子，韩公子带家丁将虫娘拦住，要找她清算旧账……"

"虫娘几时得罪过韩㺕？"刘克庄打断了韦应奎的话，"明明是韩㺕欺辱虫娘在先。"

"韩公子何等身份，那可是人上人中的人上人，他会去欺辱一个青楼贱妓？"韦应奎瞧着虫娘的尸体，目光轻贱，"定是这贱妓不知天高地厚，冒犯韩公子在先。"

"姓韦的，你不知究竟，就不要信口……"

刘克庄话未说完，宋慈的手已拍在他肩上，低声道："你答应过做我的书吏，可别忘了。"

刘克庄当然没忘，宋慈叫他做书吏，前提是他能忍常人所不能忍。他当时还不知道要忍受什么。此番进入府衙，宋慈知道不但要面对虫娘的尸体，很可能还要当场验尸，此外还有虫娘被杀的相关案情和细节这些都会被提及，所以他让刘克庄做好准备，要能忍受得了这些。此时他重提此话，就是要让刘克庄忍住，先听韦应奎把话讲完。

刘克庄面有愤色，盯着韦应奎，终究还是把快到嘴边的话咽了回去。

"青楼角妓便是青楼角妓，不必再加一个'贱'字。"宋慈道，"韦司理，你接着说。"

韦应奎暗暗冷哼一声，道："当时韩公子吩咐家丁，把虫娘和夏无羁带到丰乐楼上一间雅阁，关起门来清算旧账。夏无羁不敢反抗，虫娘却趁人不备，跳窗逃走了。韩公子带着家丁追出丰乐楼，却不见了虫娘的踪影。原来虫娘跳窗磕伤了膝盖，没法逃远，恰好一辆马车从丰乐楼外驶过，虫娘求马车上的人救她。她上了马车，这才没被抓到。"

"马车上的人，莫非是完颜良弼？"

"宋提刑一猜即中。这辆马车悬有三色吊饰，挂着'驿'字牌子，整个临安城中，只有都亭驿的马车才是如此模样。都亭驿的小吏证实，当晚驿馆马车的确被使用过，使用之人正是完颜良弼。原本驿馆有专门驾车的车夫，可完颜良弼偏要让他的随从驾车，把驿馆的车夫轰走不说，还将车夫打了一顿，这点当晚驿馆里的人都能做证。这辆马车载着虫娘离开丰乐楼后，很快经过了涌金门。涌金门外有不少卖消夜的小贩，我去涌金门查找证人，找到了当晚卖过消夜的小贩，其中不少人都见过这辆都亭驿的马车，还说这辆马车没有从涌金门入城，而是沿着城墙外道往南去了。"

"虽说有小贩做证，却也只是指认马车，不代表就是完颜良弼杀害了虫娘。"宋慈道，"韦司理认定凶手就是完颜良弼，想是另有证据。"

"那当然。"韦应奎不无得意地道，"要知道涌金门往南是清波门，清波门再往南便是西湖南岸，苏堤就在那里，而虫娘沉尸之处，正是苏堤南段。完颜良弼的马车向南去，方向便对上了。我查验过虫娘的尸体，她阴门处有损伤，必是生前遭受过侵犯。尸体虽在水中浸泡了一夜，可指甲深处留有血迹，想必她被侵犯时曾挣扎反抗过，很可能抓伤了凶手，而完颜良弼的手臂上，正好有明显的抓伤。还有，虫娘左臂上有一道细微的弧状伤口，巧的是完颜良弼腰间挂着一枚金钱吊饰，想必是他施暴之时，金钱吊饰斜压在虫娘的手臂上，这才留下了弧状伤口。虫娘的裙袄是红色的，被撕裂了多处，我检查完颜良弼当晚乘坐的马车时，发现车厢壁板上有缺裂，上面有木头尖刺，正好挂着一缕红色的丝线。"

"所以你凭着这些证据，便去都亭驿抓人？"

"宋提刑难道是嫌这些证据不够吗？"韦应奎的语气变得有些不悦，"你是没看见，昨晚完颜良弼被我带人围住时，反应有多么激烈。若不是那个叫赵之杰的金国正使从中作梗，我早把完颜良弼抓回来治罪了。"

宋慈记得赵师睪曾提到，赵之杰将韦应奎查到的线索和证据全都推翻了，于是问道："那金国正使是如何将这些证据一条条驳倒的？"

一提及此事，韦应奎的脸色变得很是难看，道："那赵之杰说，完颜良弼当晚是乘驿馆马车外出游玩过，完颜良弼也亲口承认乘车去了丰乐楼，还在丰乐楼吃了酒，离开时遇到虫娘求救，便让虫娘上了车。可完颜良弼不承认对虫娘施暴，更不承认杀人，说之所以过涌金门而不入城，是虫娘害怕被韩㻋和他的家丁追上，提出要马车往僻静阴暗处走。至于完颜良弼手臂上的抓伤，赵之杰辩称是两天前被驿馆的猫抓伤的，说完颜良弼为此勃然大怒，当场将那只猫掐死，扔在了驿馆背后的阴沟里，还当着我的面，去阴沟里把那只死猫捡了回来。又说完颜良弼身上是有一枚金钱吊饰，还从完颜良弼腰间把金钱吊饰摘了下来，那金钱有三枚铜钱那么厚，因长期把玩，边缘早已磨得圆润，赵之杰拿自己的手臂演示了一番，无论怎么用力挤压，都割不破皮肉，切不出伤口。"

"那车厢壁板上的红色丝线呢？"

"赵之杰说他刚入住都亭驿时，曾使用过那辆驿馆马车，当时他穿了一身红衣，是他自己不小心蹭到壁板缺裂处，刮破了衣裳，没想到留了丝线在上面。他当场把自己的红衣找出来，上面的确有破口，留在马车里的那缕丝线，无论颜色还是质地，都与他那件红衣一模一样。"

宋慈听到这里，微微凝眉，似有所想。

"那赵之杰伶牙俐齿，我辩不过他。可我说的这些，单拎出来一条，还可能是巧合，全凑在一起，天底下哪有这么巧的事？"韦应奎大不服气。

宋慈忽然道："韦司理上门缉拿凶手，金国二使事先可知情？"

"赵大人特意交代过要秘密抓人，"韦应奎道，"我哪敢走漏半点风声。"

赵师睪接口道："对方是金国使臣，牵连甚重，韩太师有过叮嘱，此案务须保密，到驿馆抓人，自然不能声张。"

韦应奎又道："从完颜良弼一开始那激烈反应看，他根本不知道我会上门抓他。"

宋慈暗暗心想："如此说来，赵之杰事先毫无准备，不但临时捏造了各种谎言，还能拿出死猫、红衣这些相应的证据来，仓促之间，他真能做到如此应变吗？还是说赵之杰这些辩解不是谎言，而是事实，完颜良弼根本就不是杀害虫娘的凶手？"想到这里，宋慈道："完颜良弼不承认杀人，但他承认当晚载着虫娘往南去了，那他有没有说之后发生了什么事？"

"他说马车向南到清波门时，虫娘便自行下了车，他乘坐马车由清波门入城，回了都亭驿。"韦应奎道，"他还说当晚进出清波门的人虽然不多，但只要用心去找，总能找到为他做证的人。"

宋慈略作沉吟，道："韦司理，我想看看此案的检尸格目。"

韦应奎立即吩咐差役，去二堂取检尸格目。

宋慈又道："再取一张空白尸图，还有红笔。"

韦应奎微微皱眉："宋提刑，你要空白尸图和红笔做什么？"

"韦司理不必多问，只管取来便是。记得再烧一盆炭来。"

韦应奎面带狐疑，冲那差役挥手道："去吧。"

那差役领命，飞快地去了。

宋慈忽又道："虫娘身上的遗物，现下放在何处？"

"遗物？"韦应奎摇头道，"除了宋提刑当天发现的那个荷包，尸体身上没找到任何东西。"

"什么东西都没有？"宋慈语气惊奇。

"别说身上没有，就连脸上头上，也没见一件首饰。她全身上下，就剩穿的衣物。"

宋慈想起当日虫娘在薛一贯处算卦时，耳环、珠钗等首饰一样不少，一出手便是名贵珍珠，可如今她死后，身上却是空无一物，连一件首饰都没有，莫非此案是劫财杀人？

过不多时，奉命取物的差役返回，取来了本案的检尸格目，以及空白尸图和红笔，交到了宋慈的手中，又端来一盆炭，在长生房中烧燃了。

宋慈拿起检尸格目，逐字逐句地查看，上面记录着虫娘尸体各个部位的检验结果：顶心、额头、两额角、两太阳穴、两眼、两眉、两耳、两腮、两肩、两肋并全；胸、心、脐、腹并全；阴门有损伤；两髀、两腰、两腿、两脚面、十趾并全；左膝完好，右膝有擦伤；左下臂有弧状伤，长不足半寸；两肘、两腕、两手、十指并全；脑后、乘枕全；两耳后发际连项全；两背胛连脊全；两腰眼、两臀并谷道全；两胭窝、两胆肚、两脚跟、两脚心并全。此外，还记录了尸体发现于西湖之中，裙袄撕裂多处，尸体肤色淡黄，眼睁口开，两手不曲，腹部不胀，口、眼、耳、鼻无水，指甲无泥沙，指甲内有少许血迹。

"致命伤位于何处？"看罢检尸格目，宋慈抬头问韦应奎。检尸格目上的记录极为翔实，唯独没有记录虫娘的致命伤位于何处。

韦应奎应道："没发现致命伤。"

"没发现致命伤？"宋慈语气微变。

韦应奎一脸无奈，道："我验过尸，还验过两遍，没验出致命伤来。"

虫娘死于非命，不可能没有致命伤。宋慈从怀中取出苍术、皂角，那是来府衙路上途经中和坊时买的。他将苍术、皂角丢进炭火盆中，道："赵大人、韦司理，我要检验虫娘的尸体。二位若不想看，大可回避。"

赵师睪本就不愿在长生房中多待，大部分时间都捂着鼻子，此时见宋慈要验尸，不禁大感嫌恶，快步走出房去。韦应奎却是留在了房中，神色微微一紧，两手拢在袖中，不由自主地握成了拳。

火盆中苍术、皂角燃烧着，烟雾腾起弥散，长生房中的臭味顿时消减了不少。

宋慈将空白尸图和红笔交到刘克庄手中，道："你跟着我，我让你怎么画，你便怎么画。"

刘克庄低头看了一眼尸图，上面绘着两个人形图案，图案上方分别写着"前""后"二字，代表尸体的正面和背面。他道："画什么？"

"尸伤。"宋慈说完这话，示意刘克庄张嘴，手轻轻一送，一粒圆丸落入刘克庄口中。

刘克庄含了一下，那是苏合香圆。他想起上次在净慈报恩寺后山开棺验骨时的场景，心想这次宋慈总算没忘了他。宋慈自己也含了一粒苏合香圆，移步至虫娘的尸体旁。

宋慈清楚地记得虫娘的尸体刚打捞上岸时是什么样子，如今时隔两天，因天气寒冷，尸体没出现太大的变化，只是腹部略微出现了膨胀，想是腹中脏腑腐败胀气所致。

宋慈将白布完全揭下，脱去裙袄，虫娘的尸体赤裸在眼前。

刘克庄忙偏开了头，道："宋慈，你这……这也太那什么……"

"别说话。"宋慈提醒了一句，将脱下来的裙袄翻来覆去地检查了好几遍，除了裙袄上那几道撕裂的破口，他又在裙袄的右肩位置发现了一小块青黑色的污迹。他凑近这块青黑色的污迹闻了闻，没闻到任何味道，又用手指在污迹上用力揩了几下，指尖染上了些许青黑色。他眉头微微一凝，心里暗道："像是榉树汁？"

榉树多生长于南方，常见于河谷溪畔，取其树皮捣烂成汁，敷在皮肤上，色呈青黑，可以伪造伤痕。这一点宋慈是知道的，不仅他知道，连一些目不识丁的南方乡民都知道。在他的家乡建阳，乡民们常因一些田间地头的小事发生争执，有的乡民过于偏激，以自残甚至自杀的方式来诬赖对方，所用之法便是将榉树皮捣烂成汁，敷在皮肤上伪造伤痕，一些外地来的官员不明究竟，往往被蒙骗过去。这块污迹色呈青黑，很像榉树汁的颜色，倘若真如他猜想那般是榉树汁，为何会出现在虫娘的裙袄上呢？

宋慈暗思片刻，没想明白，将裙袄放下了。他开始对照检尸格目上的记录，从头到脚，一项一项地仔细检验尸体。

宋慈毫不羞避，仿佛没把虫娘当成一个女子，对每一个部位仔细检验、如实检核，尤其是有伤痕的地方，会把伤痕的位置、形状和尺寸，丝毫不差地唱报出来。刘克庄却根本做不到这样，所谓非礼勿视，他从头至尾背转身子，听着宋慈的唱报，用红笔在空白尸图上画下伤痕。

　　检验完一遍后，宋慈打开由刘克庄抱进来的那只陶罐，置于炭火之上，将罐中糟醋煮热。糟醋的酸味很快弥漫房中，好在苍术、皂角还未燃尽，酸味闻起来不那么刺鼻。糟醋有吊伤显影之效，宋慈用热糟醋一遍遍地洗敷虫娘全身，仔细验看还有没有其他伤痕出现。

　　然而这一番亲自检验的结果，与韦应奎在检尸格目上的记录几无二致，唯独一处略有出入，那就是尸体指甲深处的血迹，不是每根手指都有，而是只有右手的拇指才有。宋慈专门让刘克庄在尸图上标注出这一点。除此之外，最重要的致命伤，依然没在尸体上检验出来。

　　韦应奎暗暗松开了握拳的手，道："宋提刑，这次验尸我可没有草率，但凡尸体上能验出来的，我都翔实记录在检尸格目上，你又何必再多费这一番工夫？"

　　宋慈没理会韦应奎，向刘克庄道："你去附近集市买一些白梅、葱椒、食盐和酒糟回来。再买一些藤连纸，若没有藤连纸，白抄纸也可以。"

　　刘克庄一一记下，快去快回，片刻便将这些物什买齐，赶回了长生房。

　　宋慈拿起白梅，那是用初熟的青梅子盐渍而成的。他剥取梅肉，加入适量的葱椒、食盐和酒糟，合在一起研烂，做成几十块饼子，放在炭火上烤到发烫。他拿来藤连纸，这是产自嵊县剡溪一带、用古藤所造的藤纸，最适合用来衬尸。他用藤连纸一张张地衬遍尸体全身，再将发烫的梅饼均匀地贴在藤连纸上。

"宋提刑，"韦应奎微微皱眉，"你这是做什么？"

"白梅、葱椒、食盐、酒糟，合而用之，有去污、吊伤、通关节之效。"宋慈道，"有的死者生前遭受击打，伤痕在皮肉之下，死后不易显现出来，只需将我所说的这些东西混合研烂，做成饼子，放火上烤热，再用藤连纸衬在尸体上需要验看之处，将饼子贴于纸上熨烙，伤痕便会显现。此法唤作梅饼验伤法，韦司理不知道吗？"

韦应奎讪讪一笑，没再吱声。

梅饼验伤法需要一段时间才可使尸伤显现，宋慈立在尸体旁，耐心地等待着。

就在这时，长生房外忽有急促的脚步声响起，一个差役匆匆忙忙赶到，喘着粗气道："赵大人，金国……金国使者到了！"

赵师睪的声音响起："金国使者？他们来做什么？"

那差役的声音道："不知道，只说要见大人。他们来了十多个人，小的们拦不住，让他们闯进了府衙大门，已经过来了。"

韦应奎在长生房中听得此话，赶紧走了出去。宋慈和刘克庄相视一眼，也走出房外。

不远处的廊道转角传来了成片的脚步声，宋慈抬头望去，只见一个膀大腰圆、神貌粗犷的大汉出现在转角处，两耳挂着银环，身穿左衽的盘领服，脚蹬尖头的乌皮靴，大步朝长生房走来。此人左右跟着十来个金人装束的随从，好几个府衙差役紧跟在旁，试图阻拦，却哪里阻拦得住。

"完……完颜良弼。"韦应奎看见了那粗莽大汉，也看见了那十几个面相不善的金国随从。赵师睪没想到来了这么多金国人，肥脸上透出紧张之色。

来人正是金国副使完颜良弼。

在完颜良弼身后三四丈开外，一个中年文士红衣着身，背负双手，信步而行，边走边饶有兴致地打量四周建筑，时不时流露出惊讶之色，显然府衙能修成山水园林的模样，很是出乎他的意料。

那红衣文士便是金国正使赵之杰。

"你们这些宋人官员都在，很好！"完颜良弼走上前来，双手叉腰，十来个金国随从往他左右一站，尽显凛凛威风。

赵师罩哽了哽喉咙，道："完颜副使，你要见本府，自有差役通传。府衙重地，你带着人这般闯进来，只怕……不妥吧。"

"你府衙的人昨晚擅闯我使团驻地，今天我便不能带人来你府衙走走？说起昨晚的事，我还没跟你们算账呢！"完颜良弼面露横色，踏前一步。

赵师罩身为临安知府，被完颜良弼这么一喝，脚下竟不由自主地往后退了退，身旁的韦应奎也吓得缩了缩脚。

一只红袖忽然从后伸出，拦住了完颜良弼，赵之杰清亮的声音响起："昨晚之事，不过一场误会，副使何必大动肝火？俗语云'冤仇可解不可结'，你我此行是来解冤，不是来结冤的。"

"赵正使，你就爱讲这些大道理，可这些宋人官员未必肯听。"完颜良弼口气愤然。

赵之杰淡然一笑，来到赵师罩身前，道："这位是赵知府吧。赵某此番出使临安，多闻赵知府盛名。你我同姓，俱为本家，有礼了。完颜副使一向心直口快，若有得罪之处，还请赵知府别往心里去。"目光一转，看见了宋慈和刘克庄，"这二位是……"

刘克庄虽然无官无职，平日行事也是我行我素，但对家国之恨看得极重。他一向视金人为仇雠，哪怕赵之杰是堂堂金国正使，他也丝毫不给好脸色看，哼了一声，没有应话。宋慈却神色如常，道："在下太学宋慈，这位是我的同斋刘克庄。"

"啊，这两日驿馆中人多有谈论，说临安太学出了一位名叫宋慈的少年提刑，破了一桩时隔四年的奇案，原来便是足下。有礼了。"赵之杰对赵师睪只是口头上客气，对宋慈倒是双手作揖，真真切切地行了一礼。

完颜良弼却嗤之以鼻，道："什么狗屁奇案，能奇得过赵正使破过的那些大案？"

刘克庄容不得别人说宋慈的不好，当即学着完颜良弼的调子，还口道："什么狗屁大案？我看不过是信口开河，胡吹乱嗙。"

"你是什么东西？"完颜良弼道，"赵正使曾是我大金国西京提刑使，千人沉尸案、无头驸马案、火烧钉颅案，哪一个不是轰动我大金国的奇案，全都让他轻而易举便给破了。"

刘克庄故意揉了揉耳朵，道："叽里呱啦一大串，这案那案的，我一个都没……"

宋慈忽然把手一摆，刘克庄后面"听过"二字便没出口。只听宋慈道："早前几年曾听家父讲起，金国云中城有提刑使出巡，闻听妇人号哭，派人查问，回报该妇人死了丈夫，是暴病而亡。提刑使听出号哭声似很害怕而不悲哀，于是让属官彻底查究。属官查验死者尸体，找不到要害致命之处，本打算以病死结案，其妻听说此事，让属官仔细拨寻发丛，或能有所发现。属官于是查验死者发丛，果然发现一根钉在颅骨之中的铁钉。这根铁钉用火烧过，钉入颅骨后没有出血，是以没有留下痕迹。属官大喜，夸赞妻子能干，如实回禀提刑使。提刑使让属官唤出妻子，大加赏赐，言谈间拉扯家常，得知属官妻子年轻时丧夫，后来才改嫁给了属官。提刑使立刻着人挖开其前夫坟墓，取出颅骨一验，一根铁钉赫然嵌在颅骨之中。原来提刑使听过属官禀报后便起了疑心：寻常人怎会知道如此隐秘的杀人之法？准是属官妻子也曾用此法杀害过前夫。这位提刑使虽是金国人，却心细如发，能于微末处洞察波澜，令家父极是佩服。"说罢正襟抱手，向赵之杰还了一礼。

赵之杰微笑道："区区小案，何值一提？听说你们宋人的惯例，衙门破不了的案子，便会交给提刑司来查。宋提刑在这里，莫不是已接手了这桩西湖沉尸案？"

宋慈点了一下头。

"那正好，我和完颜副使此番前来，亦是为了此案。"赵之杰手一挥，"带上来吧。"

十几个金国随从像押解犯人一样，将一个瘦弱女子带到赵之杰跟前。那女子身穿淡青色的窄袖褙子，袖口洗得已有些发白，手里提着两服药，用力挣扎了几下，没能挣脱。

"昨晚韦司理到驿馆查案，闹了一场误会，虽然勉强厘清了案情，可我觉得还是不够证明完颜副使的清白。"赵之杰指着那女子道，"初四那晚，完颜副使与虫娘在清波门分开时，此女正好在清波门外做买卖。虫娘自行下车，完颜副使乘车回城，她都亲眼看见了。有她做证，足可证明完颜副使与虫娘之死无关。"

那女子一脸愠色，突然看见宋慈，眼睛为之一亮，脸上透出欢喜之色。

那女子是前些日子在前洋街摆摊卖过木作的桑榆，她没想到会在府衙见到宋慈。宋慈也没想到桑榆会出现在此，心下惊喜，神色却如平常一般，冲她轻轻点了一下头。

刘克庄不认得桑榆，见桑榆试图挣扎，显然此次做证并非出于自愿，道："一个弱女子，被人收买，或遭人胁迫，被逼着承认一些没有的事，那也难说得紧。"

"放屁！"完颜良弼道，"当晚她就在城门边上摆摊，我看见了她，留有印象。今天我和赵正使城里城外到处寻找，好不容易才在一家药铺找到了她，哪里有收买胁迫过她！"

赵之杰示意完颜良弼不必动怒，道："这位公子有此疑心，那也是人之常情。倘若要找人做假证，我大可找一个有头有脸的人，何必找一个人微言轻的平民女子？就算要找平民女子，我大可收买七八个一起做证，那不是更为可信，何必只收买她一人？我金国使团虽然财力有限，可收买几个平头百姓的钱，还是拿得出来的。你说是吧，宋提刑？"

宋慈点了一下头。刘克庄却是大不服气，冷声一哼。

赵之杰向桑榆道："这位姑娘，你今日没上街做买卖，而是到药铺抓药，想是有亲人害了病，我本不该烦扰你，可此案牵涉人命，干系重大，不得不请你走一趟府衙。我知道你嗓子哑，说不了话。我问一句，是你便点头，不是你便摇头。我们尽早结束，不耽搁你太久。"

桑榆之所以抓药，是因桑老丈染上了风寒，她急着拿药回去治病，虽不情愿做证，却也只能点了点头。

"本月初四晚上，你是不是在清波门外摆摊做买卖？"

"当晚你有没有看到这样一辆马车，车头悬着三色吊饰，还挂着一块写有'驿'字的牌子？"

"马车途经清波门时，是不是停下了，从车上下来一个穿淡红色裙袄的女子？"

"那女子下车后，马车是不是穿过清波门，进了城？"

"倘若现在看见那女子，你还能认出来吗？"

赵之杰一连问了五个问题，桑榆全都点了头。

"那就请姑娘随我进去，当着赵知府、韦司理和宋提刑的面，辨认一下尸体。"赵之杰已望见长生房中停放着的虫娘的尸体，只要桑榆能认出虫娘就是当晚下车的女子，那就足以证明完颜良弼与虫娘在清波门便分开了，完颜良弼也就与虫娘之死无关。他先示意完颜良弼将桑榆带入长生房，然后朝赵师睪、韦应奎、宋慈和刘克庄抬手道："几位请吧。"倒像这里不是临安府衙，而是他金国的地盘。

宋慈当先而入，刘克庄紧跟在后，赵师睪和韦应奎迟疑了一下，还是走进了长生房。

赵之杰最后一个进入长生房，来到虫娘的尸体前，见尸体身上贴满了梅饼，眉头微微一皱，道："梅饼验伤法？"转头看向宋慈，"宋提刑，你是在验尸吗？"

宋慈点头道："我刚刚接手此案，尸体上有些不明白之处，还需查验清楚。"

"有何不明白之处？"赵之杰问道。

韦应奎一听此言，急忙冲宋慈微微摇头，示意宋慈不可明言。他知道宋慈是在查验虫娘身上的致命伤，等同于连尸体的死因还没弄明白，而他昨晚就已经带人去都亭驿缉拿完颜良弼了，此事一旦让赵之杰知道，赵之杰必定要大做文章。宋慈看见了韦应奎摇头，却不为所动，如实道："尸体身上尚未验出致命伤。"

赵之杰语气一扬："这么说，虫娘的死因还没查到？"

宋慈点了点头。

赵之杰意味深长地一笑，目光从赵师睪和韦应奎的脸上扫过，道："连死因都没查明，就敢指认凶手，当众抓人，大宋的律法，我算是见识了。"

完颜良弼怒哼一声，瞪着昨晚到都亭驿抓他的韦应奎。

韦应奎脸皮涨红，道："死因虽未查明，可完颜副使是目前已知的最后与虫娘有过接触的人。最有嫌疑杀害虫娘的，自然是完颜副使。"

完颜良弼怒道："连人是怎么死的都不知道，你就敢列出一堆狗屁不通的证据，跑来驿馆抓我。放着当晚清波门的证人不去查找，我们费尽周折给你找来了证人，你竟还敢说我是凶手！"说着朝韦应奎踏前一步。

赵之杰拦住完颜良弼，示意其不必动怒，道："完颜副使是不是最后接触虫娘的人，一问便知。"转头向桑榆道，"姑娘，请你过来辨认一下尸体，看看是不是初四那晚在清波门下车的女子？"

桑榆走上前去，见虫娘看起来不过十六七岁，与自己年龄相仿，却红颜薄命，横尸在冰冷的草席上，不禁流露出哀怜之色。她认得虫娘，眼前的女尸无论看长相还是穿着，均与当晚从马车上下来的女子无异，因此便点了点头。

"既是如此，完颜副使与虫娘在清波门便已分开，此后虫娘接触过什么人，又是如何遇害的，也就与完颜副使无关了吧。"赵之杰看向赵师睪和韦应奎。

韦应奎面色灰败，无言以对。

皇帝赵扩和太师韩侂胄力主伐金，有意将完颜良弼抓捕治罪，赵师睪深知逢迎之道，当然要坐实完颜良弼杀人之罪才行，可眼下不仅没查出实证，还让对方找来了证人给完颜良弼脱罪。他深感为难，忽然转头看着宋慈，道："宋提刑，你已奉命接手此案，不知你怎么看？"

宋慈道："眼下最紧要的，是先查出虫娘的死因。"说完这话，他俯下身去，将虫娘尸体上的梅饼一块块取下，又揭去藤连纸，仔细验看尸体全身。梅饼验伤法，是宋慈所知的验尸方法中，对查验尸伤最有效用的，但凡尸体上存在的伤痕，无论大小深浅，都能查验出来。可是他遍查尸身，上到发丛，下到脚尖，仍未有任何新的发现。

虫娘的死状没有半点溺亡之状，尸体上又找不出任何致命伤，那便只剩下一种可能——中毒而死。但凡中毒而死的人，脸色要么紫黯，要么泛青，手足指甲多呈青黯之色，有的还会唇卷发疱、舌缩裂拆、眼突口开，口、眼、耳、鼻甚至会有血流出，可这些迹象在虫娘的尸体上都找不到。宋慈知道虫娘中毒而死的可能性极小，但事到如今，他必须将最后一丝可能查验清楚。

宋慈让刘克庄再跑一趟附近的集市，买来了一支银钗。他将之前没用完的皂角掰碎后放入水中，用皂角水将银钗仔细地清洗干净。

赵之杰猜中了宋慈的心思，朝虫娘的尸体看了一眼，道："宋提刑，以我观之，虫娘绝非中毒而死。"

这一点宋慈是知道的，但他还是小心翼翼地捏开虫娘的嘴，将银钗探入虫娘喉中，再用藤连纸将嘴封住，接着用热糟醋从虫娘的下腹部开始罨洗，渐渐往上洗敷，使热气透入尸体腹内。倘若虫娘曾服过毒，此法可令积聚在腑脏深处的毒气上行，最终使喉间的银钗变色。然而当他揭去封口的藤连纸、取出银钗时，银钗却没有丝毫变色，由此可见虫娘并非死于中毒。

赵之杰道："宋提刑，还是查不出死因吗？"

宋慈摇了摇头。糟醋洗敷尸体没用，梅饼验伤法没用，连验毒也没用，他使尽了所有法子，还是验不出虫娘的死因。虫娘全身上下，唯一的伤痕，就是她左臂上那道细小的弧状伤口。可那道弧状伤口实在微不足道，一看便不可能是致命伤。他想了想，忽然走到完颜良弼身前，伸手去撩完颜良弼的衣摆一角。

完颜良弼一掌拍开宋慈的手，喝道："你干什么？"

宋慈看了完颜良弼一眼，又一次伸出手，仍是去撩衣摆一角。

完颜良弼瞪圆了眼正要发作，却又一次被赵之杰伸手拦住了。

衣摆一角被宋慈撩了起来，完颜良弼的腰间露出了金光，那里悬着一枚金钱吊饰。这枚金钱很厚，边缘极为圆润，宋慈只看了一眼，便知道这枚金钱无论如何也不可能造成虫娘左臂上的弧状伤口。

赵之杰再一次猜到了宋慈的心思，道："宋提刑，虫娘手臂上的伤口，与完颜副使腰间的这枚金钱，显然没有任何干系。"他的目光又一次扫过赵师睾和韦应奎，"人命官司，牵连甚重，往后还请诸位先查明案情，至少将被害之人的死因查清楚，再来论罪拿人。该说的话，我都已说清，告辞了。"说罢作揖为礼，转身便走。

完颜良弼一脸横色，大袖一拂，跟着便要离开。

赵师睪的脸色变得极为难看。此番赵之杰和完颜良弼带着十多个金国随从来府衙耀武扬威了一番，还找来了证人为完颜良弼脱罪，偏偏自己这边查不出任何实证，对方人多势众又不敢擅加阻拦，只能眼睁睁地看着对方离开。他瞅了一眼韦应奎，韦应奎也是无计可施。

宋慈忽然踏前一步，挡住了完颜良弼的去路。

"怎么？"完颜良弼盯着宋慈。

"完颜副使，我有一事相询。"宋慈道，"初四那晚，马车行至清波门时，虫娘为何要下车？"

完颜良弼道："那女人自己要下车，我哪知道为何？"

"是不是有人追上来了？"宋慈又问。

"你不是很会验尸吗？"完颜良弼朝虫娘的尸体一指，"你自己去问她啊！"

赵之杰却停步道："完颜副使，你我行得正，坐得端，实话说与他知道也无妨。"

完颜良弼哼了一声，道："那女人上车后，一直掀起车帘向后望，她突然要下车，我还当是追她的人来了，可往后一看，根本没人追来。那女人死了也是活该，我好心救她，不但让她上了车，还故意让车夫指错方向，让追她的那帮人去了涌金门，可她呢？下车时连一句道谢的话都没有，还连累我扯上命案，受这鸟气！"

刘克庄道："虫娘蕙心兰质，待人温婉有礼，定是你这粗人无礼在先，她才会对你那般态度。"

"放屁！"完颜良弼道，"那女人说有人要害她，央求我搭救，上车时一脸害怕，身上衣裙被撕裂了，我还信以为真。可她下车之时，丝毫不见惧怕，反而带着笑，看起来很是高兴。我看她不是在逃命，而是存心消遣我！"

"虫娘在笑？"宋慈眉头一皱，"她为何笑？"

"我哪知道？"

"你可还记得，她上马车时，随身带了哪些东西？"

"她什么都没带。"

"没戴首饰吗？"

"她披头散发的，戴什么首饰？"完颜良弼话音一顿，"我记得她戴着耳坠。"

"什么样的耳坠？"

"珍珠耳坠。"

"还有其他首饰吗？"

"我大男人一个，去看女人的首饰做什么？其他的我都不知道。你问够了没有？"

宋慈拱手作揖："问完了，叨扰二使了。"

赵之杰见宋慈不再阻拦，与完颜良弼一起，在十几个金国随从的护卫下，离开了长生房。他们强行把桑榆带来府衙做证，临走时却没人理会桑榆。

从临安府衙出来，赵之杰和完颜良弼登上马车，十几个金国随从随车护卫，朝都亭驿而去。

帘布遮掩的车厢里，赵之杰和完颜良弼相对而坐。

"这帮宋人狗官，居然连人是怎么死的都没查到，就敢来抓我治罪。"完颜良弼道，"这里若是我大金国，我定要好好教训这帮狗官一顿！"

赵之杰没有说话，直到马车驶离府衙一段距离后，才道："副使，你我身在临安，北归之前，还是尽量少饮酒为好。"

完颜良弼大嘴一撇："我喝得已经够少了，来临安这么久，我就只去丰乐楼喝了这么一回酒，谁知道会摊上这等鸟事。"

"我说的话你可以不听，皇上说的话，你总不能忘了吧。"

"皇上的话我怎么敢忘？'卿过界勿饮酒，每事听于之杰'，我记得清清楚楚。我瞒着你去丰乐楼喝酒，是我没做对。回去之后，你只管如实上禀，皇上要责要罚，我都认了。"

"此事不在罚与不罚。"赵之杰叹了口气，"这些年我大金内外忧患实多，皇上不想与宋人轻启边衅，这才叮嘱你我此次出使，小事不争，细枝末节上多加容忍。你我来到临安，宋人不出城相迎，驿馆待遇也不如以往，朝堂上宋主不起身亲迎国书，还令赞者唱'躬身立'，故意拿'躬'字犯我显宗名讳，凡此种种，都是在故意挑衅。宋人想趁蒙古在漠北作乱之时，对我大金用兵，前段时间往江北调兵，这事你我都是知道的。宋人苦于师出无名，此番各种羞辱你我，还想坐实你杀人之罪，无非是想找借口挑起争端，伺机开战。你我此次出使肩负重责，绝不能落人口实。往后几天，你切记不可再饮酒，以免误事，有外人在时，脾气也要多加收敛。"

"不能喝酒，还不让发脾气，难道叫我成天窝在驿馆，做个缩头乌龟不成？这帮宋人有什么好怕的？开战便开战，我大金国兵强马壮，会怕了他们？"

"你又忘了皇上的叮嘱？"

"皇上是说了小事不争，可也叮嘱了你我，大是大非上绝不让步。宋人一再挑衅，你我忍让得够多了，再这么忍下去，宋人只会当我们好欺负，更加肆无忌惮。"

赵之杰淡淡一笑，道："一味忍让，任由宋人得寸进尺，当然不行。"顿了一下，慢慢说道，"宋人一向骨头软，尤其是他们的官员，还有他们的皇帝，好比是一只狗，你示之以弱，它便吠得厉害，你示之以强，它便夹起尾巴不敢妄动。皇上叮嘱不争小事，大是大非绝不让步，便是此理。方才赵师罡和韦应奎的脸色那么难看，对昨晚闯入驿馆抓人的事没有半句歉言，只怕还会揪住这桩命案不放。这桩西湖沉尸案，我们若不插手，保不准宋人会做出什么大文章来。你我出使临安，该屈则屈，当伸则伸。我打算以金国使臣的身份，亲自来查此案。"说到这里，他眉眼间英气毕露，"临安知府也好，司理参军也罢，都是酒囊饭袋之辈，至于那个宋慈，虽懂不少验尸之术，可年纪轻轻，我看也不足为虑。我不但要亲查此案，还要查得大张旗鼓，查得尽人皆知，如此一来，这帮宋人官吏再想在这案子上动什么手脚，可就要掂量掂量了。初十返程之前，我定要查出真凶，破了此案，当着全天下人的面，将这一干宋人官吏比下去，让他们无话可说。如此你我既能一出胸中之气，又能不辱使命，灭他宋人气焰，彰我大金威严！"

第二章

验不出致命伤的女尸

金国使团一行人离开后，宋慈站在长生房中，望着虫娘的尸体，脑中所想，全是尸体上验不出致命伤一事。眼下能确定虫娘不是死于中毒，那凶手无论是用何种手段杀害她，勒死也好，掐死也罢，或是重物击打、锐器捅刺，她身上总该留下致命伤才对。验不出致命伤，只有两种可能，一种是致命伤位于极其隐秘之处，比如之前他提到的火烧钉颅案，是用烧过的铁钉钉入死者的头顶，因为伤口细小又没流血，且被发丛遮掩，所以不易验出；又比如致命伤位于谷道或阴门，一些验尸官羞于查验，没能验出来。可是虫娘的发丛、谷道和阴门，他都仔细查验过，没有致命伤存在。另一种可能，是尸体上原本有致命伤，只是被人为动了手脚。他记得父亲宋巩就遇到过类似的案子，在广州增城有一方姓富绅，其子杀害了书院同学，又放火毁尸灭迹，验尸的仵作行人收受贿赂，故意掩盖焦尸身上的致命伤，想让富绅之子脱罪，幸得宋巩明察秋毫，最终才将富绅之子绳之以法。

想到这里，宋慈问道："韦司理，除你之外，还有哪些人接触过虫娘的尸体？"

韦应奎应道："没什么人接触过，就差役们搬运尸体时碰过。"

"金国使团的人有没有接触过？"

"没有，刚才金国二使来此，还是第一次见到虫娘的尸体。"

宋慈想了一想，道："虫娘的尸体曾在城南义庄停放过，对吧？"他记得之前刚到长生房时，赵师睪曾提及虫娘的尸体是从城南义庄运回府衙停放的。

韦应奎心神微微一紧，点了点头。

"尸体在义庄停放期间，府衙可有安排差役看守？"

韦应奎应道："我最初以为这只是桩寻常命案，便没安排差役看守。"

"虽说没有差役看守，可义庄总该有人打理吧？"

"有一个姓祁的驼背老头，在看管义庄。"

"尸体在义庄停放了多久？"

"只停放了初五那一天。初六一早，我便把尸体运回了府衙。"

宋慈暗暗心想："初五虫娘的尸体打捞起来后，消息很快便传开了。尸体在城南义庄停放了一天一夜，又只有一个老头照理，金国使团若真与虫娘之死有关，想进入义庄在尸体上动手脚，显然不是什么难事。赵之杰曾是金国西京提刑使，方才他一见尸体上的梅饼，便认出是梅饼验伤法，可见他在验尸方面造诣颇深，他真要在尸体上动手脚，将致命伤掩盖掉，只怕我未必验得出来。看来我要走一趟城南义庄才行。"

就在宋慈这般暗想之时，桑榆惦记着桑老丈的病，过来向他告辞。

宋慈回过神来，道："桑姑娘，我送你吧。"也不管桑榆愿意与否，径直与桑榆并肩而行，一起走出了长生房。

这一幕倒是让身后手捧尸图的刘克庄愣住了。

"桑姑娘？你居然知道人家姓什么，原来是认识的。好你个宋慈，来临安这么久，同住一个屋檐下，偷偷认识了其他姑娘，却把我蒙在鼓里。"刘克庄低头看了看手中的尸图，默默卷起来，心中暗道，"叫我做书吏，你倒好，说走便走，把我晾在这里。"回头朝虫娘的尸体看了一眼，心中哀伤，摇了摇头，走出了长生房。他并未追上去，而是远远跟在宋慈和桑榆的后面，有意与二人保持了一段距离。

赵师睪和韦应奎还在长生房中，府衙差役也大都聚集在长生房，宋慈穿行于府衙之中，沿途空无人迹，一片悄然，只有桑榆轻缓的脚步声响在耳畔。

"桑老丈病了吗？"宋慈看了一眼桑榆手中的药包。

桑榆轻点了一下头。

"不碍事吧？"

桑榆又轻摇了一下头。

"那就好。之前前洋街一别，后来没再见到你，我还以为你已经离开临安了。"

桑榆将两服药都提在左手，用右手比画了一座座的房子，接着比画了推人的动作，最后比画了一下城门，意思是说，前洋街上到处是店铺，店家不让她和桑老丈在附近摆摊，其他好位置都被别的货郎和摊贩占住了，去哪里都被人驱赶，最后不得不到城门外摆摊卖木作，所以宋慈才没见到她。

桑榆的手势虽然简单，宋慈却一下子明白了个中意思，道："这几日买卖还好吗？"

桑榆摇了摇头。她把手拢在耳边，比画了一个听的手势，又朝宋慈竖起大拇指，意思是宋慈破案一事她听说了，觉得宋慈非常厉害。

宋慈很少见地笑了笑，又很快恢复了一贯的沉静脸色，道："桑姑娘，初四那晚，虫娘下车之后，你可有看见她往何处去吗？"

桑榆回以摇头。当时已是深夜，木作没卖几个钱，桑榆忙着收摊，只朝虫娘看了一眼，见她从马车里下来，没注意她后来去了哪里。

"还记得前洋街上那群招摇过市的家丁吗？虫娘在清波门下车后，你可有在附近看见过这样一群家丁？"

桑榆记得当时夜已经很深了，清波门不像涌金门那样紧挨着丰乐楼，所以进出的人不多，她没有看见这样一群家丁。她摇摇头，又模仿了挑担子和推车的动作，意思是她没有看见那群家丁，只看见了一些挑担的货郎和推车的车夫。

两人交流之时，已走到了府衙的大门口。桑榆比画手势，请宋慈留步。

"不知桑姑娘住在何处？虫娘一案关系重大，往后或许还要再来叨扰姑娘。"

地名没法用手势比画，身边又没有纸笔，于是桑榆拿起宋慈的手，示意宋慈将手掌摊开。她用指尖在宋慈掌心一下一下地认真写画，每写画几下，便在宋慈掌心上轻轻一抹，以示写完了一字，接着再写下一字。

待她指尖离开掌心，宋慈道："竹竿巷，梅氏榻房？"竹竿巷就在太学东边不远，梅氏榻房他也知道，那是一处存放货物的货栈，也供人住宿，只是房间都是大通铺，通常是给搬运货物的脚夫住的。

桑榆笑着点点头，又从怀中取出一物，放在了宋慈的手上。

宋慈低头看去，那是他自己的钱袋，上次在前洋街遇见桑榆时，他曾将这只钱袋偷偷扣在木篮子底下，留给了桑榆。

桑榆比画手势，说她上次收摊时发现了宋慈留下的钱袋，她便想还给宋慈，可她地位低下，又是一个女子，不敢擅入太学。当时已是深夜，她要照顾桑老丈休息，只好先行离开，打算白天有空时再去太学中门守候，找机会把钱袋还给宋慈。可后来她在城中忙于四处奔走讨生活，桑老丈又患了病，她一直没得空闲。钱袋原封未动，她没碰过里面的钱，又怕不小心把钱袋弄丢了，于是一直随身带着。这次见到宋慈，她没忘记此事，将钱袋物归原主。

宋慈还想说什么，桑榆却笑着冲他挥挥手，拿起那两服药，抱在怀中，径自去了。

宋慈手握钱袋，目送桑榆的背影远去。他低下头，朝钱袋多看了几眼，这才发现钱袋上多了几抹明翠。这个钱袋他用了好几年，早有不少磨损之处，可这些磨损之处全都被缝补好了，为了不让人看出缝补的痕迹，还特地用丝线勾出竹子和兰草的图案，一针一线极是精巧。他捧着这个一面是竹、一面是兰的钱袋，只觉掌心一阵暖意，抬起头来，桑榆的身影已经消失在了远处。

宋慈将钱袋揣入怀中，打算回身进府衙，哪知这一转身，却撞上了站在他身后的刘克庄。刘克庄何时来到了身后，他居然毫无察觉。

"那是哪家姑娘？模样好生清秀。"刘克庄面含笑意，望着桑榆离开的方向。

宋慈脸色微微一红，道："走，去司理狱。"

司理狱是临安府衙里的牢狱，刘克庄奇道："去司理狱做什么？"

"见夏无羁。"宋慈没忘记夏无羁被抓入府衙后，就再没有放出去，韦应奎之前提及夏无羁时，曾说将夏无羁关押在司理狱里。夏无羁是虫娘一案的关键人物，哪怕韦应奎已经复述过夏无羁的供述，宋慈还是要亲自审问过才能放心。

刘克庄见宋慈红着脸转头就走，不觉莞尔，还想调笑几句，可一听到夏无羁的名字，顿时想到韦应奎讲起虫娘遇害前的经历，说在丰乐楼遭遇韩㻦时，夏无羁居然吓得不敢反抗，全然没有保护好虫娘。他脸上笑意顿消，紧赶几步，跟了上去。

夏无羁被关押在府衙东侧的司理狱，司理狱则由身为司理参军的韦应奎主管。当狱吏赶到长生房禀报韦应奎，说宋慈入狱见夏无羁时，长时间躬身行礼的韦应奎，才刚刚直起身来。

自打金国使臣、宋慈和刘克庄相继离开长生房后，赵师睪便支走所有差役，对着韦应奎一顿数落："韦应奎啊韦应奎，当初是你查到各种线索和证据，说那完颜良弼是凶手，本府才敢向韩太师夸口，说这案子是铁证如山。现在倒好，连虫娘的死因都没查清楚，还让那完颜良弼找到了做证的人，你让本府怎么向韩太师交代？"

韦应奎低头挨训，半晌才道："大人，虫娘的死因……我……我……"

"你什么？"赵师睪道，"你倒是说啊。"

"我其实……早就查到了……"

"你知道虫娘是怎么死的？"

韦应奎点了点头，朝长生房外看了看，似乎怕被人听去，凑近赵师睪，小声说了几句话。

赵师睪惊讶地盯着韦应奎，愣了好一阵才道："你居然不告知本府，就敢擅自做出这种事？"

"我今早验出死因，本想禀告大人，可大人一早便去了南园。我本打算等大人回来再向大人禀明，可没想到宋慈也跟着大人来了，更没想到金国二使会来……"

"韦应奎，你让本府说你什么好？方才宋慈当着赵之杰和完颜良弼的面验尸，幸好没有验出什么端倪来，不然你将本府置于何地？此事也不知能瞒上多久，若是被宋慈查了出来，让韩太师知道了，你让本府如何是好？"

韦应奎听着这番数落，心中却渐渐有气，暗暗想道："之前明明是你催得急，叫我无论如何也要查实完颜良弼杀人之罪，我这么做也是遵照你的吩咐，如今你却来责怪我……"心里虽这么想，却丝毫不敢表露出来，躬身请罪道："都是下官的错，请大人责罚。"

"责罚？责罚你有什么用？"赵师睪顾不得弥漫的尸臭味，在长生房中气恼地来回踱步。

这时忽有一名差役从外奔入，禀报道："启禀大人，司农寺丞张镃大人求见。"

"张镃？"赵师睪道，"他来做什么？"

"张大人说家中失窃，特来报案，非要见大人不可。"

司农寺丞官虽不大，但掌管仓储委积之事，临安城中文武百官的禄禀，还有宫中朝会和祭祀所需，皆由其供给，可谓职责重大。张镃此人，乃南渡名将张俊的后人，如今赵扩和韩侂胄大张北伐之议，不但尊崇岳飞，对同为中兴四将的其他三将的后人也是礼遇甚重，张镃便是其中之一，因此其官位虽不高，分量却很重。

"你让他稍等，本府一会儿便到。"赵师睪挥挥手，打发走了差役，又来回踱步，权衡了一阵，对韦应奎道，"宋慈今日没有验出来，想来以后也不会验出什么。即便他验出来了，告知了韩太师，哪怕是韩太师亲自来过问，你也不能承认做过此事，记住了吗？还有，以后做什么事，先让本府知道，再敢擅作主张，你这司理参军就不要当了。"

"下官谨记大人教诲，绝不会再犯！"韦应奎一直保持躬身行礼的姿势，直到赵师睪拂袖而去，走得不见人影了，他才直起身来。

狱吏就是在这时赶到的。

"舅舅，宋提刑刚刚去了司理狱，说是查案，要见夏无羁……"

"宋慈便是宋慈，叫什么宋提刑！"韦应奎心中的怨气正好没处撒，瞪了那狱吏一眼，"宋慈只说要见那姓夏的，没提别的事？"

那狱吏应道："没提别的。"

韦应奎心中有气："这个宋慈，夏无羁交代的那些事，我一五一十都跟他说了，他还要去狱中见夏无羁，明摆着是信不过我。"嘴上道："冯禄，你回去告诉宋慈，就说我奉知府大人之命外出办事，已经离开了府衙，叫他先等着我。等我回来同意了，他才能入狱见夏无羁。"

那名叫冯禄的狱吏却道："宋提……宋慈他有提刑司的腰牌，又说是奉韩太师之命查案，我……我不敢阻拦……"

"你放他进去了？"

冯禄点了点头。

韦应奎气得直跺脚，道："看在你娘临终嘱托的分上，我才让你进府衙做了牢头。这都快一年了，你怎么还是没长进？那宋慈又不是府衙的人，你就不知道刁难他几句，他说进你便让他进？再说那姓夏的现在是什么样子，你又不是不知道，能让外人瞧见吗？"骂声未绝，已气冲冲地走出长生房，奔司理狱而去。

冯禄暗自嘟囔了几句，埋头跟在韦应奎的后面。

宋慈和刘克庄置身司理狱中，望着被羁押的夏无羁，各自都呆住了。

夏无羁被镣铐锁住了手脚，浑身是血，遍体鳞伤，曾经斯文儒雅的文士模样，如今是半点也瞧不出来。他身子蜷缩在干草上，乱发覆面，不见动弹，若不是喉咙里偶尔发出一两声微弱的呻吟，只怕宋慈和刘克庄都以为他已经死了。他身上的血迹尚未干透，显然不久前才被用过刑，足可见韦应奎为了查找完颜良弼杀人的证据，可谓无所不用其极，对夏无羁这样的证人也是往死里拷问。

进司理狱前，刘克庄原本还对夏无羁抱有怨恨之意。那晚与虫娘分别时，他万般不舍，最终还是成人之美，将虫娘交给了夏无羁，还叮嘱说韩㻶不会善罢甘休，让夏无羁务必把虫娘照顾好，没想到就是这一别，再见虫娘时，已是阴阳永隔。夏无羁在丰乐楼没有保护好虫娘，他因此对夏无羁心生怨恨，换作是他，便是拼了性命，也要护心上人周全。可当他进入牢狱，亲眼看见夏无羁的惨状后，心中的怨恨顿时消弭，倒是另一股恨意从心底升了起来。"韦应奎真不是个东西！"他一拳捶在牢门上，"我以前就说他会栽赃陷害，酷刑逼供，想不到他真是这种人。"

"宋……宋大人，刘公子……"夏无羁听见说话声，吃力地侧过头，认出来人，只说出这几个字，声音便哽咽了起来。

"夏公子，"宋慈的嗓音一如平常，听不出半点怜悯，"能听见我说话吧？"

"能……能……"

"虫娘一案，我有些事要问你，还请你如实告知。"宋慈一上来便直接开问，"虫娘离开提刑司那晚，你没有送她回熙春楼，是因为她突然提出要与你私奔。你连夜带她出城，在涌金门外的望湖客邸住下，第二天独自回城收拾行李，虫娘的金银首饰则是由熙春楼的袁朗帮忙收拾的。你打算带虫娘连夜离开临安，却遇上了韩㻶，被韩㻶带上丰乐楼，你不敢反抗，虫娘却跳窗而逃。事情经过是这样吗？"

"是的……"

"我方才所述，与事实可有出入？"

"没……没有出入。"

宋慈听罢夏无羁的回答，脸色一沉。

便在这时，狱道里脚步声响起，韦应奎人还未到，声音先传了进来："这个姓夏的，我已审得一清二楚，何劳宋提刑再专程跑一趟司理狱？"

刘克庄不等宋慈说话，道："韦应奎，你来得正好。夏公子明明是本案的证人，你为何要对他用刑？"

"刘公子此言差矣。"韦应奎带着冯禄，来到宋慈和刘克庄跟前，"案子结清之前，是证人还是凶犯，那可难说得紧。刘公子身在太学，学的都是圣人先贤的大道理，不懂刑狱之事，殊不知有些凶手杀了人，故意假装发现尸体，或是故意装作自己是证人，那是常有的事。"说这话时，他有意无意地朝宋慈瞧了一眼。之前的岳祠案中，何太骥的尸体最初就是由宋慈发现的，本案之中，虫娘的尸体也是由宋慈最先发现并打捞起来的，韦应奎如此说话，那是在故意针对宋慈。"再说了，"他又朝夏无羁斜了一眼，"这姓夏的说起话来支支吾吾，我不略施微刑，谁敢保证他说的就是实话。"

刘克庄道："把人打成这样，你却说是微刑？"

韦应奎冷冷一笑："若是重刑伺候，以他那羸弱身板，还能有命活到现在？"

刘克庄看着夏无羁的惨状，不由得想起岳祠案发生时，宋慈险些被韦应奎抓去府衙审问，虫娘的尸体被打捞起来时，他自己也差点被韦应奎带走。对一个无冤无仇的夏无羁都能下此重手，倘若换作是他或宋慈，只怕半条命都会折在韦应奎手中。刘克庄气愤更甚，正要还嘴，宋慈却道："还请韦司理寻大夫来，为夏公子治伤。"

韦应奎道："好说，宋提刑交代的事，韦某人一定照办。"

"呵。"便在这时，一声冷笑忽然在众人的侧后方响起。

宋慈转过头，见侧后方一间牢狱中，一个戴着枷锁、披头散发、血迹斑斑的囚犯闭着双眼，盘腿而坐。这声冷笑，便是从这囚犯嘴里发出来的。

"'我来也'，你笑什么？"韦应奎喝问道。

那囚犯缓缓张眼，道："我自笑我的，与大人何干？"

"别以为你死不认罪，本司理便拿你没办法。旬月之间，你行窃十一家大户，每户墙上都留下'我来也'三字，本司理亲自检查过，那字是用石灰写成的。府衙增派差役巡逻，你还不知收敛，行窃时被抓个正着，从怀里搜出了石灰块，居然还敢抵赖。本司理劝你及早认罪，不然每日进那刑房，滋味可不大好受。"

宋慈和刘克庄相视一眼，只因"我来也"这个名头，两人此前都是听说过的。就在不久前的腊月间，临安城中忽然出了个大盗"我来也"，只盗富户，不窃贫家，先后盗窃了十一家富户，大都是为富不仁的贪官奸商，每户墙上都用石灰留下了"我来也"三个大字，隔三岔五，城中穷苦人家便会天降财货，财货都用黑布包裹着，上面同样写有"我来也"三字。大盗"我来也"的名头渐渐传遍了临安城。府衙为了抓到"我来也"，增派差役，夜夜巡行。到了正月初四，城中忽有消息传开，说大盗"我来也"已被府衙抓获。市井百姓谈论起大盗"我来也"，都是憎恶者少，夸赞者多，称颂他为侠盗，得知他被抓捕入狱，不少人都替他感到惋惜。

那囚犯慢条斯理地道："我不是什么'我来也'，只是从张大人家外路过，石灰是用来防潮的，这些话说了不知多少遍，是大人不信。"

"嘴还这么硬，那你就别松口。本司理倒要看看，你还能撑几日？"

那囚犯"嘿嘿"一笑，道："不消大人担心，不出一两日，我便能从这狱中出去。"说罢，慢悠悠地闭上了眼睛。

韦应奎气不打一处来，道："还敢逞口舌之利，冯禄，押他去刑房！"

冯禄朝那囚犯望了一眼，没有掏出钥匙开门，反而迟疑道："舅……司理大人，万一……万一这囚犯所言非虚，他不是'我来也'……"

韦应奎瞪了冯禄一眼："你替一个贼囚说话，难不成是收了他的好处？"

"没……没有……"冯禄连连摆手，赶紧掏出钥匙，去开牢门。

便在这时，一名差役急匆匆赶来司理狱中，请韦应奎立刻去中和堂。"赵大人在中和堂见了司农寺丞，之后便大发脾气，吩咐小的过来，请韦大人即刻过去。"

赵师罩又是大发脾气，又是急着叫韦应奎去，只怕不是什么好事。韦应奎只好暂且将给那囚犯用刑之事搁下，把冯禄叫到一旁，低声吩咐他盯住宋慈和刘克庄，记下二人查问了夏无羁哪些事，然后跟随差役赶去了中和堂。

刘克庄冲韦应奎远去的背影"呸"了一声。宋慈却丝毫不受韦应奎一来一去的影响，看着牢狱中的夏无羁，道："夏公子，虫娘一案如今已由我接手，你若不想虫娘枉死，便要如实回答我的问题。"

"宋大人来查此案，那真是……太好了。"夏无羁吃力地撑起身子，镣铐哗啦啦地一阵响。

"你不必起身，坐着就行。"

"多谢宋大人。"

"你可认识月娘？"宋慈开始了问话。

"月娘？"

"她和虫娘一样，也是熙春楼的角妓。"

"我不认识。"

"那熙春楼的袁朗呢？你请他帮忙收拾虫娘的金银首饰，想必是认识的吧。"

"我也不认识袁朗，是小怜说与袁朗相熟，让我去找此人帮忙。小怜还说整个熙春楼，只有袁朗会真心实意地帮她，还会替她保守秘密，不让云妈妈知道她私奔的事。"夏无羁和以前一样，依然称呼虫娘为"小怜"。

"你去熙春楼后，是如何找到袁朗的？此事你要详细说来，不可有半点隐瞒。"

刘克庄在旁听得莫名其妙，不明白宋慈为何如此在意这个叫袁朗的人。

"小怜说袁朗长得又高又壮，是熙春楼所有厨役中最有力气的，每天傍晚，熙春楼附近的街口会有人收泔水，袁朗会按时把泔水桶搬出熙春楼的侧门，运去街口倾倒。我按小怜所说，傍晚到熙春楼侧门候着，果然等到了袁朗出来。我请袁朗帮忙收拾小怜的金银首饰，他毫不犹豫便答应下来，趁着楼里的人都在忙着招呼客人，他偷偷去到小怜房中，把能找到的金银首饰全都打包好，带到侧门交给了我。"

"这些金银首饰现在何处？"

"我不知道。"

"你怎么会不知道？"

"小怜出事那晚，这些金银首饰原本由我背着。小怜翻窗逃出丰乐楼后，韩公子和他的家丁都追出楼去，我当时也急着追赶，忘了拿包袱，等我再回到丰乐楼时，包袱已经不见了，不知被谁拿走了。"夏无羁摇头叹道，"我没找到小怜，在丰乐楼外等了一宿，没等到她回来，又想她是不是回了望湖客邸，赶回客邸还是不见她人。第二天我四处寻她，始终寻不到，却听人说西湖里捞起了一具女尸，死的是个角妓。我担心是小怜，便想着去府衙打听，哪知到了府衙门外，刚找到官差问话，我一说自己是夏无羁，便被官差抓了起来……"

"虫娘的金银首饰有多少？"

镣铐哗啦作响，夏无羁抬起双臂，环在胸前："很多，这么一大包。"

"倘若我没记错，正月初二那天，虫娘才首次点花牌接客人。一个刚开始点花牌挣钱的角妓，怎么会有这么多金银首饰？"

"这……这我就不知道了，小怜没跟我提起过。想是她在熙春楼待了六年，云妈妈要捧她做头牌，平日里赏给她的吧。"

一旁的刘克庄不以为然地摇了摇头，心想："那云妈妈一看便是锱铢必较之人，虫娘有那么多金银首饰，只会被她抢走，哪会倒给虫娘？定是虫娘太过貌美，还没开始点花牌，便引来不少恩客的追捧，送了许多金银首饰给她。”

“你和虫娘自小便相识？”宋慈忽然另起他问。

夏无羁点了点头：“我与小怜比邻而居，我长她四岁，幼年时常在一起玩。”

“你叫她小怜，她本名叫什么？”

“小怜本就姓虫，名叫虫怜。”

“她如何会沦落青楼，成了角妓？”

“那是因为……因为她父亲犯了事，她受牵连，才被罚入青楼为妓。”

能让女儿受牵连充妓，其父所犯之事必然不小，只怕是十恶不赦的大罪。宋慈追问道：“她父亲是谁？犯了何事？”

“她父亲是……是……”夏无羁欲言又止。

“到底是谁？”

“是……是将军虫达……”

“虫达？”一旁的刘克庄脱口道，“你说的莫不是好几年前，那个背国投金的叛将虫达？”

夏无羁点头道：“原来刘公子也知道虫将军。虫将军原是池州御前诸军副都统制，六年前叛投金国，累及全家坐罪，家中女眷要么被罚为奴，要么被罚为妓。小怜便是那时入了熙春楼。”

六年前，刘弥正还没被贬黜，刘克庄还跟着父亲居住在临安，虫达叛国投金一事，当时闹出了不小的动静，他是听说过的。他难以置信地摇了摇头：“原来虫娘是虫达之女……”

宋慈没再追究虫娘的家世来历，暗自沉思了片刻，忽然道：

"夏公子，你既然不希望虫娘枉死，那你为何要撒谎？"

"我没有撒谎，小怜当真是虫将军的……"

"我说的不是这个。"宋慈打断了夏无羁，"我说的是，你为何要谎称与虫娘私奔？"

夏无羁一愣，道："我与小怜私奔，乃是确有其事，并非撒谎……"

"你还敢说确有其事？我方才提到一个名叫月娘的角妓，熙春楼中与虫娘最为亲近的，便是这个月娘，可她已经失踪了大半个月。这大半个月里，虫娘想尽办法寻找月娘，甚至甘冒被鸨母责罚的风险，私自离开熙春楼，出城打听月娘的下落。我与虫娘素不相识，她都会请我帮忙寻找月娘，而你与虫娘自小相识，如今又有琴瑟之好，她怎么可能不把月娘失踪的事告诉你，请你帮忙寻找？你却回答我，说你不认识月娘。"宋慈的语气越发严肃，"你说护送虫娘回熙春楼途中，她突然提出要和你私奔，要知道在那之前，她刚在提刑司求我寻找月娘。她那么在意月娘的安危，岂会转过头便不管月娘的死活，突然要与你远走高飞？"

夏无羁呆住了，半晌才道："宋大人，私奔一事是真的，只不过……只不过不是小怜的意思，是我……是我提出来的。我被抓到这狱中，韦大人说小怜死于他杀，对我严刑拷打，还说我是凶手，我怕他知道是我提出的私奔，会以为我故意把小怜骗走杀害，我……我便撒了谎，说私奔是小怜提出来的……"

刘克庄心中那股原本已经消弭的怨恨之意一下子涌了上来，道："那晚你若是好好送虫娘回熙春楼，不提什么私奔，哪会有后来的事？虫娘又怎么会死？虫娘对你情深意重，她惨遭毒手，死于非命，可你呢？为了撇清责任，居然把事情起因推到她身上。夏无羁，你还是不是个男人？"

"我，我……"夏无羁嗫嚅几声，低下了头。

"虫娘跳窗逃出丰乐楼后不知所终，你为何不去报官？"刘克庄又责问道。

夏无羁的头埋得更低了，道："若去报官，小怜与我私奔一事便会传出去，云妈妈若是知道了，定会把小怜抓回熙春楼，重重处罚她。我当时没想过小怜会出事，我以为她是找地方躲了起来，用不了多久便会回来找我，所以……所以便没去报官。"

刘克庄听着这话，气得连连摇头。

宋慈道："夏公子，倘若如你所说，是你提出的私奔，那你打算离开临安后，带虫娘去何处？"

"我本就是临安人，双亲都已离世，亲族嫌我落魄，早已不与我往来。我无亲无故，又没去过外地，根本没想过去哪。我只想带小怜先离开临安，尽可能走远，让熙春楼的人找不到。我本就以卖字画为生，换个地方，照样可以卖字画，只要能和小怜长相厮守，去哪里都行。只可惜我没这福分，小怜她……"想到与虫娘阴阳两隔，长相厮守再无可能，夏无羁满腔言语，化作一声哀叹。

"月娘呢？你如实说来，到底认不认识她？"

"宋大人，我当真不认识什么月娘。"

"月娘是腊月十四失踪的，当天她穿着彩色裙袄，头上有一支红豆钗，还戴了一对琉璃珠耳环。她去城外净慈报恩寺祈福，结果一去不回，不知所终。这些事，虫娘当真没跟你提起过？"

夏无羁努力想了想，回以摇头。

宋慈的注意力全都集中在夏无羁的身上，丝毫没觉察到侧后方牢狱中那个闭目盘腿的囚犯，在他提到"腊月十四"时，忽然动了动眉梢，在他说出月娘的穿着打扮时，更是一下子睁开了长时间闭着的双眼。倒是刘克庄微微侧头，注意到了这一幕。

宋慈又道："在丰乐楼遇到韩㺨的经过，你仔细说来，不可遗漏任何细枝末节。"

那一晚遭遇韩㺨的经过，夏无羁只怕一辈子都忘不了。

当时他带着虫娘离开望湖客邸，沿着城墙外道走了没多远，就到了丰乐楼外。作为临安乃至整个大宋名气最盛的酒楼，即便是深夜，丰乐楼依然灯火通明，不时有酩酊大醉的客人从楼里出来。丰乐楼的南侧是一片开阔地，停着不少马车和轿子，车夫和轿夫们聚在屋檐下，或打盹，或闲聊，每有客人醉醺醺地从丰乐楼里出来，总会有车夫或轿夫起身，把马车或轿子靠过去，载上自己的主人回城。

当夏无羁和虫娘从丰乐楼外经过时，楼里忽然奔出一大群家丁，拦住了两人的去路。头顶传来了笑声，夏无羁和虫娘一抬头，看见了二楼上倚着窗户的韩㺨和史宽之。原来这一晚韩㺨招揽了几个角妓，约了史宽之在丰乐楼上饮酒作乐。韩㺨堆起一沓金箔，与几个角妓玩起了摸瞎，只要不被他抓住，便可得金箔为赏。当韩㺨在窗边抓住一个角妓、摘下蒙眼黑布时，恰巧看见楼下经过的夏无羁和虫娘，他立刻吩咐众家丁下楼，将二人抓起来。

在丰乐楼上的知秋一叶阁里，夏无羁被几个家丁反拧双手，按压在桌上。动弹不得的他，只能眼睁睁地看着史宽之抓着虫娘，捏开了虫娘嘴巴，韩㺨则拿起酒瓶，不停地往虫娘嘴里灌酒，酒水流得虫娘满脸都是，呛得她连连咳嗽。虫娘不住地挣扎，额头撞到了韩玎手中的酒瓶，酒瓶脱手落地摔碎了。

韩玎给了虫娘一耳光，转身去拿另一只酒瓶。这时虫娘一口咬在史宽之的手上，史宽之吃痛，一下子松开了手。虫娘趁机挣脱了史宽之，从地上抓起酒瓶的碎瓷片，颤抖地举在身前。

韩玎和史宽之丝毫不怕，狞笑着张开双臂，朝虫娘围了过去。虫娘步步后退，退到了窗边，已是退无可退。窗户开着，她不堪受辱，在绝望地望了夏无羁一眼后，从窗户翻了出去，摔到了楼下。等到韩玎和史宽之带着家丁追下楼时，虫娘已不见了踪影。一辆马车正好路过，车夫说看见一个穿红裙的女子朝涌金门方向奔去了，韩玎一伙人立马追去了涌金门。直到小半个时辰后，韩玎一伙人没追到虫娘，才返回了丰乐楼。

"韩公子他们回来时，我没看见小怜，便知道小怜逃脱了。"夏无羁讲完遭遇韩玎的经过，叹道，"当时我还暗暗替小怜高兴，谁承想她会出事……"

"韩玎回来后，没再找你的麻烦，就这么放过了你？"宋慈问道。

"韩公子带人去追小怜时，没人管我，我便趁机跑出了丰乐楼。他们回来时，我躲在附近，他们没瞧见我。"

"韩玎和史宽之只是对虫娘灌酒，没有侵犯她，或是对她做其他事？"

"没有。"夏无羁摇了摇头。

虫娘的阴门有损伤，生前曾遭人侵犯，倘若不是韩玎和史宽之，也不是完颜良弼，那侵犯她的便另有其人，也就是说，她是在清波门下车之后，才遇到了侵犯她的人，而这人很可能便是杀害她的凶手。对宋慈而言，眼下最重要的，是查出虫娘下车后到底去了哪里。可当时夜已很深，从清波门进城出城的人本就不多，临安城又那么大，要找到当时进出清波门并目击虫娘去向的人，无异于大海捞针。

就在宋慈沉思之时，韦应奎回来了。

去了一趟中和堂回来，韦应奎变得脸色铁青。他一进司理狱，便吩咐冯禄打开牢门，把那被认作大盗"我来也"的囚犯押了出来。

冯禄以为是要将那囚犯押去刑房用刑，哪知韦应奎却对那囚犯恶狠狠地道："算你走运，出去之后，有多远给我滚多远，别再让我瞧见你！"

冯禄记得不久之前，那囚犯说自己不出一两日便能出狱，他还当那囚犯胡说大话，没想到转眼便应验了。他怕误解了韦应奎的意思，道："舅……司理大人，是要放他出狱吗？"

"昨晚'我来也'又在城中行窃，不放了他，还关着做甚？"韦应奎怒道。

冯禄听了这话，神色有些古怪地瞧了那囚犯一眼，拿出钥匙，除下了那囚犯身上的枷锁。

那囚犯嘿嘿一笑，扭了扭脖子，转了转手腕，朝狱中各人看了一眼，最后吹起两短一长的口哨，在冯禄的带领下，大模大样地走出了司理狱。

刘克庄望着那囚犯的背影，神色间透出犹疑之色。他靠近宋慈，小声问道："你方才提到的月娘，与虫娘的案子有关吗？"

"眼下尚不清楚。"宋慈道，"不过我答应过虫娘，要帮她查找月娘的下落，即便此事与她的死无关，我也要尽力查明究竟。"

"那好，我先行一步，回头斋舍见。"刘克庄将卷好的尸图交给宋慈，拍了拍宋慈的肩膀，离开了司理狱。

刘克庄没解释为何突然离开，宋慈也不过问，任由他去了。

从司理狱出来，刘克庄始终不远不近地跟着冯禄和那囚犯，见那囚犯被冯禄带至府衙侧门，放了出去。

那囚犯在府衙侧门外伸了个懒腰，沿巷子走了一段，来到一条大街上，在一间酒肆外定住了脚。酒肆门口张着幌子，上书"青梅酒肆"四字。虽是下午，酒肆里客人稀少，但酒香却是一阵阵地飘出。那囚犯用力吸了一口，嘿嘿一笑，不顾衣服肮脏和浑身血迹，径直钻进了酒肆。

在这家青梅酒肆里，掌柜正带着酒保清点酒水，以为来了叫花子，要赶那囚犯走。那囚犯不知从何处拿出一片金箔丢下，径直上了二楼。那片金箔方方正正，正中有一个小小的戳印，形似一个"工"字。那囚犯此前身陷牢狱，遭受严刑拷打，身藏金箔却没被发现，足见这金箔藏得极为隐秘。掌柜得了金箔，忙吩咐酒保招呼客人。酒保赶紧跟上二楼，见那囚犯走向临窗的桌子，忙取下肩头抹布，赶过去飞快擦拭几下，请那囚犯入座。

"你们这里什么酒最好？"

"小店以青梅为招牌，青梅酒最是好喝。"

"先筛两碗来！"

那囚犯吩咐完酒保后，没有坐下，而是双手叉腰，面窗而站。窗外极目之处，天边乌云一层层地堆上来，看来不久便要下雨。

就这么站了片刻，背后楼梯吱呀作响，一个清朗声音忽然响起：“兄台是在等人吗？”

那囚犯转过身来，看着已经走上楼梯的刘克庄，道：“我等的人已经到了。”

刘克庄盯着那囚犯看了几眼，忽然吟道：“今游侠，其行虽不轨于正义，然其言必信，其行必果，已诺必诚，不爱其躯，赴士之厄困。”

那囚犯接口道：“既已存亡死生矣，而不矜其能，羞伐其德，盖亦有足多者焉。”

刘克庄哈哈笑了起来：“叶籁兄，当真是你！”

那囚犯也笑了起来，道：“一别八年，想不到当年整天跟在我身后的鼻涕虫，如今竟已是如此一表人才。刘灼老弟，别来无恙啊！”

两人攀住彼此的肩膀，都是喜不自胜。刘克庄见叶籁满身是伤，关切道：“叶籁兄，要不要找个医馆看看，用一些药？”

叶籁指着桌上摆好的两碗青梅酒道：“还有比这更好的药吗？”拉了刘克庄入座，端起酒碗，一饮而尽。

“再筛两碗酒来！”叶籁笑道，“刘灼老弟，我在司理狱里初见你时，便依稀觉得有故人模样，临走时故意吹口哨，就是想看看你有没有反应，会不会跟来，没想到当真是你。”

“你以前就爱两短一长地吹口哨，还揪着我翻来覆去讲那些游侠之事，常把太史公的《游侠列传》挂在嘴边，你不知当年听得我有多烦。你随叶公离京后，我对你甚是想念啊。听说叶公如今已重返临安，不知他老人家身子可好？”

“我爹一切都好，就是重回朝堂之上，烦心事又多了起来。听说你爹也因得罪韩侂胄外放离京，他老人家如今还安好吧？"

"家父身子康健，离京四五年，反倒胖了不少。"

"那就好。还记得小时候，你爹成天逼你习文，一有空便抓你回家，给你讲官场之事，教你为官之道。"

"何止是小时候，家父至今还是这样，只不过他讲得越多，我就越不想做官。"

"可我看刘灼老弟着一身学子服，想必是入了太学，将来仕途大有可为啊。"

刘克庄扯了扯青衿服的衣襟，道："不瞒叶籁兄，我是入了太学，却志不在求官。我也早已自改名字，不称灼字，改叫克庄了。"

"我就说为何我身在武学，与太学一墙之隔，却从没听说过你，原来你早已改了名字。"

"叶籁兄在武学？"

叶籁笑道："没想到吧！"

刘克庄哈哈一笑，道："太学与武学素来不睦，势同水火。如此说来，你我倒成死对头了。"

两人各自大笑，举酒对饮。

"刘灼……啊不，是克庄老弟，你这新名字倒是大有深意啊。"叶籁稍作沉吟，"庄者，庄园也，高官贵族之寓所，克庄克庄，我算是明白老弟的心志了。"

刘克庄自改姓名以来，旁人都以为"克"字取自克己复礼，"庄"字取自沉稳庄重，意为谨严持重，唯有宋慈初听其名便解其义，叶籁则是第二个。"知我者谓我心忧，不知我者谓我何求。"刘克庄端起酒碗道，"叶籁兄，就冲你这番话，我先干为敬！"

又是两碗酒下肚，又是两碗酒筛来，两人慢慢聊起了别后八年来的经历。

叶籁是权工部侍郎叶适之子，年幼时与刘克庄同在一处念学，成天玩在一起。大人们奔波忙碌于世事，以为小孩子什么都不懂，可那是立志的年纪，两个孩子身在官宦之家，耳闻目睹多了，反倒对官场越发反感。刘克庄醉心诗文，向往一饮一啄、无拘无束的日子，叶籁则心慕游侠，每日习武健身，想着有朝一日能行侠仗义，快意人生。后来韩侂胄掌权，斥理学为伪学，打击异己，叶适名列伪学逆党之籍，受牵连罢官，叶籁也随父亲离开临安，回了家乡永嘉。再后来叶适被起复为官，所任皆是地方官职，职位几乎每年一换，数年间足迹遍布江南，叶籁跟着父亲奔走，见了太多黎民百姓之苦。如今叶适应召入对，重返临安朝堂，叶籁也跟着回来了。

"世道不同了，早不是先秦时候，什么大游侠，那都做不成了。我通过武艺选拔，考入武学，整日里弓马骑射，勤加操练，想着有朝一日若能为官为将，上阵杀敌，保一方百姓太平，也算不枉此生。"谈及自己的这些经历前，叶籁先取出几片金箔，包下了整个二楼，让酒保下楼去，不得放任何人上来。他喝了一口酒，道："却不想临安城中竟出了个大盗，唤作'我来也'，劫富济贫，行侠仗义，居然做了我敢想而不敢做的事。"

"我也听说了这位大盗的事，竟敢在天子脚下劫富济贫，这份本事可不小。"

叶籁道："初三那晚，我有事回了趟家，从司农寺丞张镒家外路过，却被巡行的差役拦住，不由分说便对我搜身。我当时怀中揣着一包石灰，原本是打算带回斋舍防潮用的，被差役搜了出来，非说我是大盗'我来也'，将我抓去了府衙。我本以为是小事一件，只要府衙查问清楚，便会放我离开，想着不让我爹担心，便没报自己的真实身份。可我没想到的是，府衙的司理参军韦应奎，不久前曾挨过韩侂胄的责骂，险些丢了官，因此立功心切。我这一被抓，那是正好撞到了他的刀口上。韦应奎明明没有证据，却一心要把大盗'我来也'的案子破了，我否认自己是'我来也'，他便将我关入司理狱，每天对我用刑拷打，势要打到我承认为止。"

刘克庄猛地一拍桌子，震得碗中酒水荡洒而出，道："这个韦应奎，真就是个狗官！"

叶籁接着道："狱中那个叫冯禄的狱吏，还算有些良心，见我被打得太惨，悄悄对我说了韦应奎险些丢官的事，说我一天不认罪，韦应奎便会折磨我一天，十天不认罪，便会折磨我十天，直到将我屈打成招为止，劝我及早认罪，少受那皮肉之苦。我当然不会认。拷打便拷打，我倒要看看，他韦应奎能把我关到几时。"

刘克庄想起韦应奎释放叶籁时的场景，道："叶籁兄，韦应奎这种狗官，根本不值得你这么做。幸好那大盗'我来也'又在外面行窃作案，不然以韦应奎的为人，真不知还要关你多久。韦应奎对你滥用酷刑，如此无法无天，此事可不能就这么算了。"

叶籁洒然一笑，道："这种鸟事，说多了烦心。老弟你呢？你不是太学生吗，怎么会到司理狱去审问囚犯？"

刘克庄如实说了宋慈查案一事。

"原来先前在你身边那人，就是宋慈。"

"你也知道宋慈？"

叶籁点头道："辛铁柱前些日子蒙冤入狱，听说就是一个叫宋慈的太学生帮他查证了清白，当时武学很多人去琼楼庆贺此事。我在武学没什么朋友，唯独与这个辛铁柱来往颇多。我本该去琼楼庆贺他出狱的，可那晚我有事回了趟家，便没去琼楼。"

"你有所不知，那晚我也正巧在琼楼。你若是去了，不但你我能早几日重逢，你也能免受这几日的牢狱之苦。"

"世间缘分自有天定，能与你坐在这里喝酒，这场牢狱之灾受了也值！"

两人举起酒碗，又痛饮起来。

数碗酒下肚，两人都微红了脸。叶籁还要呼酒保筛酒，刘克庄却拦下了他，道："适才在司理狱中，宋慈提及一位失踪的角妓月娘，说到她的穿着打扮时，叶籁兄似有反应，莫非是认得她吗？"他跟着叶籁离开司理狱，一路跟到了青梅酒肆，一部分原因是他认出了故人，更多则是因为宋慈提及月娘时，叶籁突然睁眼的奇怪反应。

"认识谈不上，只是见到过。"叶籁道，"我是听宋慈说了穿着打扮，又提到了腊月十四，才知道腊月十四那天夜里，我见到的女子名叫月娘。"

"你在腊月十四夜里见过月娘？"

叶籁点了点头。

"你在哪里见到她的？"

"望湖客邸。"

刘克庄对"望湖客邸"这四个字再熟悉不过，那是虫娘遇害前一夜住过的旅邸。他暗觉奇怪："宋慈说月娘是腊月十四那天去净慈报恩寺祈福时失踪的，叶籁兄又怎么会在那天夜里，在望湖客邸见到她呢？"便问道："你当真没记错，那天是腊月十四？"

"别的日子我倒有可能记错，偏偏这腊月十四我记得一清二楚。"叶籁道，"当时一连下了数天大雪，就腊月十四这天放了晴，我还特意去西湖看了雪景。我是从钱塘门出城，从北岸过苏堤，再沿南岸一路走回来，绕了西湖一大圈。我回程时路过丰乐楼，闻到楼中飘出的酒香，实在馋得紧，便进楼喝酒。我在二楼上拣了一张临窗的散座坐了，就着雪景下酒，心情大好，这一喝便喝到了夜里。我看见韩侂胄之子韩玪从丰乐楼外走过，带着一群家丁，还有史弥远的儿子史宽之，以及好几个角妓妆扮的女人，一起进了不远处的望湖客邸。"

刘克庄暗自嘀咕："怎么又是韩玪？"

"我当时已经喝醉了，趴在酒桌上睡了一觉，被侍者叫醒时已是深夜，酒客几乎走空，丰乐楼已经准备打烊了。我醉醺醺地下了楼，打算回城。当时明月当空，月光雪亮，忽然不远处望湖客邸的门打开了，一个女子从里面慌慌张张地跑了出来，看起来像是之前被韩玪带入望湖客邸的角妓。那女子跑得很急，从丰乐楼外跑过，向南去了。很快望湖客邸里奔出一大群家丁，也朝南边去了，像是在追赶那女子。借着丰乐楼前的灯笼，我看见那女子穿着彩裙，头上有一支红色珠钗，至于戴没戴琉璃珠耳环，实在是没看清。不过穿着彩裙，还别着红色珠钗，又是在腊月十四那天，我想那女子应该就是宋慈提到的月娘。"

"那女子之后去了哪里，你知不知道？"刘克庄问道。

叶籁摇头道："我当时本想跟上去瞧瞧，可我醉意太重，连路都走不稳，实在是有心无力。我又在丰乐楼外坐了好久，等到酒意退了些，好不容易才自己走回了武学。第二天清醒后，我想起前一晚的事，越想越觉得奇怪，于是去到望湖客邸，想打听一下前一晚到底发生了什么事，却又遇到了韩侂的那群家丁。原来望湖客邸早就被韩侂包下了，而且一包便是一个月，不让任何客人入住。那群家丁根本不理睬我，直接把我轰走了。"

刘克庄心里暗道："如此说来，腊月十四那天，月娘不是去净慈报恩寺祈福失踪的，而是夜里被韩侂那群家丁追赶后才失踪的。"他心念忽然一动，这一幕与虫娘在初四那晚的遭遇何其相似。虫娘不也是被韩侂和他的家丁追赶，当晚才不知去向的吗？他猛地站起，月娘如何失踪一事，必须尽快让宋慈知道才行。

人生别离，动如参商，故友相逢，实乃人生一大快事，刘克庄很想与叶籁痛饮一场，不醉不归，然而今天是正月初七，宋慈奉命查案，期限只有三天。他当场与叶籁作别，约定改日去武学找叶籁叙旧，然后离开青梅酒肆，返回府衙，一口气奔入了司理狱。

然而司理狱中空空荡荡，宋慈早已不在这里。韦应奎也不在，只有冯禄。他一问冯禄，才知道之前他走后不久，宋慈便离开了。

刘克庄又一路飞奔，赶回了太学习是斋，然而宋慈也不在太学。

第三章

走访案发现场

　　刘克庄不知宋慈去了哪里，也不知宋慈何时才会回太学。他不打算就这么等宋慈回来，决定自行去望湖客邸探查一番。此案死的是虫娘，他只想尽自己所能，早日揪出真凶，让虫娘得以瞑目。

　　望湖客邸坐落于西湖东岸，是由曾经的官家驿馆改建而成，整座客邸分为东西二邸，东边朝着临安城，西边挨着西湖，分别唤作临安邸和西湖邸，内有堂室、挟屋、廊庑、厨舍、浴房、马厩、车房、门屋等建筑，极具规模，再加上临湖照水，坐拥西湖之美，又毗邻丰乐楼，乃是临安城最出名的旅邸之一。

　　刘克庄来到望湖客邸时，头顶密云滚滚，天色晦暗，看起来随时都可能下雨。他刚一进入客邸大门，门屋里一个矮胖伙计立刻笑脸迎出，道："这位公子，是要歇脚宿夜吗？"

　　刘克庄不像宋慈那样有提刑干办的身份，他要来这里探查，只能假装是客人。他来之前特意换了一身行头，此时是锦衣玉带的贵公子打扮，还挎了一个包袱在肩上，道："你们这里还有房吧？"

"有的有的，公子快请进！"

"先带我看看房间。"

"好说，公子这边请！"

那矮胖伙计将刘克庄迎入客邸，迎面就是东侧的临安邸。

在临安邸雪白的墙壁上，题着几行淡淡的墨笔：

> 山外青山楼外楼，西湖歌舞几时休？
>
> 暖风熏得游人醉，直把杭州作汴州。

这几行题字跃入眼中，刘克庄不禁脱口道："平山居士的这首七绝，原来是题在你们这里！"平山居士姓林名升，乃是孝宗年间的大诗人，一首《题临安邸》遍传四海，道尽大宋偏安一隅、纸醉金迷之状。刘克庄一直以为这诗是题在临安城某处不知名的旅邸内，没想到会在这望湖客邸中见到。这几行题字墨迹已淡，显是年代久远，但运笔时那种渴骥奔泉之感，依然扑面而至。

"公子一看便是饱学之士。"那矮胖伙计笑道，"去年客邸翻新，东家把墙上题字都抹去了，唯独留下这首诗，说是百年难得一遇的大才之作，还叮嘱少东家要一直留存下去。小的不通诗文，分不清好坏，只知道一有文人来投宿，见了这诗，总不免夸上几句。"

刘克庄惊喜莫名，凝视那题字许久，几乎忘了此行目的，半晌才回过神来，道："走吧，看房去！"语气甚是喜悦，脚步也轻快了不少。

那矮胖伙计将刘克庄领入临安邸，道："公子请看，这边是临安邸，四百钱一宿，往里是西湖邸，一夜需一贯钱。不知公子想住哪边？"

"你们的房间这么贵？"

"公子有所不知，咱望湖客邸坐拥西湖，又与丰乐楼为邻，那可是临安城最好的旅邸啊。这么点钱，真不算贵了。"

刘克庄不禁暗暗心疑："寻常的旅邸，几十文钱便能住上一晚，无论城里城外，这样的旅邸随处可见。夏无羁是个落魄文士，以卖字画为生，本就没什么钱，为何不去那些便宜的旅邸过夜，偏要带虫娘住这么贵的望湖客邸呢？"想到这里，问道："听说前些天，你们这里有客人出了意外？"

"公子说的是什么意外？"

"听说有个女子，住在你们这里，却死于非命。"

"公子可千万别听外面的人胡说八道。那女客人是退了房，离了店，后来才在苏堤出的事，与咱望湖客邸是八竿子打不着啊。"

"那女子住的是哪间房？"

那矮胖伙计朝不远处一指："就是那边的明远房。"

刘克庄走了过去，见房门上挂有"明远"字样的木牌。他让伙计拿钥匙打开房门，站在门外看了几眼，道："这么一间房，就要四百钱？"

那矮胖伙计笑着应了声"是"。

刘克庄看了看四周，道："我看你们这里没什么客人吧？"

"公子哪里话，咱望湖客邸名声在外，每天来投宿的客人多的是。"

刘克庄点了点头，道："你们这里房间是不错，周围又清静，很合我意。"

"公子真有眼光，咱望湖客邸清幽雅静，最是宜居，住过的客人，没一个说不好。"

"那可就奇了，既然投宿的客人多的是，怎的客邸里会这般清静？怎的除你之外，却连个多余的伙计都瞧不见？"刘克庄道，"你不说实话，我可就不住了。"

那矮胖伙计尴尬地笑了笑。这两天府衙差役出入望湖客邸查案，客邸死了客人的消息很快传开，以至于来此宿夜的客人越来越少，今天刘克庄来之前，甚至连一个投宿的客人都没有。那矮胖伙计挠头道："公子说的是，这两天是没什么客人，其他伙计都在杂房休息。"

"既然没什么客人，你还收我四百钱，不给我算便宜些？"

"这价钱是马掌柜定好的，小的不敢多收，更不敢往少了改啊。"

"你们掌柜何在？"

"马掌柜去城里采买货物了，这会儿不在客邸。"

"这样啊，那好！"刘克庄走进明远房，在凳子上坐了，把肩上包袱往桌上一搁，哗哗哗一阵响，"把你们客邸里的人都叫来，甭管是迎客招呼的，端茶送水的，还是洒扫厨食的，也甭管是男的女的，老的少的，全叫到这间房来。"

那矮胖伙计奇道："公子这是要做什么？"

"你只管照做，本公子自有差遣。"刘克庄打开包袱，里面一串一串的全是铜钱，都是一百钱一串，少说也有大几十串。这些铜钱是他来望湖客邸前，专程去了一趟会子务，拿行在会子换来的。他随手拿起一串铜钱，抛给了那伙计。

一百钱抵得上一天的工钱了，那矮胖伙计喜笑颜开，一个劲地点头哈腰，一溜烟去了。

片刻工夫，望湖客邸的伙计、杂役齐聚明远房，一共近二十人。刘克庄让众人搬来凳子，在房中依次坐好，坐得满满当当。人人都盯着桌上那大几十串钱，个个两眼放光，不知这位有钱的主作何差遣。

只听刘克庄道："今天是初几？"

众人没太明白刘克庄的意思，一时面面相觑。一个年老的杂役应道："初七。"

"很好，答对了，过来领赏！"刘克庄拿起一串铜钱。

那年老杂役喜出望外，上前接过铜钱，回到原位坐下，惹得其他人投来无比艳羡的目光。

刘克庄拍了拍几十串铜钱，笑道："本公子有些问题，你们谁答得最快，答得最翔实，便可得赏钱一串。"

众人见那年老杂役回答一个如此简单的问题便得了一百钱，不由得个个摩拳擦掌，跃跃欲试。

刘克庄心知肚明，韩㽛太师之子的身份摆在那里，寻常人不敢乱嚼舌根，想打听韩㽛包下整个客邸的事，单凭一个客人的身份是远远不够的。有钱能使鬼推磨，他今天就要让望湖客邸的所有人一起来推他的磨。他道："听说上个月，你们这里被人包下了，我有朋友想来投宿，却被你们赶了出来……"

刘克庄话未说完，之前迎他入客邸的矮胖伙计忙道："啊哟，咱望湖客邸上个月被一位大贵人包下了，得罪了贵公子的朋友，那可千万对不住。"

"我还没提问呢，你这可不能算是回答。"

那矮胖伙计连连称是，其他人都笑他心急吃不了热豆腐。

"这位大贵人包下你们这望湖客邸，怕是要花不少钱吧？"

那矮胖伙计立刻抢先作答："各种开销算在一处，一天至少好几十贯吧。不过那位大贵人有的是钱，自己带来了家丁、仆人，把小的们都打发回家歇息，还照给小的们发钱。整个腊月啊，小的们不用干活便能拿钱，真是做梦都要笑醒。"他没忘记刘克庄的要求，不仅答得足够快，还足够翔实，果然一答完，刘克庄便打赏了他一串钱。

"我倒是孤陋寡闻了，听说过有人包下青楼酒肆，还从没听说有人会把旅邸包下来的。"刘克庄道，"不知是什么样的大贵人，出手竟这般阔绰？"

一个伙计抢先应道："是韩珍！"

刚刚得赏的矮胖伙计道："我说刘老三，韩公子的大名，你也敢直呼？"又朝刘克庄道，"公子有所不知，这位大贵人是当今韩太师的公子，别说包下咱望湖客邸，便是包下全临安城的旅邸，那也是不在话下啊。"

"一个答得快，一个答得翔实，这一串钱，你二人拿去分了。"刘克庄丢出一串铜钱，又问，"这位韩公子包下旅邸，是要招待什么大有来头的客人吗？"

众人原本做足了准备，势要抢先作答，可此问一出，却面面相觑答不上来。那矮胖伙计道："韩公子的事，小的哪里知道？"其他人都跟着附和。

刘克庄正打算另起他问，一个杂役缓缓举起了手，道："小人……知道。"这杂役是在场所有人中最为瘦弱的一个，看起来病恹恹的，说起话来弱声弱气。

"你知道？"刘克庄看向那瘦弱杂役，其他人也纷纷投去目光。

那瘦弱杂役点头道："小人亲眼瞧见了。"

"我说周老幺，你一个扫茅厕的，平日里躲在杂房，大门不出二门不迈，你能瞧见什么？"那矮胖伙计道，"你可别眼红，编些胡话来骗这位公子的赏钱。"

周老幺道："小人平日里除了打扫茅厕，的确少有离开杂房，身上经常又脏又臭，见到客人都是远远躲开，可……可小人真是亲眼瞧见了。"

"你亲眼瞧见了什么？"刘克庄道，"说来听听。"

周老幺应道："韩公子包下客邸，是在腊月初一，那天小人留下来打扫茅厕，是最后离开客邸的。小人离开时，正遇上韩公子他们进来。小人看见韩公子带了一个女人，还有一堆家丁和仆人，一起去了西湖邸那边。韩公子要招待的客人，应该就是那个女人。"

"那女人是谁？"

"小人不认识。"

"她长什么模样？"

"小人只看见那女人的侧脸，不敢说她长什么模样，就记得她穿着彩裙，肚子隆起不少，看样子怀了孕。"

"怀了孕？"刘克庄语气一紧，"你没看走眼？"

"小人在家里排行老幺，上头有三个哥哥、两个姐姐。两个姐姐都已经嫁人，生过娃，她们有孕在身时，小人是见过的。那女人的肚子，像小人姐姐怀胎四五月时的大小，一眼便能看出来。"

"穿着彩裙，那不就是宋慈所说的月娘？"刘克庄打赏周老幺一串钱，暗暗疑惑，"一个有孕在身的角妓，韩玠不但包下整个望湖客邸让她住，还又是仆人伺候，又是家丁看护，竟如此照顾，难不成月娘肚中怀的，是他韩玠的孩子？"一想到月娘，他不禁想起叶籁的讲述，便问道："腊月十四那天，你们有人在客邸吗？"

众人都摇头，有的道："小的腊月初一便回了家，过完年才来的。"有的道："韩公子说了，不准任何人回客邸打扰，他的话谁敢不听？"有的道："不只是咱们这些当伙计的，连马掌柜也是一样，都是翻过年来，等韩公子走了，才敢回客邸的。"

"你们回来时，看见过那怀有身孕的女人吗？"

众人都说没看见，一个塌鼻头的杂役多说了几句："小人回来时，韩公子他们早走了，什么人都没瞧见。韩公子很是厚道，走之前还特意把房间打扫了，犄角旮旯儿都收拾得干干净净。"

刘克庄暗暗嗤之以鼻，心道："韩玠这种人，临走前还会知道打扫房间？"随口问道："所有房间都打扫了吗？"

那塌鼻头的杂役应道："那倒没有，只打扫了西湖邸的听水房，其他地方就比较乱，没怎么收拾。"

"只打扫了一间房？"刘克庄语气微变。

那塌鼻头的杂役点了点头。

刘克庄打赏那塌鼻头的杂役一串钱，道："带我去听水房看看。"

众人一听刘克庄要去听水房，立刻抢着领路，众星捧月般围着刘克庄，出了明远房，穿过临安邸，又经过一条廊道，来到了西湖邸。

比起临安邸，西湖邸的院落更深，花木更奇，房间更大，后花园中堆起了一座小巧的假山，假山上建有一座小亭，登上小亭便可一览西湖美景。

听水房位于西湖邸的尽头，与其他住房相隔开来，是单独的一间屋子。那矮胖伙计赶过去打开门锁，将刘克庄迎入房中。房中挂有不少名家字画，几案上的花口瓶中插着数枝清香四溢的蜡梅，桌上的杯盘壶盏全是嵌有金银边圈的上品瓷器，檀木雕成的床上是蚕丝织就的轻柔被子，算得上是整个望湖客邸最好的房间。

刘克庄将装满铜钱的包袱放在桌上，在听水房中转了一圈，又推开窗户看了看，外面是后花园最为宁静的一角。他站在窗边，回头打量房中一切，问道："这间房有没有什么变化？"

众人面面相觑，不明白刘克庄的意思，有人道："公子说的是什么变化？"

"韩珍不是打扫了这间房吗？"刘克庄一时心急，直接说了韩珍的姓名，没再以韩公子相称，"他打扫之后，这间房和过去相比，有没有什么不同之处？"

那塌鼻头的杂役开口道："不瞒公子，马掌柜查点这间听水房时，小人正好在场。听马掌柜说，房中的被子有些不大一样。以前的被子正中绣着鸳鸯，如今的被子虽说还是绣着鸳鸯，可鸳鸯在被子上的位置不一样，变得往上偏了一些。还有花口瓶也有些不同。倒不是马掌柜信不过韩公子，只是这听水房中的摆置都很值钱，但凡有客人住过，马掌柜都会亲自查点。"他指着几案上那个插着蜡梅的花口瓶，"就是这个花口瓶，颜色和过去一样，还是青白色，可以前是蔓草纹，如今却是牡丹纹。马掌柜说花口瓶被人换过，还请瓷器行的匠人来看了，没想到这个新换的瓶子，居然比以前那个旧的更值钱。想是韩公子包邸期间，不小心打坏了旧的瓶子，便买了个更值钱的新瓶子摆在这里，真是厚道人啊。"

这是那塌鼻头的杂役第二次说韩珍厚道了，刘克庄冷冷一哼，心道："韩珍真有这么厚道，日头早打西边出来了。"他这一次心中有气，没再打赏那塌鼻头的杂役，问道："除了被子和花口瓶，还有没有其他地方不同？"

那塌鼻头的杂役摇摇头，其他人也都回答不上来。

便在这时，一个严肃的声音忽然在门外响起："货到门口了也没人搬，全凑在这里做什么？"

众人回过头去，看见门外站立之人，尽皆低头，不敢吱声。

来人扁嘴细眼，头戴一顶白纱帽，身穿皂色衣服，乃是望湖客邸的掌柜马致才。马致才出外采买货物归来，想寻伙计搬运货物，却寻不见人，最后来到听水房，才发现所有人都聚在这里。那矮胖伙计见马致才脸色不悦，赶紧说了缘由。马致才听说刘克庄在打听韩珍包邸一事，顿时脸一黑，嘴巴更扁了，眼睛更细了，道："谁不想好好干活，便给我趁早滚！"那矮胖伙计埋着头不敢吱声，其他人也都不敢说话。马致才又是一顿劈头盖脸的责骂，将所有人轰出去干活。他语气缓和下来，问刘克庄道："这位公子，请问如何称呼？"

"你便是掌柜吧？我姓刘，想来你这里投宿，可你这里的房间着实太贵了些。"

马致才朝桌上成堆的铜钱看了一眼，道："到底要不要投宿，公子倒是给个准信。"

"都说太贵了，我可住不起。"刘克庄该打听的都打听得差不多了，把装铜钱的包袱一系，往肩上一搭，径自离开了望湖客邸。

马致才没有留客，待刘克庄离开后，他才把那矮胖伙计叫来，问道："刚才那位姓刘的公子，当真在打听韩公子包邸一事？"

那矮胖伙计点了点头。

"他到底问了些什么，你们又是如何回答的，一五一十说与我知道。"

那矮胖伙计不敢隐瞒，将刘克庄问过的事，以及店内各人的回答，都如实说了。

马致才听罢，脸色阴沉，打发走了那矮胖伙计。他一个人来回踱步，暗想了片刻，从北边的侧门出了望湖客邸。他压低纱帽，双手拢在袖中，向北赶了一小段路，来到了韩府。他寻门丁打听韩玠在不在府内，得知韩玠去丰乐楼喝酒了。他于是往回赶一段路，到了丰乐楼。迎客的侍者认得他是附近望湖客邸的掌柜，告诉他韩玠包下了西楼最上层的水天一色阁，此刻正在阁中宴饮。

水天一色阁正对着西湖，是整个丰乐楼最上等的房间。马致才来到水天一色阁外时，被几个家丁拦住了。他说明来意，家丁入内通传后，开门放了他进去。

阁中一派莺歌燕舞，数个花枝招展的角妓陪侍歌舞，韩玠和史宽之正推杯换盏，纵情声色。马致才不敢抬头看韩玠，垂首躬身，道："小人马致才，是望湖客邸的掌柜，见过韩公子。"

韩玠正喝得高兴，大不耐烦道："有什么事？说了赶紧滚。"

马致才忙道："方才有人来望湖客邸，打听您包邸一事，尤其问起腊月十四那天，客邸里发生过什么事。小人思来想去，觉得此事该让您知道，这才冒昧前来……"

不等马致才说完，韩玠道："打听我的事？是什么人？"

马致才应道："是个年轻公子，长得挺俊，说自己姓刘。"

史宽之轻摇折扇，小声道："莫非是那个刘克庄？"

韩玗不屑地哼了一声，道："我当是谁，原来又是那个驴球的。"拿起酒盏，"打听就打听，我爹是当朝宰执，我会怕他一个外官之子？来，史兄，继续喝酒！"

史宽之陪饮了一盏，挥挥手，打发走了几个歌舞角妓。他起身来到马致才身前，将折扇唰地一收，道："马掌柜，方才你所言之事，切记不可对外声张。若那姓刘的公子再来望湖客邸，你便盯着他的一举一动，随时来报，韩公子定然重重有赏。"从桌上拿起一沓金箔，少说有十几片，打赏给了马致才。

马致才赶来通风报信，就为得些好处。他连连称是，接过金箔，满眼金光闪耀，笑着点头哈腰，退出了水天一色阁。

"我说史兄，区区一个破掌柜，你打赏他做甚？"马致才走后，韩玗语气不悦。

史宽之回到韩玗身边坐下，道："韩兄，那刘克庄与宋慈形影不离，他能找到望湖客邸去，打听你包邸一事，尤其打听腊月十四那天的事，想必是宋慈暗中在查此事。"

"查就查，我会怕他一个宋慈？"

"宋慈算什么东西？韩兄自然不怕。"史宽之凑近韩玗耳边，压低了声音，"怕就怕腊月十四那晚，尸体没处理干净……"

韩玗拍着胸口道："你只管放心，我早处理得干干净净，换谁来查，都别想查得出来。"

"韩兄做事，小弟自然放心。"史宽之道，"可那宋慈和其他人不一样，是个罕见的死脑筋，他必定会一查到底。韩兄虽不怕他，可多留个心眼总没什么错。依我看，不如把府衙的赵师罶叫来，提前打点打点，毕竟大小案子，都要先过府衙的手。等以后乔行简到任浙西提刑，再找他打声招呼。府衙和提刑司都打点好了，我爹又在刑部，如此可保万全。"

韩珍却是一脸不屑，道："赵师罶那知临安府的头衔，是靠给我爹十个姬妾送了十顶珠冠换来的，他就是我爹养的一条狗。我吩咐他做什么，他敢不做？那个什么乔行简，也是我爹一手提拔起来的，用不着打点，他自己知道该怎办。"

"话虽如此，可韩兄亲自出面打点他们，和他们卖韩相面子，那还是有区别的。"史宽之道，"韩兄是韩相独子，如今韩相年事已高，日理万机，操劳日甚，他日这权位，迟早要由韩兄来接手，还是要早做打算才行啊。小弟史宽之，誓死追随韩兄左右，将来富贵荣华，全都指望韩兄了。"

韩珍听得哈哈大笑，尤其是"韩相独子"四字，令他大为受用。韩侂胄早年娶太皇太后吴氏的侄女为妻，此后二十多年不纳姬妾，一心一意对待妻子，由此博得太皇太后吴氏的看重，得以身居高位。只因妻子一直未能生育，韩侂胄为免绝嗣，这才收养了故人之子，也就是如今的韩珍。前些年太皇太后吴氏薨逝，彼时韩侂胄大权在握，权位已固，因此再无顾忌，先后纳了十位姬妾，可是他年事已高，数年下来，还是不得一儿半女。韩珍虽是养子，却是韩侂胄唯一的子嗣，将来韩侂胄的权位，必然要由他来承继。他笑着拍了拍史宽之的肩膀，道："史兄往后便是我的左膀右臂，你怎么说，就怎么办。有你出谋划策，我还操什么心？来，喝酒！"说着传杯弄盏，又唤入歌舞角妓，继续寻欢作乐。

刘克庄从望湖客邸出来，没有回太学，而是去了熙春楼。他认为事不宜迟，得再去熙春楼探查一下虫娘和月娘的事，尤其是月娘怀有身孕和失踪之事。

来到熙春楼时，天已经快黑了。刘克庄向张灯结彩的熙春楼走去，在距离大门十来步的地方，争妍卖笑的角妓已挥舞丝巾迎了上来。刘克庄却忽然止住脚步，没有搭理前来招揽他进楼的角妓，而是把目光投向右侧不远处的巷口。

那巷口设有几处车担浮铺，都是各色杂卖，其中一处卖茶汤的浮铺旁，蹲着一个身穿青衿服的太学生，竟是宋慈。刘克庄长时间寻宋慈不得，没想到竟会在这里遇见。此时的宋慈蹲在路边，左手一碗热气腾腾的馓子葱茶，右手一个白酥酥的灌浆馒头，正大口大口地吃着。

刘克庄朝宋慈走去，紧挨着宋慈身边蹲下，道："你怎么在这里？"

宋慈正咬了一口馒头，鼓着嘴一转头，看见了刘克庄。他手拿馒头，朝巷子深处一指。

巷子深处是熙春楼的侧门。

刘克庄一下子明白过来，道："你在等那个叫袁朗的厨役？"

宋慈点了点头。之前刘克庄离开司理狱后，宋慈没再继续审问夏无羁，而是去了一趟提刑司，以奉命查办虫娘沉尸一案为由，让书吏出具文牒，由许义带人去府衙，将夏无羁转移至提刑司大狱羁押，将虫娘的尸体也运回提刑司停放。忙完这些事后，他去了一趟城南义庄，想打听一下虫娘的尸体在义庄停放期间，有没有外人进入义庄接触过尸体。城南义庄位于崇新门内的城头巷深处，他到那里时，义庄的门上了锁，叫门也无人应，只换来义庄中一阵犬吠。他记得韦应奎曾提到义庄有一个姓祁的驼背老头看守，于是找附近的住户打听，得知祁驼子嗜赌如命，大白天常去外城的柜坊赌钱，很晚才回来。他在义庄外面等了一阵，不见祁驼子回来，打算不再等下去，而是去找袁朗问话，于是只身一人来到了熙春楼。当时熙春楼还没开楼，他敲了许久的门，一直无人回应。他想起袁朗每天傍晚都会出侧门倒泔水，于是来到熙春楼侧门外的巷口等着，一等便是小半个时辰。他盯着熙春楼的侧门，将嘴里的馒头咽了下去，啜一口葱茶润了润喉，顺手把碗递给了刘克庄。

刘克庄奔走多时，早已饥肠辘辘，面对喷香扑鼻的馒子葱茶，不由得咽了一口唾沫。他平时很少吃街头浮铺的小吃，这时也不管了，接过来便是一口，接着又是好几口，一碗葱茶去了大半。

"你之前提到的那个月娘，"刘克庄把嘴一抹，"不是去净慈报恩寺祈福才失踪的。"

宋慈转过头来看着刘克庄，送到嘴边的馒头慢慢放下了。

"腊月十四那天晚上，月娘人在望湖客邸。当时望湖客邸被韩㟇整个包下，夜里不知发生了什么事，月娘被韩㟇的家丁追赶，从客邸里跑了出来，后来便不知所终。"刘克庄道，"对了，月娘还怀了孕。见过她的伙计说，她的肚子隆起，像怀胎四五个月的样子。"

"月娘怀了孕，有这等事？"

"我去了一趟望湖客邸，找那里的伙计打听来的。"

宋慈忽然微微凝眉，只见巷子深处，熙春楼的侧门打开了，一辆板车推了出来，一个又高又壮的汉子袖子高卷，提着两大桶泔水，搁在了板车上。那壮汉推着板车去到不远处的街口，那里停着一辆刚刚驶来的泔水车。那壮汉将两大桶泔水全都倒了，返回了巷子里。

宋慈一下子站起身来，将剩余的馒头往嘴里一塞，朝巷子里快步走去。

刘克庄见了，剩余的葱茶也不吃了，把碗往浮铺上一搁，正准备赶过去，却被浮铺小贩一把拉住："公子，您还没给钱呢！"

刘克庄赶紧自掏腰包，丢下一小串钱："不用找了。"紧赶几步，追上了宋慈。

那壮汉将板车推到熙春楼的侧门外停好，提起两只空桶，转身要进侧门，却被宋慈叫住了："你是袁朗吧？"

那壮汉停步回头。

宋慈见那壮汉脸皮粗黑，浓眉阔目，额头微微冒汗，卷起来的袖管下面，露出来的左臂上，文着一团青黑色的文身，形似一个太阳，想是文身时间太久，文身的颜色已有些变淡。

那壮汉没有回应宋慈，只是打量了宋慈几眼。

宋慈也没再说话，而是望向那壮汉的身后，只因巷子的另一头传来了车辙声，一辆马车远远驶来，车头挂有"驿"字木牌，悬有三色吊饰，是都亭驿的马车。车夫一身金国随从打扮，"吁"的一声，马车在熙春楼的侧门外停下。帘布撩起，车厢里下来两人，竟是赵之杰和完颜良弼。

"又是你们？"刘克庄看见二人，没好气地道。

完颜良弼见了刘克庄，冲口便是"呸"的一声，一口浓痰吐在刘克庄跟前。

刘克庄向后跳了一下脚，道："北国蛮子，好没教养！"

完颜良弼踏前一步，一把抓住刘克庄的胸口，道："你骂谁是蛮子？"

刘克庄毫无惧色，道："这里谁是蛮子，我骂的便是谁。"

宋慈上前维护刘克庄，道："完颜副使，还请放手。"

两声轻咳响起，来自赵之杰，意在提醒完颜良弼收敛脾气。完颜良弼哼了一声，松开了手。

刘克庄也是一哼，整了整衣襟，瞪着赵之杰和完颜良弼。

赵之杰淡然一笑，看向宋慈，道："想不到宋提刑也在这里。"

宋慈行了一礼，道："见过赵正使。"

刘克庄却是丝毫不客气，道："宋大人来这里是为了查案，你们是路过就赶紧走，是寻欢作乐就进楼，别来烦扰宋大人做正事。"

赵之杰有意调查虫娘的案子，此番来到熙春楼，是为了找袁朗问话，没想到恰巧遇见也来这里查案的宋慈。"如此再好不过，此案与本国使团有关，我正想看看宋提刑如何查案。"他不回马车，也不进熙春楼，就在原地站定，摆出一副旁观姿态。

刘克庄觉得大不自在，宋慈却不以为意，向那壮汉出示了提刑干办腰牌，道："提刑司查案，想寻你问些事情。"

那壮汉见了腰牌，竟丝毫没有敬畏之意，非但不等在原地，反而提着空桶，一脚跨进了熙春楼的侧门。

"腊月十四那天，月娘是如何失踪的，你就不想知道吗？"

宋慈此话一出，那壮汉脚下微微一顿。

便在这时，侧门里传出一个尖细嗓音道："就知道你又出门倒泔水了。盐罐子不知被谁打翻了，灶房急着用盐，你快去买罐盐来！"

那壮汉将两只空桶往地上一放，用衣摆擦了擦手，又把卷起的袖子放下，从宋慈和赵之杰之间经过，往巷子的另一头去了。

侧门里探出一个脑袋来，道："路过宋五嫂铺子时，顺带捎碗鱼羹回来，云妈妈要吃的。"正是之前那个尖细嗓音。

宋慈没有阻拦那壮汉离开，而是叫住了那个探头说话的尖嗓音男人。

那尖嗓音男人是负责看守侧门的小厮，见门外巷子里站着这么多人，倒是吃了一惊。他看见宋慈，顿时拉下了脸。他记得小半个时辰前，宋慈就已经敲过熙春楼的大门，当时黄猴儿透过门缝看见是宋慈，想起之前宋慈来熙春楼闹出的不愉快，索性当没听见，故意不给开门，还叮嘱楼内所有小厮，无论宋慈是走大门、侧门还是后门，都不要开门。那尖嗓音男人以为宋慈早已走了，没想到此时竟会在侧门外见到。他记得黄猴儿的叮嘱，立刻便要关门。

"拿去！"刘克庄手一抛，一串物什向那小厮飞去。

那小厮下意识接住，定睛一瞧，竟是一大串钱，登时眉开眼笑。

"你叫什么名字？"刘克庄问道。

"小人张三石。"那小厮立刻换了一副脸色，"不知公子有何差遣？"

"问你一些事情，你若知无不言，言无不尽，本公子还有赏。"

张三石看了看手中的铜钱。在这孔方之物面前，黄猴儿的叮嘱算什么？他把铜钱往怀里一揣，关上了侧门，只不过他本人留在了门外，心想自己没给宋慈开门，这样便不算违背黄猴儿的吩咐。他笑道："公子有什么事,尽管问!"

刘克庄却没发问,而是往旁边一让。宋慈走上前来,道:"方才倒泔水那人是谁?"

张三石朝巷子尽头一望,那壮汉走得很快,已经不见人影了,道:"那人是袁朗。"

"你和他熟吗?"

"不熟。"张三石笑道,"他就是个傻大个,叫他做什么便做什么。咱这熙春楼里,没人跟他熟,平日里除了使唤他做事,根本没人搭理他。"

"虫娘在熙春楼时,是不是经常有客人来找她?"

"虫娘刚开始点花牌,哪里会有客人来找她?"

"那就是说,没有客人经常打赏她,比如打赏一些金银首饰?"

"虫娘以前就没接过客,谁会打赏她金银首饰……"张三石的尖细嗓音忽然一顿,"说到金银首饰,倒是有个姓夏的书生,每隔一段时间就来找虫娘,给过她不少首饰。"

"有这种事?"

"小人平时负责看守侧门,那姓夏的每次都到侧门来,每次都是小人去把虫娘叫来,让他二人见面的。那姓夏的每次都背着一个包袱,把包袱交给虫娘就走。小人一开始不知道包袱里是什么,有一回虫娘进楼时,想是包袱没包严,不小心掉出来好几串首饰,被小人瞧见了。"张三石说起此事,不禁想起每次夏无羁来,都会打点他一些小钱,请他瞒着云妈妈,偷偷把虫娘叫下楼来,又想起那次包袱里掉出首饰后,虫娘当场塞给他一个银镯子,请他严守秘密,不要让云妈妈知道。他把银镯子换钱花掉后,又私下找过虫娘几次，每次都是张口要钱，虫娘怕他告密，不得不拿出一些首饰来堵住他的嘴。这些事不太光彩，他自然绝口不提，想到如今虫娘死了，这条财路彻底断了，不禁失望地叹了口气。

宋慈心里暗道："这么说，虫娘的那些金银首饰，都是夏无羁给的。可我在司理狱里问起此事时，夏无羁为何要撒谎，推说不知道呢？夏无羁只是一个落魄文士，何来这么多金银首饰？"于是问道："那姓夏的书生每次来见虫娘，都是给了包袱就走？"

"是啊。"

"他二人不说什么话吗？"

"从不说话，连招呼都不打，给完包袱就走。"张三石道，"小人一开始还想，不就是个包袱嘛，让小人代为转交就行，何必非要把虫娘叫下来。后来知道包袱里装的是金银首饰后，才算明白过来，这么值钱的东西，当然要亲手转交才能放心啊。"

宋慈心中更加奇怪："夏无羁和虫娘私下相好，明明是一对情人，难得见上一次面，却连招呼都不打，话也不说，这是为何？"暗自沉思了片刻，又问："你可认识月娘？"

"二位公子，楼里已经开门迎客，小人还有活要忙呢，你们这问得有点太多了吧。"张三石说这话时，伸手抵在门上，却又不推开，反而面带笑意。

刘克庄明白其意，当即掏出一串钱，又丢了过去。

"好说，好说！"张三石缩回抵在门上的手，接住铜钱揣入怀中，"公子是说月娘吧，小人怎么会不认识？她是楼里的角妓，前不久说是去寺庙祈福，结果偷偷逃跑了，到今天还没抓回来呢。"

"月娘和虫娘关系如何？"

"她们二人是出了名的好姐妹，只要有空便处在一起，比谁都要好。"

"月娘来熙春楼有多久了？"

"这个小人就不清楚了，总之比小人来得早。小人三年前到熙春楼时，月娘就已经在了。"

"那月娘和袁朗呢？他们二人又是什么关系？"

"他们二人能有什么关系？也就是那傻大个替月娘出过一次头，月娘便转了性子，平日里对那傻大个很是照顾，不像其他人总差遣那傻大个干活。"

宋慈从虫娘口中得知，月娘与袁朗早已私订终身，此时听张三石的口气，似乎他并不知道此事，问道："袁朗替月娘出过什么头？"

"那是好几个月前的事了。有一回楼里有客人喝多了酒，缠着月娘不放，非要月娘当众脱衣跳舞，还把月娘的鞋袜扯掉了，裙子也撕破了。当时谁都不敢插手，月娘本人也是笑着忍着，偏偏那傻大个经过时，一拳把那客人揍得鼻血长流，害得云妈妈赔了不少钱，咱们所有人都跟着挨了一顿臭骂。从那以后，月娘就对那傻大个多有照顾。那傻大个的衣裳破了，月娘便悄悄把他晾晒的衣裳取走，给他缝补好再挂回去。他的鞋开了口，月娘也悄悄给他缝补好，还特意绣了一对月牙儿在鞋面上。有什么好吃的糕点果子，月娘也让丫鬟偷偷带给他。你猜那傻大个怎么着？他衣裳鞋子照穿，糕点果子照吃，对月娘却是毫无变化，有时在楼里碰着了面，连多余的话都不说一句，跟个木头似的，要不怎么都叫他傻大个呢！"张三石说这话时，语气带着七分嘲笑，另有三分嫉妒。要知道能在熙春楼里当角妓的，都是颇有姿色的女子，平日里接触了太多有钱有势的恩客，对待小厮们如同对待下人，从不给什么好脸色，月娘肯对众小厮口中的傻大个另眼相看，自然引得其他小厮心生妒意。

"你说月娘转了性子，"宋慈问道，"这话是什么意思？"

"这月娘啊，生得那叫花容月貌，可就是性子不好。在咱熙春楼里，除了虫娘，她只对云妈妈还算有些尊重，对其他人都看不上眼，无论何时，都是一副高高在上的样子。她忽然对那傻大个各种照顾，可不是转了性子吗？"

宋慈若有所思地点了点头。

只听张三石又道："要不是性子不好，这月娘早就是咱熙春楼的头牌了。她有头牌的姿容，也有许多恩客来捧她的场，可云妈妈就是没有捧她做头牌的意思，就连容貌不如她的琴娘都试着捧过，偏偏就不捧她，还不是因为她性子不招人待见。"

宋慈又问："月娘偷跑之后，袁朗去找过她吗？"

"那傻大个才不管月娘呢，他成天就知道吃饭、干活、睡觉，再就是寻找他失散多年的妹子。好不容易把妹子找着了吧，想一起回乡去，结果那傻大个刚出城就弄丢了盘缠，只好又跑回来做活攒钱，你说他是不是傻到家了？"

"袁朗还有一个妹子？"

"是啊，那傻大个是从琼州乡下来的，听说他有个妹子，从小就被拐走了，后来抓到拐他妹子的人，说是把他妹子卖到临安的春归楼做奴了。他跑来临安找他妹子，当时已经过了好多年，春归楼早就没了，没人知道他妹子去了哪里。他花光了盘缠，走投无路，有一次来熙春楼打听消息时，云妈妈见他生得壮实，便留他在楼里干活，他就此在熙春楼待下了，一待便是两年。前不久他终于找到了妹子，听说是在乞丐堆里找着的，接着就去云妈妈那里结了工钱，要回琼州乡下去。"

"袁朗带妹子回乡，那是什么时候的事？"

"就前几天。"

"到底是哪天？"

"小人想想……好像是初四……对，就是初四。那天小人难得休假一次，夜里去中瓦子街看戏，从戏楼子里出来时，在街边碰见了那傻大个，当时他推着一辆车，载着他的妹子要出城。小人看了一眼他那妹子，啧啧啧，满脸的文身，模样比他还丑，手脚时不时抽几下，一看脑袋就不好使。"

"袁朗妹子脸上有文身？"

"是啊，那文身奇形怪状的，瞧不出来文的是什么。"

宋慈暗觉奇怪，一个女人怎么会有文身，而且还是文在脸上？除了文身，他还察觉到张三石方才那番话有些不对劲。按常理来讲，要启程远行，通常都是一大早出发，就算不是早上动身，至少也是白天，谁会选择夜里启程？除非是遇到了什么急事，非动身不可。他又暗想："中瓦子街就在府衙东边不远，也就是说，那里离清波门很近，袁朗出城时经过那里，极可能他是打算走清波门出城。正月初四晚上，不就是虫娘在清波门失踪的那夜吗？"想到这里，他立刻追问道："你那晚是什么时辰遇见袁朗的？"

"时辰不大清楚，反正是深夜。小人看的是最后一场戏，肯定很晚。当时街上没多少人，一些浮铺摊点都收摊了。"

"如此一来，不但地点对上，时间也对上了。袁朗若是深夜从清波门出城，会不会遇上虫娘呢？"宋慈暗自思索，"虫娘死后，身上的首饰不见了，荷包空了，不排除谋财害命的可能。袁朗当天曾收拾过虫娘的金银首饰，他是知道虫娘私奔时带了很多钱财的。倘若他出清波门时遇到孤身一人的虫娘，会不会心生歹念？"转念又想，"可他若真杀了人劫了财，理应尽快逃离临安，逃得越远越好才对，怎么会又返回熙春楼做活呢？就算丢了盘缠，在自己做下的命案面前，总不至于以身犯险，又重回险地吧。"

就在宋慈疑惑之时，巷子里传来了脚步声，袁朗一手提着盐罐子，一手端着碗鱼羹，向熙春楼的侧门走来。

"哟，回来得这么快。"张三石接过袁朗手中的盐罐子和鱼羹，推开了侧门，"二位公子，灶房急着用盐，云妈妈又嘴馋，小人这次是真要去忙了。"他平白无故得了两串钱，喜滋滋地去了。

从头到尾，一直都是宋慈一个人在问话，刘克庄偶尔从旁协助，赵之杰和完颜良弼则始终一言不发地旁观。

刘克庄抬头看了看天，阴云密布了许久的天空，此时终于飘起了雨丝。可是哪怕下起了雨，赵之杰和完颜良弼也依然不回马车，不进熙春楼避雨，而是杵在原地不动。刘克庄大为不悦，却又没什么好法子将金国二使赶走。

宋慈倒是对此浑不在意，见袁朗提起两只空桶，跟着张三石就要进门，连忙道："袁朗，月娘是死是活，你当真一点也不在乎吗？"

袁朗没有回话，脚下也没作停顿。

宋慈上前两步，一把拉住了袁朗："月娘当真是去净慈报恩寺祈福才失踪的吗？"

这一次袁朗开口了，摇着头，嗓音很粗沉："我什么都不知道。"

"你什么都不知道？"宋慈语气一变，朝袁朗脚上瞧了一眼，见袁朗穿着一双布鞋，鞋面上绣着一对精致小巧的月牙儿，"你和月娘明明早已私订终身，她去净慈报恩寺祈福，就是为了祈求早日赎身，能与你双宿双飞。如今她失踪了大半个月，你却没事人似的。你那么在乎自己失散多年的妹子，不该是如此铁石心肠的人才对。"

袁朗抬起头，有些诧异地看着宋慈，似乎没想到宋慈竟会知道这么多事。他只看了宋慈这么一眼，旋即又低下头去。

"不管你和月娘是什么关系，她毕竟是一个大活人，毕竟是一条人命。一个大活人失踪大半个月，生死未卜；人命攸关，你就当真什么话都不肯说吗？"

袁朗迟疑了一下，道："月娘是个好姑娘，她不嫌弃我低贱，待我很好，可我一个下人，配不上她。我跟她说，我来临安只为寻找失散的妹妹，其他什么都不敢想。她就说要去净慈报恩寺祈福，祈祷我早日找到妹妹。大人若说这是私订终身，那我也无话可说。"

"照你这么说，腊月十四那天，月娘的确去过净慈报恩寺祈福？"

袁朗点了一下头。

"可那天晚上，她为何会出现在望湖客邸？"

"望湖客邸？"袁朗神色茫然地摇了摇头，"我只知道她那天下午去祈福，天黑才回来，刚到前楼门外，便被一顶轿子接走了。当时我去前楼搬东西，看见了她。她被轿子接走后，就没再回来。"

"有轿子接走了她？你可知她被接去了何处？"

"我不知道。"

"为何人人都说她是借口祈福私逃了？"

"云妈妈是这么说的，大家也都这么说。"

刘克庄旁听至此，心想月娘当晚出现在望湖客邸，那么当时接走她的轿子，十有八九是将她抬去了望湖客邸，后来不知客邸里发生了什么事，她突然慌慌张张地逃走，又被韩㟄的家丁追击，这一幕正巧被叶籁看见，再后来她便失踪了，也可能不是失踪而是死了，只是此事牵扯到韩㟄，云妈妈才要所有知情之人加以隐瞒，说月娘是祈福私逃了。刘克庄心下明了，暗道："看来只要找云妈妈问话，撬开这个鸨母的嘴，就能知道月娘失踪的真相。"

刘克庄如此暗想之时，一旁的赵之杰也在暗自思虑。赵之杰不明白宋慈明明要查的是虫娘的案子，为何总是围绕一个名叫月娘的角妓不断发问，心想宋慈莫非是见他在场，是以故意不问虫娘的事。他心中虽有疑惑，却始终默不作声。他想在虫娘的案子上挑战宋人，早已将宋慈视作了竞争对手。面对竞争对手，他当然要不露声色，打定主意旁听到底，待宋慈离开后，他再找袁朗另行问话。

只听宋慈问道："月娘可怀有身孕？"

袁朗摇头道："没听说。"

"怎么可能没听说？"刘克庄接口道，"她的肚子明明隆起，像怀胎四五个月的样子，应该一眼就能看出来。"

"月娘常穿裙子，肚子有没有隆起，我不大看得出来。"袁朗道，"公子既如此说，想是亲眼见过，那她应该是怀了孕吧。"

刘克庄根本没有亲眼见过月娘肚子隆起多少，甚至连月娘长什么模样都没见过，这些话都是从望湖客邸那个叫周老幺的杂役口中打听来的。宋慈同样没见过月娘，平时所见的孕妇，都是挺着肚子，至于怀胎四五个月时肚子显不显眼，倒还真没注意过。宋慈不禁想起年少时，父亲宋巩刚接触刑狱那会儿，为了研习验尸断狱，不但求教于经验丰富的仵作行人，还收集了许多关于刑狱、医学的书籍，这些书籍被藏在床底的箱子里，宋慈那时已下定决心追查母亲之死，背着父亲学习验尸断狱，偷偷将箱子里的书找出来翻阅。他记得在一本名为《五藏神》的书中，有关于胎儿大小的记载，说"怀胎一月如白露，二月如桃花，三月男女分，四月形象具，五月筋骨成……"照此说法，怀胎四五个月时，肚子的隆起程度应该是很明显的。但袁朗的回答也有道理，月娘常穿裙子，裙子大都宽松，若不仔细盯着肚子看，多半便看不出端倪。

"月娘被轿子抬走时，"宋慈忽然问道，"她穿什么样的衣物，戴什么样的首饰？"

"我记得当时她穿着彩裙，首饰和平日里一样，头上一支红色的珠钗，还戴着一对蓝色的耳环。"

"她身上有没有什么特殊之处，比如脸上有没有痣，又或是有没有疤痕，能让人一眼便能辨认出来的地方？"

袁朗想了想，应道："她脚面上有一块发红的疤痕，像是被烧伤过。"

"你怎知她脚面上有烧伤？"脚算是女人身上较为隐秘之处，通常都藏在鞋袜之中，不会在外人面前显露出来，袁朗不承认与月娘私订终身，又怎会见过月娘的脚？宋慈这才有此一问。

"有一回楼里来了客人，喝醉了酒，当众脱掉月娘的鞋袜，还撕烂了她的裙子。当时她的脚露了出来，我恰巧在旁边，因而看见了。"

袁朗的这番回答，倒是与张三石方才那番讲述对应上了。宋慈又问："是哪只脚上有烧伤？"

"我记得是右脚。"

宋慈想了想，没再问月娘的事，道："听说正月初四那天，有一个叫夏无羁的人来找过你，请你帮忙收拾了虫娘的金银首饰。"

赵之杰听宋慈终于触及正题，问起了虫娘的案子，不禁紧了紧心神。

袁朗点了一下头。

"虫娘的金银首饰有多少？"

"很多，收拾到一起，装了很大一包。"

"你收拾金银首饰时，是什么时辰？"

"酉时，当时天快黑了。"

"你把金银首饰交给夏无羁后，接下来做了什么事？"

"我在楼里做活，把该做的活都做完了，之后去了客栈。"

"什么客栈？"

"锦绣客舍。"

这四个字的突然出现，令宋慈眉梢一颤。

"你去锦绣客舍做什么？"

"去接我妹妹。"袁朗应道，"我与妹妹失散多年，好不容易才找着了她。熙春楼是青楼，我不想让她跟着我住在这里。锦绣客舍离得不远，我将她安顿在那里，想着辞了工便带她回乡与爹娘团聚。初四是我最后一天做活，当时该做的都做完了，我便去锦绣客舍接了妹妹，一起出城。"

"这么说，你是连夜出城，为何不等到第二天天亮再走？"

"妹妹这些年过得很苦，我不想再让她吃苦，这才让她住在锦绣客舍，可锦绣客舍的花销不便宜，能少住一晚，就能多省一些钱。我推了一辆车，在车上加了篷子，铺了被褥，妹妹可以在车上睡觉。我推着她连夜出城，能走多远算多远，辛苦点也无妨，能省下不少钱。"

"你是从哪个门出的城？"

"清波门。"

"从锦绣客舍出城，钱塘门应该是最近的吧，你为何要去清波门？"

"我本就要往南边走，先出城再往南，还是先往南再出城，都是一样的。当时夜深天黑，城里灯火多一些，又是好走的大路，我便先向南穿城，再走清波门出城。"

"出城之后呢？"

"我推着妹妹往南，过了净慈寺，到了造纸局，再往前没有灯火了，我就找了块空地停下休息。可一停下，却发现身上的盘缠不见了，我又沿路往回找，没有找到，只好又回来了。"

一旁的赵之杰听到此处，神色一紧，心想虫娘最后一次被人看到是在清波门，沉尸的地方则是在苏堤南段，从清波门到苏堤南段的路，正好是袁朗出城后走过的那段路，时间也正好是深夜，说不定袁朗曾在路上看见过虫娘。他这么暗想之际，果然听宋慈问道："你出清波门时，可有看见虫娘？"

袁朗摇头道："没有。"

"你出城后到造纸局，再从造纸局回城，沿途也没看见虫娘吗？"

"没看见。"袁朗仍是摇头。

"那你可有看见什么可疑之人？"

袁朗回想了一下，还是摇头。

宋慈原本以为时间和地点都对上了，说不定能从袁朗这里问到一些有用的线索，哪知到头来还是一无所获。他暗思片刻，忽然道："你妹妹叫什么名字？"

"我妹妹叫袁晴。"

"听说你是从琼州来的？"

"是。"

"你家在琼州何处？"

"琼州有一座毗耶山，我家在毗耶山下。"

"你妹妹是几时失散的？"

"算起来有八年了，当年她十二岁，出门去河边洗衣服，再没有回来。"

"时隔这么久，你妹妹模样应该早就变了，你还能认出她来？"

"我妹妹被拐走那年，刚好到了打登的年龄，主文婆给她绣面，在她脸上文上了泉源纹，那是一辈子都洗不掉的文身。她脸上有那么大一片文身，只要我看见了她，就能认得出来。以前我不知她被拐去了何处，两年前琼州官府抓到一个逃犯，是当年拐走我妹妹的人，这才审问出我妹妹是被卖到了临安的青楼做奴。我来临安找她，找了两年，终于把她找着了。"袁朗的说话声一直很低沉，直到提及妹妹被找到，才终于透出了一丝喜悦。

宋慈想起方才张三石提到袁朗妹子时，说他妹子满脸文身，这倒是对应上了。"打登是什么？"宋慈问道。

"那是我们琼人祖先定下的规矩，女子长到十二岁时，就要用炭灰加香草沤制成的文水绣面，否则死后祖先不相认。"

宋慈道："你是琼人？"

袁朗点了点头。

"虽说你妹妹脸上有文身，可时隔这么多年还能找到，那也不容易。"

袁朗极为难得地咧嘴一笑，道："我们琼人崇拜日月，信仰袍隆扣，我只有这么一个妹妹，从小爹娘就教我，要我像袍隆扣那样做个顶天立地的男儿汉，要我做妹妹的太阳，还在我手臂上刺了个太阳文身，要我把妹妹当作月亮来照顾。可我没什么本事，没把妹妹照看好，害得她流落外地，受了这么多年的苦。我别无所求，只要能找到她，带她回家，我受多少累都无妨。"

"袍隆扣是什么？"宋慈问道。

"那是我们琼人信仰的神灵。"

宋慈能理解对日月的崇拜，但还是头一次听说袍隆扣，便向袁朗询问究竟。袁朗于是说了袍隆扣的来历。那是琼人传说中的创世始祖，说的是远古时候，天上有七个太阳和七个月亮，当时天地相距不远，白天时，七个太阳一起升上天空，炙烤大地，人们躲进深山洞穴里不敢出来，夜晚时，七个月亮又一起出来，月光亮得刺眼，让人难以睡觉，这样的日子苦不堪言。后来族人中出了一个被后世称为袍隆扣的英雄，一夜之间迸发出惊人的神力，以一人之力将天空拱高了一万丈，又冒着酷热拉开弓箭，一口气射落了六个太阳。族人们纷纷喊道："留下这最后一个太阳吧，世间万物生长离不开它。"从此天上就只剩下了一个太阳。到了夜晚，袍隆扣又引弓搭箭，射下了六个月亮，正准备射第七个时，也许是累了，他射偏了，只射缺了月亮的一角。族人们又喊："饶了它吧，不然夜里就一点光亮也没有了。"从此月亮就有了阴晴圆缺。袍隆扣用七色彩虹做扁担，从海边挑来沙土造山垒岭，又用脚踢出深溪大河，汗水流入刚踢好的河道，变成河水奔涌流淌。他怕天空再次下坠，于是伸出巨掌抵住天空，他的这只巨掌，化作了后来的五指山。"袍隆扣"是琼人土语，"袍"有祖先之意，"隆"是大的意思，"扣"则意为力量，袍隆扣三个字合在一起，就是大力神的意思。袁朗一说起这位创世始祖，神色变得极为虔诚，原本少言寡语的他，将这一琼人传说无比翔实地说了一遍。

宋慈听罢，只觉得琼人的这个袍隆扣传说，倒是与"羿射九日"的传说有颇多相似之处，只怕是同出一源。他没过多在意，想了一想，问道："你妹妹如今还住在锦绣客舍吗？"

袁朗摇头道："盘缠丢了，哪里还住得起锦绣客舍？我把她安顿在……"

"你怎么还在这里？"张三石的尖细嗓音忽然在侧门里响起，"还不快把泔水桶提进去，灶房等着用呢！"

袁朗没再往下说，也不再理会宋慈，提起两只空桶，埋着头进了熙春楼。

"啊哟，几位还没走啊？"张三石凑了过来。

宋慈道："我有些事，想问你们鸨母。"

刘克庄之前就想过要找云妈妈问话，这个云妈妈坚称月娘是去净慈报恩寺祈福失踪的，必然知道不少内情，没想到宋慈也有此打算。他当即向张三石扔出一串钱，道："听见了吧？快去把你们鸨母叫来。"

"那可真是对不住了，云妈妈出门去了，还不知几时能回来呢。"

"你刚才说她嘴馋，还带了鱼羹给她，"刘克庄道，"现在却说她出了门？"

"小人就是端了鱼羹进去，到处找不着云妈妈，才知道她刚刚出了门。"

"她去了哪里？"宋慈问道。

"小人也不知道。"张三石一问三不知，却丝毫没有还钱的意思，把铜钱往怀里一揣，"楼里现在黄猴儿说了算，要不要小人去把他叫来？"

"那就不必了，叨扰了。"宋慈结束了查问，又向赵之杰行了一礼，转身朝巷外走去。

赵之杰在原地驻足不动，待宋慈走远后，才和完颜良弼一起踏进了熙春楼的侧门。张三石正准备关门，见赵之杰和完颜良弼闯进来，想要阻拦。完颜良弼不像宋慈和刘克庄那么客气，大喝一声"滚"，一把将张三石掀翻在地。

宋慈说走就走，刘克庄对此早已习惯。见赵之杰和完颜良弼进了熙春楼，刘克庄追上宋慈道："那小厮的话也不知是真是假，鸨母此刻说不定就在楼里，只是故意躲着不见我们，要不要进楼去看看？"

云妈妈若是故意躲着不见，即便找到她，也难从她嘴里问出什么东西来。"不用了。"宋慈脚步不停，"腊月十四晚上，月娘人在望湖客邸，还怀有身孕，这些事你是怎么打听来的？"

刘克庄当即将与叶籁重逢，从叶籁处得知月娘曾出现在望湖客邸，以及他去望湖客邸查问的经过，事无巨细地讲了一遍。

　　宋慈听罢，加快了脚步，道：“走，去望湖客邸。”

第四章

客邸血迹

当刘克庄再一次来到望湖客邸时，迎接他的依然是之前那个矮胖伙计。

"去城里转了一圈，看过了望湖客邸，别的旅邸都瞧不上了，还是你们这里的房间最合我意。"刘克庄没有撑伞，发髻已打湿了不少，笑着就往里走。跟在他身后的，是同样没有撑伞、手提两个罐子的宋慈。

这一次刘克庄径直穿过临安邸，去往西湖邸的最里侧，来到了听水房外。他摸出一张价值一贯的行在会子，交给那矮胖伙计，道："本公子今天就住这间最贵的房，开门！"

那矮胖伙计喜笑颜开，忙取出钥匙开锁，提着灯笼进去，先将烛火点亮，再请刘克庄和宋慈进房，又问二人要不要吃喝点什么。

"刚吃过饭，吃喝就不用了。"刘克庄道，"天冷得紧，烧一盆炭来。"

那矮胖伙计麻利地去了，不多时端来了一盆刚刚生好的炭火。

"再拿一把扫帚来。"刘克庄又道。

那矮胖伙计看了看房内，四处都很干净，奇道："公子是觉得哪里不够干净吗？"

"哪里这么多话？叫你去拿，你便去拿。"

那矮胖伙计点头应了，又去取了一把扫帚来。

刘克庄示意那矮胖伙计将扫帚放在墙角，指着几案上的花口瓶道："以前那个旧的花口瓶，也是摆在这个位置吗？"

"是的，一直都摆在这个几案上。"

"以前那花口瓶是何形状？"

"和这个一样，只是花纹略有不同。"

"没你什么事了，下去吧。"刘克庄扔给那矮胖伙计一串钱，将他打发走了。

那矮胖伙计前脚刚走，刘克庄后脚便掩上门，回头一看，宋慈已将花口瓶中插着的几枝蜡梅取出，将花口瓶整个拿了起来。花口瓶不大，约莫一尺高，细长的瓶颈很轻易便能握住。

"这个花口瓶周围，当真会有血迹？"刘克庄来到宋慈身边，看着脚下的地面。

"有没有血迹，验过便知。"宋慈将花口瓶放在一旁的桌子上，又将几案搬开，清空周围的地面。他把火盆里红彤彤的火炭倒出来，尽可能均匀地铺开在地面上。做完这一切，他将窗户推开透气，然后在旁静候。

地面是由一块块地砖铺砌而成，火炭在地砖上忽明忽暗地烧着，过了好一阵子，渐渐熄灭了。这时宋慈取来扫帚，将地上的炭灰尽可能地清扫干净。

提来的两个罐子一直放在桌上，宋慈清扫完炭灰后，将其中一个罐子抱了起来。在揭开封口之前，他示意刘克庄去门口看一看。

刘克庄将房门拉开一丝缝隙，朝外面望了望，四下里空无一人，回头道："放心吧，外面没人。"他关上门，又去窗边看了看，确定窗外也没有人，这才走回宋慈身边，将另一个罐子抱了起来。

宋慈揭掉了罐子的封口，里面装的是酽米醋。刘克庄也揭开了罐子封口，他抱的罐子里装的是酒。宋慈将酽米醋均匀地泼在地面上。刘克庄有样学样，也将一罐酒均匀泼了。

地面刚刚被炭火烧过，一块块地砖还热得发烫，酽米醋和酒一泼上去，立刻白汽蒸腾。刘克庄捂住鼻子，和宋慈并肩站在一旁，目不转睛地盯着白汽氤氲的地面。

很快，一部分地砖开始变色，渐渐显现出了成片的鲜红，形如血沫。宋慈揩起一点血沫状的液体，在指尖搓了搓，凑近鼻子闻了闻，点头道："果然是血。"

自从得知韩㧟包下了整个望湖客邸，离开时却只清扫了一间房，宋慈就意识到这间房中必有蹊跷。得知房中的花口瓶被换过，旧的那个不见了，他很容易便想到旧的花口瓶是打碎了，再加上房间被仔细清扫过，他不禁暗想会不会是有人在这间听水房中拿花口瓶攻击过他人，以至于花口瓶被打碎，地上留下了血迹，所以才要将听水房清扫干净，又换了一个新的花口瓶摆放在原处。这一切只是他的猜想，要想验证，就要查验听水房中是不是真有血迹。酽米醋和酒遇热化气，能将地砖缝隙中残留的血液带上来，使之显现于眼前，哪怕过上十天半月，血液早已干透，这一方法依然可行。他怀疑花口瓶曾被用来攻击人，那么被攻击之人流出的血，应该就在花口瓶的周围。他依此检验，果然在地面上验出了血迹。

此时此刻，验出来的血迹就呈现在宋慈和刘克庄的眼前，不是一丁点，而是很大的一片。有人曾在这里遭受过攻击，不但流了血，很可能整个人还在地上躺了相当长的一段时间，否则血迹不可能漫延这么大片。

刘克庄看着地上的血迹，道："腊月十四深夜，月娘从望湖客邸跑了出去，韩㻦的家丁跟着追赶，此后月娘便失踪了。这房中的血迹，会不会与月娘的失踪有关？会不会是韩㻦的家丁抓住了月娘，将她带回了望湖客邸，在这里杀害了她？"

宋慈摇了摇头，道："仅凭这一摊血迹，这间听水房中究竟发生过什么，又是何人所为，眼下还不能断定。当务之急，是查出这血是什么人所流，以及找到月娘人在何处。"

"月娘这么久毫无音讯，很可能已经死了。"

"若真是死了，那就要找到她的尸体。只有找到尸体加以检验，才有可能查出更多线索。"宋慈压低了声音，"还有，今晚验出血迹一事，只能你我知道，千万不能让外人知晓。"

"我明白。"刘克庄点了点头。韩㻦曾包下望湖客邸，还曾刻意打扫过听水房，验出来的血迹极大可能与韩㻦有关，一旦传出去，若是让韩㻦知道了，势必会打草惊蛇。眼下宋慈还没查到任何证据，倘若韩㻦足够警惕，说不定会将一些残留的线索和证据毁掉，甚至直接阻挠宋慈办案，不让宋慈有机会往深处查。

两人不再说话，开始默默清理地上的血迹和酒醋，却丝毫没有察觉到，紧掩的房门之外，望湖客邸的掌柜马致才不知何时来了，此时正悄无声息地贴在门上偷听。直到房中再没有说话声，马致才才不再偷听，轻手轻脚地离开了。

过了片刻，听水房的房门拉开了。夜风在门窗之间对着吹刮，房中酽米醋和酒的气味可以消散得更快。

拉开房门的人是宋慈。他站在门内，朝外面看了看。

雨一直下着，门外有不少湿漉漉的脚印，有宋慈自己的、刘克庄的，还有那矮胖伙计的。宋慈这些年研习刑狱之道，一直心细如发，观察入微，养成了随时随地注意观察身边各种细节的习惯。之前进听水房时，他就看过地面，有意无意地记下了三人脚印的尺寸大小。然而此时在门外的众多脚印之间，赫然多出了第四种尺寸的脚印，比其他三人的脚印长了一截。

多出来一个人的脚印，证明不久前有人来过听水房外，再看脚印的朝向，从院子里延伸过来，最终横在门口，显然此人曾紧挨房门侧身站立，而出现这样的站姿，只有一种可能——此人曾贴在房门上偷听。

宋慈的眉头微微一凝。他叫了一声刘克庄，沿着脚印往外走。外面是湿漉漉的院子，满地都是雨水，分辨不出脚印在何处。穿过院子，同样的脚印又出现在了廊道里。宋慈一路追寻，虽然好几次经过露天雨湿之处，但总能在干敞的地方找到中断的脚印，最终发现脚印一直通到了望湖客邸的大门。

宋慈朝大门外望了一眼，能看见不远处灯火通明的丰乐楼，以及楼外来来往往的行人。他转头问门屋里那矮胖伙计："方才有谁出去了吗？"

那矮胖伙计应道："马掌柜刚刚出去。"

"哪个是马掌柜？"

那矮胖伙计抬手一指："那个没撑伞的就是。"

宋慈顺其所指望去，丰乐楼外的行人中只有一人没有撑伞，那人头戴白色纱帽，身穿皂色衣服，步子匆匆地走进了丰乐楼。

宋慈立刻叫上刘克庄，两人冒雨来到丰乐楼前。

丰乐楼是临安名气最盛的酒楼，也可以说是整个大宋名气最盛的酒楼。整座楼仿照开封樊楼而建，由东、西、南、北、中五栋楼宇连接而成，三层相高，五楼相向，飞桥栏槛，款曲相通。在望了一眼丰乐楼的金字招牌和在风雨中胡乱飘摇的酒旗后，宋慈当先走入楼中，刘克庄紧随在侧。楼内朱门绣窗，玉幕珠帘，灯烛晃耀，一眼望去极是气派，再加上鼻中是酒香飘溢，耳中是丝竹琴瑟，当真恍如仙境，令人一入其中即有沉醉忘归之感。

早有身着紫衫、头戴方巾、脚穿丝鞋净袜的侍者前来相迎，一见宋慈衣着寒酸，又闻到宋慈身上一大股醋酸味，热脸立刻冷了大半，若不是见同行的刘克庄衣着华贵，只怕早就撵人了。

宋慈没搭理那侍者，抬脚便往里走，目光扫视，搜寻马致才所在。

侍者有些着恼，想要拦下宋慈。刘克庄赶紧掏出一张行在会子，塞给那侍者："我们找人，一会儿就走。"说着追上宋慈，张眼一望，指着头顶："在上面。"

宋慈抬起头来，见马致才已身在三楼之上，正通过一座连接中楼的飞桥。

二人立刻上到三楼，行过飞桥，又望见马致才没在中楼停留，而是走过另一座飞桥，去了西楼。二人追至西楼，见马致才走向西楼最里侧的房间，房门上挂有号牌，上书"水天一色"四字。房外的墙壁上绘有山水壁画，画中题墨"落霞与孤鹜齐飞，秋水共长天一色"。就在这间水天一色阁的过道里，站着几个家丁模样的人，二人一眼便认了出来，那是韩㻋的家丁，前几日曾在熙春楼见过，还在太学岳祠与之发生过冲突。

刘克庄低声道："好啊，这马掌柜原来是找韩㻋通风报信去了。"

宋慈没应声，而是拉了刘克庄一把，只因马致才回头张望了一眼。二人侧过身子，马致才没看见二人，掬着双手，脸上堆笑，走进了水天一色阁。

"眼下怎么办？要不要过去抓个现形？"刘克庄道。

宋慈却是一脸镇定，道："先看看再说。"

"还看什么？"刘克庄道，"凶手定是韩㻋，是他害死了虫娘，月娘的失踪也与他脱不了干系。"

宋慈却摇了摇头。从目前情况来看，马致才在听水房外偷听，得知他验出血迹，又赶来通风报信，已是板上钉钉之事，但马致才到底急着向谁通风报信，眼下还不清楚，毕竟韩府又不止韩㻋一人，虽有韩府的家丁守在水天一色阁外，可阁中之人未必就是韩㻋。他拉着刘克庄，往回走过飞桥，回到了中楼。

二人在中楼拣了一处散座，背对水天一色阁坐了，要了两副盘盏、三碗水菜和一瓶皇都春。中楼有好几个身穿艳裙、戴五色彩冠的舞姬，簇拥着一个梳冲天髻、披猩红大氅的歌伎，正在歌舞献艺。二人假意吃喝，欣赏歌舞，实则不时回头朝水天一色阁望上一眼，尤其是刘克庄，他认定马致才是找韩㻋通风报信，回头更加频繁，盯着水天一色阁的动静不放。

如此过了好一阵子，水天一色阁的门终于开了，开门之人不是马致才，而是韩珍。

突然见到韩珍出现，宋慈和刘克庄忙避过了脸。刘克庄小声道："你看，我就说是韩珍吧。"宋慈微微点了点头。

韩珍开门后便让到一侧，水天一色阁中又走出一肥头大耳之人，竟是临安知府赵师睪。赵师睪身着便服，肥脸堆笑，对亲自开门相送的韩珍道："下官何德何能，怎敢劳韩公子相送？还请韩公子留步。"赵师睪身为工部侍郎兼知临安府，如此大的官，面对无官无职的韩珍，居然自称下官。客气话刚说完，他又冲韩珍身后道："史公子也请留步。"

韩珍摆正脸色，朝赵师睪很是恭敬地行了一礼，吩咐两个家丁送赵师睪一程。

赵师睪受宠若惊道："啊哟！这可如何使得？"

只听韩珍的声音远远传来："雨天路滑，赵大人路上当心。"接着便有脚步声行过飞桥，赵师睪挺着个圆滚滚的大肚子，带着一脸志得意满的笑容，在两个韩府家丁的护送下，离开了丰乐楼。

刘克庄用余光瞥了一眼，见韩珍和史宽之回入阁中，水天一色阁重新关上了门。他望向楼下，看着赵师睪离去的背影，不禁想起这位知府大人在南园之会上当众学狗叫的传闻。赵师睪学狗叫一事，被众多官员看在眼中，成为私底下的笑谈，短短一天便传遍了大半个临安城。太学里不少学子听闻此事，痛骂赵师睪是狗知府。刘克庄哼声道："好一个朝廷命官，不思为民请命，上报国恩，却当众学狗叫去巴结韩侂胄，如今又与韩珍沆瀣一气。狐鼠擅一窟，吏鹜肥如瓠，这赵知府与韦应奎都是一路货色。临安府衙的官吏如此这般，真是没救了。"拿起酒盏灌了一口酒，虽是他最爱的皇都春，此时却毫无美酒醇厚之感，竟觉得有些干涩发苦。

亲眼看见韩㣥和史宽之出现在水天一色阁中，宋慈至此才敢确认，马致才赶来通风报信的对象就是韩㣥。眼下马致才已与韩㣥见了面，韩㣥势必已经知道他在听水房中验出血迹一事，他虽不希望事情朝着这个方向发展，但对他而言，这倒也不全是坏事。之前他还不敢断定，验出来的血迹就一定与韩㣥有关，可马致才这么急着赶来向韩㣥通风报信，反倒说明房中血迹与韩㣥脱不了干系。

确认了水天一色阁中的人是谁，宋慈不打算再在丰乐楼多作停留。他没有查到足够多的证据，眼下还不是与韩㣥当面对质的时候。他料想马致才用不了多久就会回望湖客邸，于是和刘克庄立刻动身，先一步离开丰乐楼，返回了望湖客邸。

然而宋慈并不知道，他和刘克庄背身坐在中楼边角上的一幕，早已被人看见了。韩㣥送走赵师睪后，立刻换回一副无所谓的神色，回到阁中继续喝酒，并未发现宋慈和刘克庄。发现二人的是史宽之。史宽之一直站在韩㣥身后，送赵师睪离开时，他一眼望出去，目光在所有能看见的客人中扫了一圈，望见了边角上的宋慈。虽然只是背影，可宋慈穿着青衿服，在满楼衣着显赫的宾客中显得格格不入，他稍加辨认便认了出来。

然而史宽之并未声张。他撑开折扇轻摇慢晃，回到阁中，拿金箔打发了马致才，然后若无其事地与韩㣥继续喝酒。这一喝便喝到了深更半夜，他才醉醺醺地与韩㣥分别，乘轿回到自己家中。

一回到自己家里，史宽之立刻把折扇丢在一旁，喝了下人早就备好的醒酒汤，又让下人打来一盆冷水，洗了一把脸，顿时清醒了许多。他没回卧房休息，而是去往花厅。花厅中一灯如豆，史弥远双眼微闭，正坐在一把太师椅上。

"爹。"史宽之上前行礼。

"宽儿，辛苦了。"史弥远睁开了眼，"今日如何？"

"今日大有所获！"史宽之虽然身子疲乏，神采却是飞扬，将今日水天一色阁中发生的事，毫无遗漏地说给史弥远听了。

"这么说，宋慈已在查望湖客邸的事，不但验出了听水房中的血迹，还知道此事与韩㑇有关。"

"正是。"

"这个宋慈，为父之前也是见过的。小小一个提刑干办，却敢当面顶撞提点刑狱公事，刚正不阿，敢作敢为，倒是可以利用。"史弥远意味深长地捋了捋胡须，又道，"惜奴的尸首找到了吗？"

"还没有。"史宽之应道，"韩㑇平日里口无遮拦，在这件事上却是口风甚紧。这些日子我旁敲侧击了多次，他始终没透露是如何处理尸体的。爹好不容易才在韩侂胄身边安插了这么一枚棋子，就这样死了，实在是可惜。好在如今宋慈已查到此案上，倘若能用惜奴的死扳倒韩家，那她死得也算值了。"

"一个婢子的死，就想扳倒韩家？"史弥远淡淡一笑，"韩侂胄深得圣上信任，想要动他，就须让他失宠于圣上，否则圣上在位一天，他韩侂胄的权位便谁也动不了。唯有激他北伐，大军开拔之日，便是他失势之时。"

史宽之却是面有疑色，道："爹总说北伐必定无功，然则如今金国内外忧困，疲弱之态尽显，万一韩侂胄北伐成了呢？"

史弥远又是一笑,不徐不疾地道:"前有太祖太宗,后有高宗孝宗,你说说,哪次北伐不是功败垂成?金国是很疲弱,可我大宋又能好到哪里去?便连一向主战的辛弃疾、陆游等人,此次也没怎么发声,他韩侂胄想北伐,必然成不了气候。"略微顿了一下,又道,"为父过去以为韩侂胄力主北伐,是为了迎合上意,借机打压异己,这才投效于他。可从去年起,他居然秘密往江北调兵,原本驻扎长江南岸的池州御前诸军,如今已驻守于长江北岸,看来他是真想建不世之功啊。你别看如今朝堂上有那么多人支持他,可那都是趋炎附势,明眼人都看得出这仗打不赢。为父估计,韩侂胄年内便会起兵,到时北伐一败,他定会在圣上那里失宠。到了那时候,墙倒众人推,破鼓万人捶,韩家这艘船必然要沉。韩侂胄掌权十载,批理学,禁逆党,打压异己太过狠绝,他一旦失势,只怕不只是贬官那么简单,说不定要落个身死族灭的下场,到时我史家必受殃及。"

"我明白,爹让我接近韩珍,暗中收集韩家各种罪证,将韩家干过的丑事坏事一笔笔记下,这是在未雨绸缪。"

"不错。杨次山一向与韩侂胄不合,他身为太尉,背后又有杨皇后撑腰,他日带头打压韩家的,必是他杨次山。上船容易下船难,将来为父改换船头,你这几个月的辛苦努力,就能派上用场了。"

史弥远说罢,见史宽之仍然面有疑色,道:"宽儿,你还是觉得为父说的不对吗?"

"爹说的都对,只是……"

"只是什么?"

"只是韩家也好，杨家也罢，我家改换了船头，还不照样是寄人篱下。"

史弥远欣慰一笑，道："宽儿，你身为长子，能有此思虑，为父便可放心了。"说着轻捋胡须，"韩家与杨家鹬蚌相争，未必不能两败俱伤。等到那时，谁说我史家需要寄人篱下，难道便做不得那得利的渔翁？"

史宽之听了这话，脸上疑色尽去，道："爹既有此等深谋远虑，宽儿任凭差遣，决无二言。"

第五章

西湖沉尸

西湖北岸的栖霞岭后，密林深处坐落着一座太平观。与西湖南岸香火鼎盛的净慈报恩寺相比，太平观不但老旧残破，香火更是稀少得可怜，落满枯叶的山路上空寂静默，只有零星的几个香客。

正月初八一早，宋慈和刘克庄来到了这里。

"那算命先生说，栖霞岭后有一太平观，叫我去那里捐上十贯香油钱，就能寻见月娘。"虫娘的话言犹在耳，宋慈抬头望了一眼古旧的匾额，拾阶而上，进了观门。

兴许是香客稀少的缘故，太平观没有道士知客，观内也见不到什么道人。宋慈和刘克庄在几间殿宇里寻了一阵，才找到了一个十来岁的小道士。

"你们这里有姓薛的道长吗？"宋慈此行不为请香祈福，只为寻找那个名叫薛一贯的算命先生。

小道士说太平观的观主就姓薛，引着宋慈和刘克庄去往偏殿，找到了正准备外出的观主。观主留着一大把胡子，左手拿一杆"一贯一贯，神机妙算"的幡子，右手提一张收折好的小桌，肩上还挎着一个包袱，正是薛一贯。

薛一贯见了来人，尤其是刘克庄，长眉一锁，以为刘克庄是上门找麻烦来了。他让小道士退下，向刘克庄道："这位公子，贫道测字算卦，有什么说什么，绝非故意冒犯你。你若还是气不过，贫道只好给你赔礼道歉。还请公子高抬贵手，别再来为难贫道了。"

"我当你只是个游方术士，不承想竟是一观之主。"刘克庄道，"你好好的观主不当，为何却去山下算命？"

"世上之人，忧患者多，贫道这不是为了替世人消灾解厄、趋利避害吗？"

"我看你是道观残破，香油稀少，不得不下山赚些零碎钱，贴补观里的吃穿用度吧。"

薛一贯尴尬一笑："难得有公子这样的富贵人，能体会贫道的难处。"

"你放心吧，我今天不是来为难你的。"刘克庄指着宋慈道，"这位是提刑司的宋大人，之前在苏堤上，你也是见过的。宋大人想知道初五那天，为何苏堤上捞起沉尸后，你人就突然不见了？还有你是如何知道我亲近的女人会有性命之忧的？你若还像之前那般说是自己神机妙算算出来的，那就只好请你到提刑司走一遭了。"

四下里别无他人，薛一贯不再故弄玄虚，自承算命只是通过察言观色，猜出算命之人心中所求，顺着对方所求往下说，总能说个八九不离十。他说刘克庄亲近的女人会出事，那只是危言耸听，想把刘克庄唬住，谁知刘克庄压根不吃这一套。至于初五打捞尸体时他为何离开，那是怕刘克庄一直纠缠他不放，这才趁机收摊开溜，换了个地方，到西湖南岸继续摆摊算命去了。

宋慈提起虫娘算命一事，问薛一贯为何要指引虫娘来太平观寻找月娘。

"贫道不只对那位姑娘这么说，对其他算命的人都说过这话。"薛一贯当日见虫娘衣着华贵，以为是有钱人家的千金小姐，所以指引虫娘来太平观寻人，实则想趁机给观里添点香油钱。他接手太平观以来，一直想把残破老旧的道观修缮一新，再扩建几座殿宇，苦于道观香火稀少，实在没有足够的钱，这才想尽办法攒钱，甚至不惜扮作游方道士，去山下摆摊算命。

薛一贯把这些如实说了，宋慈点了点头。早在来太平观之前，他便猜到是这么回事，只是不想放过任何一丝可能存在的线索，这才和刘克庄一起来栖霞岭走了这一趟。

宋慈和刘克庄离开了太平观。出观门之时，空寂的山路上走来了一个戴黑色幞头的香客，与两人错身而过，快步走进了观门。

宋慈和刘克庄下了栖霞岭。

岳飞的墓就在附近，两人去到岳飞墓前。正月期间，每天祭拜岳飞的人都是络绎而至，岳飞墓的香火比之净慈报恩寺犹有过之。宋慈挤在人群之中，在墓前跪地叩头，上香祭拜。祭拜完后，两人沿苏堤向南，朝净慈报恩寺而去。

不放过任何一丝线索，宋慈抱定这样的想法，打算再去净慈报恩寺打听一下腊月十四月娘入寺祈福的事。虫娘沉尸一案的查案期限只剩两天，换作其他人来查案，只怕会一直盯着虫娘的案子不放，任何无关之事都会置之一旁。但不知为何，也许是因为虫娘生前有着寻找月娘的执念，也许是因为自己的直觉，宋慈总是隐隐觉得，虫娘的死与月娘的失踪并非互不相干的两件事，而是暗藏着某种关联，只是这种关联他尚未看清而已。

沿苏堤走了一阵，两人来到了苏堤的南段。

昨夜一场雨下过，今日天气晴好了不少，西湖上和风轻拂，湖面微波粼粼。前几日因钓鱼而发现虫娘沉尸的梁老翁，此刻又在堤岸边一株柳树下垂钓，鱼篓干敞在脚边，显然还未有渔获。附近有几个孩童，在往来路人间追逐嬉闹，忽然一个挂着鼻涕的孩童捡起一颗石子，抡圆手臂，扔向湖面，其他孩童有样学样，也都捡起石子扔进西湖。湖面上漂浮着一截枯树枝，几个孩童以此为靶，比谁更有准头。

梁老翁一直没有渔获，本就不甚舒逸，此时湖面被一颗颗石子砸破，免不了会惊走水下的游鱼。他有些着恼，冲几个孩童骂了几句。几个孩童扮起鬼脸，吐出舌头，发出呜噜噜的声音。梁老翁气得吹胡子瞪眼，将鱼竿插在岸边，猛地站起身来。几个孩童见势不妙，赶紧开溜。梁老翁气呼呼地坐下，一脸不悦。几个孩童见他坐下，又返身回来，捡起石子继续往西湖里砸，有意捉弄他。

刘克庄看见这一幕，走上前去，摸了摸那挂鼻涕孩童的头，打发了几文钱，笑道："拿去买糖。"几个孩童一阵欢呼，你追我赶地跑开了，嘻嘻哈哈的笑声洒满了堤岸。

梁老翁见是刘克庄帮忙打发走了这群烦人的孩童，又看见了宋慈，满是皱纹的老脸上浮起笑意，冲二人挥了挥手。

"当日多亏了这姓梁的钓叟，若不是他无意间钓起虫娘的荷包，只怕此刻虫娘还尸沉水下，无人得知，须得好好谢谢他老人家才是。"

刘克庄对宋慈说了这话，走到梁老翁身前，道："老丈，前些天有劳你父子二人了。"从怀里摸出几张行在会子，要梁老翁收下。

梁老翁见那行在会子每张都值一贯，连连摆手道："公子，这可使不得啊，小老儿无功无德，可不敢收……"

"你父子二人帮了宋提刑的大忙，这不是我要给的，是宋提刑要给的。"刘克庄朝宋慈一指，"你儿子水性那么好，宋提刑往后查案奔忙，指不定还有请他相助的时候呢。"将行在会子硬塞进了梁老翁的怀里。

梁老翁受宠若惊，连忙向二人行礼。

二人向梁老翁告了辞，行过苏堤，来到了净慈报恩寺前。

净慈报恩寺和往日一样香火不绝，往来香客络绎于道，两个知客僧站在寺门左右，对着众香客迎来送往。宋慈认得其中一个知客僧是弥光，上次深夜来净慈报恩寺查案，就是弥光领着他进出于寺中。他上前行了礼。弥光认得他，合十道："宋大人这么早便来请香，快些请进。"

宋慈却站在原地没动，道："小师父，你在此知客有多久了？"

弥光应道："快有半年了吧。"

知客僧负责在寺门处迎客，只要有香客进出寺院，知客僧必定见过。月娘来净慈报恩寺祈福是在大半个月前，时间说长不长，说短不短，弥光说不定还留有印象。"可否请小师父借一步说话？"宋慈说完这话，也不管弥光答应与否，径直走向了道旁。

弥光见状，只好把知客之事交给另一个知客僧，跟着宋慈走了过来。

"腊月十四，曾有一个青楼角妓来贵寺祈福，想问问小师父有没有印象？"

"每天来寺里祈福的香客很多，不知宋大人问的这位女施主穿什么衣裳，长什么模样？"

"此女二九年华，身穿彩色裙袄，头插红豆钗，还戴了一对琉璃珠耳环。"

弥光眉心微微一紧，尤其是听到"红豆钗"三个字时，目光出现了明显的躲闪。他摇头道："隔得有些久了，我……我记不大清了。"

宋慈一直目不转睛地盯着弥光的脸，弥光神情上的细微变化，被他尽收眼底。他心中有数，知道弥光十有八九是见过月娘的。可若是月娘来净慈报恩寺只是为了祈福，弥光没理由隐瞒，宋慈不免暗觉奇怪，道："小师父是有什么难言之隐吗？"

"没……没有。"弥光摆手道，"我是真记不清了……宋大人没其他事，我便回去知客了。"

弥光想走，却被一旁的刘克庄一把拽住了。刘克庄也已看出弥光身上的不对劲。对付这样一个连掩饰自己都不会的年轻僧人，可比对付望湖客邸那些见钱眼开的伙计容易多了。他道："小和尚，前些天西湖里捞起死尸的事，听说了吧？"

"听……听说了。"

"宋大人问的这个青楼角妓，与西湖里捞起来的死尸可是大有关联。你知情不报，今日抓你见官不说，我还要进到寺中，找道济禅师当面理论一番。"刘克庄冷哼一声，"出家人不打诳语，道济禅师是有道高僧，我倒要看看，他还肯不肯将你这个欺诳之徒留在寺中。"

"施主别……别这样……"

"实话告诉你，这个青楼角妓腊月十四来过你这净慈报恩寺，之后便失踪了，我看是你寺院中藏污纳垢，将她偷偷藏了起来吧。"刘克庄故意说得大声，引来不少香客侧目。

弥光忙道："那女施主是失踪了，但和本寺毫无干系……"

"那女施主是失踪了？"刘克庄笑道，"看来你是知道得一清二楚啊。"

弥光慌忙捂嘴，哽了哽喉咙。

"那角妓究竟是如何失踪的？"刘克庄笑容一收，"还不从实说来！"

"我……我……"弥光面露难色。

"不肯说？那好，一起见道济禅师去！"刘克庄拖着弥光，就要往寺里走。

"施主，别……别……"弥光急得快哭出来了，"我说……我说还不行吗……"

刘克庄冷哼一声，松开了手。

弥光看了看周围驻足观望的香客，说话声变小了许多："你们可千万……别说是我说的……"

刘克庄道："只要你实话实说，我和宋大人一定保密，绝不对外透露。"

山路旁不是说话的地方，弥光领着二人进入寺中，来到寺院后方的僧庐。寺中僧侣都出外忙活了，此时僧庐中空无一人。

弥光走向自己的床铺，从床下拉出一口不大不小的箱子。箱子里叠放着几件僧衣，他掀起这几件僧衣，拿起压在箱底的一样物什，道："宋大人，你看看……是这支钗吗？"

那是一支红豆钗，钗头上挂着两串玛瑙雕琢而成的红豆，做工很是精细。

宋慈和刘克庄都没见过月娘，自然也没见过月娘头上的红豆钗是何模样。宋慈问道："你从何得来的这支钗？"

"是我捡到的。"

"如何捡到的？"

弥光犹豫了一下，如实说了腊月十四他深夜值守门房时听见拍门声，起床打开寺门，在雪地里捡到了这支红豆钗，又目睹一个身穿彩裙的女子被一群人紧追不放，最终在苏堤上落水溺毙的事。

身穿彩裙，又是腊月十四，再结合月娘逃出望湖客邸后，正是在韩珍众家丁的追逐下失踪，宋慈几乎可以断定，弥光看见的落水女子就是月娘。他的声音一下子严肃起来："如此人命关天的大事，你为何一直隐瞒不报？"

弥光低下了头："那群人个个凶恶，扬言要烧了本寺，我……我哪里敢说……"

"那群人长什么模样？"

"我没看太清，只记得领头之人马脸凸嘴，一脸凶煞之相。"

"那彩裙女子在何处落水，你总该记得吧？"

"记得。"

"快带我去！"

虽然时隔大半个月，但弥光对这件事非但没有淡忘，反而记得越发清晰。他每天都会想起那女子落水后扑腾呼喊的场面，良心上不断受到折磨，尤其是夜深人静在门房值守时，恍惚间总能听到拍门之声，好不容易睡着又总是被噩梦惊醒，好几次梦到圆月之下，那彩裙女子浮出水面向他叫苦诉冤。如今总算对外人吐露了此事，他内心深处倒隐隐有种解脱之感。他带着宋慈和刘克庄出寺下山，向苏堤而去。

走出净慈报恩寺时，宋慈忽然放慢脚步，扭头向左侧看了一眼。熙熙攘攘的人群之中，有一个戴着黑色幞头的香客，看样子是要入寺祈福。宋慈记得这个香客，不久前离开太平观时，他便见过此人。

来到苏堤上，弥光沿着堤岸，很快找到一株大树，指着枝丫遮罩下的湖面，道："就是这里了。"

宋慈看了看四周，此地距离虫娘沉尸之处不过五六丈远。他又盯着微波起伏的湖面，心想苏堤上每天人来人往，那彩裙女子在这里落水溺毙后，尸体一旦浮起来，势必早就被人发现了，可没听说有人在西湖里发现过浮尸，那么尸体极可能还沉在湖底，眼下最紧要的便是找人下水搜寻，看能不能找到尸体。

"要不要去找梁三喜？"刘克庄猜中了宋慈的心思。

梁三喜水性极好，曾帮忙打捞了虫娘的尸体，自然是最好的人选。宋慈点了点头。梁老翁垂钓的地方离此不远，二人立刻去找梁老翁。

很快，梁老翁的身影便出现在了二人的视野里，只不过梁老翁的身边多了两个熟悉的身影，竟是赵之杰和完颜良弼。在赵之杰和完颜良弼的身后，还跟着几个金国随从。

"怎么又是这帮金国人？"刘克庄语气愤然，"走到哪里都能见到他们，真是阴魂不散。"

宋慈见赵之杰蹲在梁老翁身边，似乎在向梁老翁打听什么，不由得想起昨晚在熙春楼的侧门外，赵之杰旁观他查问袁朗的事。袁朗替虫娘收拾过金银首饰，梁老翁则从西湖里钓起过虫娘的荷包，宋慈立时明白过来，赵之杰这是在追查虫娘的案子。完颜良弼若是杀害虫娘的凶手，赵之杰势必要设法为其脱罪，若不是凶手，赵之杰便要证明其清白，是以赵之杰追查此案，宋慈并不觉得奇怪。他毫不避讳二位金使在场，径直走上前去，向梁老翁表明了来意。

"哎哟，有这等事？宋大人、刘公子，你们二位稍等，小老儿这就去叫三喜。"上次找梁三喜打捞虫娘尸体时，梁老翁还不大乐意，这一次却是忙着起身，鱼竿鱼篓都没收拾，急匆匆便去了。

完颜良弼听说要在湖中打捞尸体，道："姓宋的，你想要什么花样？"

宋慈尚未回话，刘克庄已还嘴道："堂堂金国副使，这般担惊受怕，莫不是做贼心虚？"

完颜良弼目露凶光，瞪着刘克庄。刘克庄毫不畏惧，立刻瞪了回去。

宋慈拉了刘克庄一下，走回月娘落水之处，盯着湖面，默不作声。刘克庄跟了过来。

赵之杰不知宋慈所言是真是假，和完颜良弼跟过来，驻足一旁。他示意完颜良弼耐住性子，先看个究竟再说。

过了片刻，梁三喜飞步赶来，梁老翁脚步慢，过了一阵才到。

"大人放心，只要尸体还在水下，小人就一定能找到。"梁三喜从宋慈处获知情况后，活动了一下手脚，脱去衣服，下到冰冷的西湖之中。他踩了几下水，深吸一口气，埋头钻入了水下。

梁三喜几个兜臀沉下身子，很快触碰到了湖底柔软的淤泥。淤泥一经触碰，立刻有泥浆腾起。他闭紧双眼，手掌贴住淤泥，缓缓地摸索。上一次打捞虫娘的尸体，因有梁老翁垂钓的具体位置，是以很快便找到了沉尸。可这一次只有月娘落水的大概方位，具体沉尸于何处，全靠他用双手在淤泥上一按一放地摸寻，本就很有难度，再加上湖水冰寒刺骨，泥浆不时腾起，摸寻起来愈发困难。过了一阵，他有些憋不住气，除了枯枝烂叶，什么都没摸到，只好浮出水面透气。

一出水面，抹去眼眶周围的水，梁三喜看见宋慈、刘克庄和梁老翁正在岸边目不转睛地盯着自己，此外还聚集了不少路人。他原地踩水，缓过劲后，又一次潜入了水下。

经过先前一番摸索，梁三喜的脑中已有了湖底的大致地形。他开始摸寻周围尚未摸索过的地方。他的双手从淤泥面上拂过，摸到了一些枯树枝，再往前摸去，手底忽然空了。平坦的湖底延伸至此，忽然出现了一条下陷的深沟。就在这条宽不及两尺的深沟里，他摸了没几下，摸到了一个冰冷的东西，稍稍用手一感知，那是一只人脚。他背脊一冷，嘴里不由自主地呛出一口气，顺着这只脚往旁边摸去，很快又摸到了另一只脚。

梁三喜心惊之余，不禁暗暗松了口气，总算找到尸体了。

他抓住两只脚，想将尸体从深沟里拉起来，可是拉了一下却没拉动。

"莫非又绑了石头？"顺着脚往上摸，梁三喜没摸到石头，但在尸体下方摸到了一截陷在淤泥里的沉木。他摸到了尸体的头发，原来是头发缠在了沉木的枝丫上，这才拉不起来。他尝试解开头发，可头发在枝丫上缠得太死，试了好几次都没能成功。

一口气又憋到了头，梁三喜浮出水面透气，向宋慈说明了情况，道："大人，湖底是有具尸体，可是头发缠在木头上，捞不起来。"

一听说水下当真发现了尸体，围观人群顿时一阵惊呼，议论纷起。

"什么木头？"宋慈道。

"一截很长的沉木。"梁三喜道，"头发挂在沉木枝丫上，缠得太死，实在解不开，能不能把头发割断？"

宋慈摇头道："切不可损伤尸体，倘若头发解不开，便把枝丫弄断。"

梁三喜依言而行，这一次叼了把匕首潜至沉尸处，尝试割断枝丫。水下不好用力，枝丫又有些粗，他上上下下换了好几次气，才终于弄断枝丫，将尸体拖出深沟，浮出了水面。

宋慈和刘克庄双双递过手来，将梁三喜拽上岸，尸体也被拖了起来。

这具尸体一上岸，围观人群顿时哗然。

这是一具女尸，尸身肿胀，腹部隆起，面部不仅膨胀坏变，而且有明显的鱼鳖啃噬的痕迹，可谓到了面目全非的地步，哪怕是在天寒地冻的正月，一股腐臭味也立刻散发开来，显然死去已久。

弥光看见尸体，低头合十，口中念道："阿弥陀佛，罪过，罪过……"

尸体的腐臭味太重，实在让人难以忍受，围观人群纷纷掩鼻后退，刘克庄也退开了两步，完颜良弼更是一脸恶心之状，唯有宋慈和赵之杰站在原地没动。宋慈甚至更进一步，在尸体旁蹲了下来。女尸穿着一身彩色裙袄，宋慈拨开鬓边乱发，见女尸的耳下挂着一对蓝里透白的琉璃珠耳环，又揭起裙摆，除下右脚上的袜子，见右脚背上有一片皮肉发皱，像是烧伤的疤痕。这样的裙袄和耳环，再加上从弥光处得来的红豆钗，以及右脚背上的烧伤，很显然眼前这具女尸便是失踪了大半个月的月娘。

　　宋慈望了一眼西湖，又看了一眼月娘的尸体，心里暗道："月娘腊月十四便溺死在这里，至今已有二十多天，所幸湖水冰寒，否则尸体只怕早已完全腐坏。"

　　确认了尸体的身份，宋慈没再继续观察尸体，而是抬起头来，环顾遭遭的围观人群。他的目光飞快扫过，一下子看见人群中有一个戴黑色幞头的人，正是之前那个在太平观和净慈报恩寺都遇到过的香客。

　　那香客与宋慈的目光对上，不敢直视，低下头去。等了片刻，那香客重新抬起头来，哪知宋慈竟还一直盯着他。他目光躲闪，抽身退出人群，汇入苏堤上的人流，快步离开了。

　　宋慈第一次遇到这个戴幞头的香客时，以为对方只是进太平观请香祈福，第二次在净慈报恩寺外遇到时，他开始生出了一丝怀疑，但也没有多想，直到此时第三次看见此人，又见了此人躲闪的目光，以及离开时的匆忙之态，才终于确定此人是一直在跟踪他和刘克庄。他心下知道，昨晚马致才给韩珍通风报信，今天他查案之时便有人跟踪，此人极有可能是韩珍派来的。

"你在看什么？"刘克庄的声音响起。

宋慈摇摇头："没看什么。"想了一想，忽然拿出提刑干办腰牌，递给刘克庄，"你速去提刑司找许义，让他来苏堤，将这具尸体运回提刑司。"

"这么点小事，我随便找个人去就行了，用不着这个。"刘克庄没接腰牌。

"你亲自去，越快越好。"宋慈却将腰牌塞入刘克庄手中，"记住叫许义多带一些差役。"

刘克庄不明白宋慈为何这么着急，看了看赵之杰、完颜良弼和几个金国随从，压低声音道："这帮金国人人多势众，又不怀好意，万一我走了，他们……"

"快去！"

刘克庄虽不解宋慈之意，但深知宋慈心思细腻，这么着急自有他的考虑，当下不再多说，拨开人群，沿苏堤向北奔去。

宋慈之所以这么急，就是因为刚才那个戴幞头的香客的突然离开。月娘的死与韩㻖大有关联，倘若那戴幞头的香客真是韩㻖派来跟踪他的，那这一去，极可能是赶去通报韩㻖。韩府就在西湖东岸，离得不远，韩㻖一旦得知月娘的尸体被发现，或许不敢亲自带人来阻挠宋慈查案，但他可以通知赵师睪，让赵师睪以府衙的名义来干涉此案。昨晚韩㻖亲自送赵师睪离开水天一色阁的那一幕，宋慈还记得清清楚楚。赵师睪这个临安知府，是能在韩侂胄面前趴着扮狗的，韩㻖作为韩侂胄的独子，一旦私下有什么吩咐，只怕赵师睪什么事都干得出来。宋慈很想立刻对月娘的尸体进行检验，可他手边没有糟醋、葱椒、白梅等检验之物，回城去买，一来一去，要花去不少时间，检验尸体所用的时间则更长。府衙就在城南，离得很近，他担心还没来得及检验尸体，府衙就会派人来接手此案，将尸体运走。正因如此，他才要刘克庄以最快的速度去提刑司通知许义，让许义带人来将尸体运回提刑司，以免出现其他变故。刘克庄与许义彼此认识，让刘克庄拿着他的腰牌亲自去找许义，这样途中不会耽搁不必要的时间。

宋慈很希望自己的担心是多余的，希望那戴幞头的香客不是韩㼈的人，希望府衙不会来人。换句话说，只要短时间内府衙来了人，而且一来就要运走尸体，那便证明他的这番猜想没有错。

宋慈的担心很快应验，没过太久，苏堤南端忽然一阵喧哗，韦应奎带着一大批府衙差役赶到了。

刘克庄还没有回来。提刑司在城北，距离较远，宋慈掐指一算，即便途中没有任何耽搁，恐怕还要一阵子才能等到刘克庄。

宋慈朝附近的赵之杰看了一眼。他走到赵之杰身前，道："赵正使，我想请你帮一个忙。"

赵之杰道："宋提刑请讲。"

宋慈稍稍压低了声音："府衙来了人，倘若他们要运走尸体，还请赵正使加以阻拦。"说完这话，不待赵之杰答应，径直走回月娘的尸体前。

赵之杰眉头微微一皱，没明白宋慈的用意。

围观人群恰在此时分开一个缺口，韦应奎带着一大批府衙差役拥了进来。

"想不到宋提刑也在这里。二位金使也在，那可真是巧了。"韦应奎向三人打了招呼，旋即看向月娘的尸体，见尸体脸部碎烂，面目全非，浑身肿胀又腐臭难闻，不禁厌恶地皱了皱眉，"方才有人来府衙报案，说苏堤上捞起了一具女尸，我怕没人护着现场，便着急忙慌地赶来了。早知道宋提刑在这里，我就不必这么着急赶路了。"

"韦司理来得正好。"宋慈道，"我正打算初检尸体，苦于太多人在场，烦劳韦司理与各位差大哥拦在外围，不让闲杂人等靠近。"

韦应奎往围观人群看了看，道："这地方人多眼杂，我看还是把尸体运回府衙再行检验的好。"

韦应奎果然一来就提出要运走尸体，宋慈的猜想算是应验了，道："初检尸体，当在现场，此乃检尸之规矩。"

"现场初检尸体的规矩，我韦某人也是懂的，那是为了不遗漏现场的任何线索。可这具尸体一看便死去已久，苏堤上每天都是人来人往，就算这地方曾有什么线索，也早就被破坏了。这具尸体腐坏严重，没有苍术、皂角等避秽之物，又没有糟醋、葱椒、白梅等检验之物，还是在这又冷又冻的露天之处，依我看，实在没有在这里初检的必要。"

"韦司理既然知道这些，那来之前就该带上避秽、检验之物，顺便再带上检尸格目才对。"

这话一下子让韦应奎想起上次岳祠查验何太骥的尸体时，他没带这些东西，也没带检尸格目，以至于被宋慈抓住疏漏，害得他被韩㔉胄当众斥责了一顿。他神色有些不悦，道："我是怕现场没人护着，所以来得急，仓促之间，哪有工夫准备这些东西？眼下只有先将尸体运回去，等备齐这些东西后，再行检验之事。"

"既然如此，那就劳烦韦司理差人将尸体运往提刑司。"

"宋提刑这是弄错了吧？临安地界的大小案子，都归府衙来管，管不了的才移交提刑司。宋提刑奉命查虫娘一案，其他尚未移交提刑司的案子，你大可不必插手的。"韦应奎手一挥，"来人，将这具尸体运回府衙！"

跟随韦应奎的府衙差役有十多人，还推来了一辆推车，显然是有备而来。韦应奎一声令下，十多个差役立刻围了过来，要运走月娘的尸体。

"慢着！"宋慈指着月娘的尸体道，"这死者与虫娘一样，都是熙春楼的角妓，都是深夜失踪，都被发现沉尸于西湖，沉尸的位置也相距不远，两人之死只怕大有关联。我奉命查办虫娘一案，与之相关的案子，自然也该由我来查。"

"那好啊，就请宋提刑随我一道回府衙，初检之事，还有往后的复检，都交由宋提刑来经手。"韦应奎丝毫没有让步的意思，十多个差役径直越过宋慈，将月娘的尸体抬起来，放到了推车上，立刻便要运走。

宋慈虽是提刑干办，可韦应奎是府衙的司理参军，接管命案运走尸体，那是名正言顺之事，宋慈身单力薄，面对十多个差役，根本无力阻止。他侧过头，看向一旁的赵之杰。

赵之杰已经旁观了许久。他虽然不明白宋慈的用意，但最终还是朝身边几个金国随从低声吩咐了几句。几个金国随从立刻冲上去，挡住了推车的去路。

"你们这是干什么？"韦应奎道。

"司理大人所言避秽、检验之物，本使可即刻差人买来，现场初检，有何不可？"赵之杰面带笑意地走出人群。

韦应奎道："赵正使，这里是我大宋行在，你可别忘了自己的身份。贵国副使牵涉虫娘沉尸一案，你在意虫娘的案子，倒还说得过去，可我要运走这具毫不相干的尸体，你却来阻拦，"朝月娘的尸体一指，"莫非此人之死，也与贵国使团有关吗？"

赵之杰眼睛直视韦应奎，话却是朝完颜良弼在说："副使，方才司理大人提到的避秽、检验之物，你都听见了吧？"

完颜良弼应道："苍术、皂角，还有糟醋、葱椒、白梅，是不是这些？"

"就是这几样东西，还有盐、酒糟和藤连纸，你速去城里买来。顺道再去一趟府衙，就说司理大人要在苏堤上当众验尸，取几份检尸格目和尸图来，记得捎带上笔墨。"

赵之杰吩咐完，完颜良弼立刻动身，带上两个金国随从，拨开围观人群，雷厉风行地去了。

韦应奎见赵之杰铁了心要阻拦，又见几个金国随从面露凶悍之色，自己带来的十多个府衙差役明明人数更多，反而吓得不敢轻举妄动，不禁有些面红耳赤。但他也是铁了心要将尸体运走，冲十几个差役喝道："都愣着干什么？府衙办案，敢阻拦者，全都抓了！"

十几个差役硬着头皮，开路的开路，推车的推车。围观人群怕受牵连，纷纷让道，可那几个金国随从却是寸步不让。

负责开路的差役与几个金国随从交涉不成，很快推搡起来。赵之杰方才低声吩咐几个金国随从时，特意叮嘱不可与宋人发生武力冲突，以免落人口实，因此这几个金国随从虽然阻拦运尸，却都把手背在身后，任由差役推搡，始终不还手，只是挡住去路。

便在这时，人缝中忽然传来"让开"的叫声，先后有四个差役挤进人群，赶到了现场。这四个差役的穿着有别于府衙差役，来自提刑司，为首之人是许义。

许义看见了宋慈，急忙来到宋慈身前，道："宋大人，听刘公子说这里有命案发生，你要运尸体回提刑司？"

宋慈朝许义身后一看。他叮嘱过刘克庄，叫许义多带些差役来，可跟随许义来的差役只有区区三人，刘克庄本人更是不见踪影。"许大哥，"宋慈道，"除了这几位差大哥，你带的人还有吗？"

"小的能叫得动的，都叫来了。"许义说这话时不免有些尴尬。他来提刑司才一个多月，根本叫不动几个人，宋慈虽是提刑干办，可这官职只是暂时的，刘克庄捎的腰牌根本管不了多大用，他好说歹劝，好不容易才叫来了三个差役。

"刘克庄呢？"

"刘公子叫小的先来，他说迟些便到。"

虽然人手不够，但宋慈管不了那么多了，指着运载尸体的推车道："这具尸体关系重大，务必要运回提刑司。"

许义见尸体周围围了很多人，有差役打扮的，还有金国人穿着的。他以为是几个金国人要阻拦运尸，道："哪来的金国人，竟如此放肆？"叫上三个差役，义愤填膺地就要上前。

宋慈知道许义会错了意，忙叫住他，低声向他说明了情况。

许义听得一脸惊讶，这才知道是府衙差役要运走尸体，几个金国人反倒是在帮宋慈阻拦。他不明白苏堤上为何会有金国人，这些金国人又为何要帮宋慈，更不明白尸体运到府衙和提刑司有什么区别。跟来的三个差役自然也不明白，一听说要对付的不是几个金国人，而是十多个府衙差役，顿时不乐意了。

"不是说运尸体吗？这哪里是运，分明是抢。"

"跟府衙的弟兄作对，这事我可不干。"

"许义，下次再有什么事，别再来叫我。"

三个差役当场撂挑子不干，径自走了。许义虽未离开，但也踟蹰在原地，面露为难之色。

宋慈没有再难为许义。倘若阻止不了韦应奎运走尸体，那他只有寸步不离地跟着，一直跟到府衙去，想办法第一时间对月娘的尸体进行初检，详细记录在检尸格目上，如此才能放心。

韦应奎连声催促，十几个府衙差役推搡得越来越使劲。几个金国随从已经尽了全力，实在是阻拦不住。载着月娘尸体的推车，终于从几个金国随从之间推了出去。

眼看韦应奎带领众差役就要运走尸体，人群中忽然冲出一人，一只手按在了推车上。

"大老远便听见有人闹腾，我当是谁，原来是韦司理。"来人是刘克庄，只见他以手遮额，举头朝西边一望，笑道，"真是怪了，我还当太阳出来了呢。"

"你说什么？"韦应奎没听明白。

刘克庄道："尸体刚打捞起来，韦司理立马便赶到了现场，可不是太阳打西边出来了吗？"

韦应奎回了一下味，方才明白刘克庄这话是在讥讽他，是说他遇到案子一向敷衍怠慢，能这么快赶到现场，便如太阳打西边出来那么稀罕。他冷哼一声，道："上回韩太师突然驾临太学，你才得以逃过一劫，别以为这回还有这等侥幸。胆敢阻拦本司理办案，哪怕你是宋提刑的朋友，照样抓你回府衙治罪！"

刘克庄笑吟吟地横挪一步，往推车前直挺挺地一站，道："好啊，有本事你就来抓。"

"好狂妄的小子，给我拿下！"韦应奎一声令下，立刻便有几个差役冲刘克庄而去。

宋慈见刘克庄突然出现，心中为之一喜，却又不免担忧，怕刘克庄当真被韦应奎抓了，正准备上前替刘克庄解围，却见围观人群分开一个个缺口，一个接一个的人冲了进来，先是王丹华等习是斋的同斋，站到了刘克庄的身边，接着是辛铁柱、叶籁、赵飞等武学生，纷纷挡在了刘克庄的身前，须臾之间便来了三四十人。原本准备上前捉拿刘克庄的几个府衙差役，顿时被这场面镇住了。神色很少有变化的宋慈，也禁不住流露出了惊讶之色。

刘克庄朝宋慈一笑，冲身前那些太学生和武学生努了努嘴，意思是你叫我多喊几个差役来，虽然差役没喊动，可我叫来了这么多学子，人手总该够了吧。

"你们……你们这些学子，是要反了吗？"韦应奎的目光从三四十个学子身上扫过，当他看见身穿武学生服的叶籁时，脸色为之一变。

叶籁昨日与刘克庄分别后，独自一人回了武学。他满身是酷刑逼供留下的伤痕，却倒头就睡，一觉睡到了大天亮，这才换了一身干净衣裳，去医馆敷了伤药。他回武学时，刚到大门外，就见刘克庄带着一群太学生经过，忙叫住刘克庄，询问出了什么事。刘克庄不知道宋慈为何急着把月娘的尸体运去提刑司，但叮嘱了要快，又叮嘱多带差役，想必是急需人手，所以他才回太学去叫同斋。往年的正月初八，太学已经开始授课，可今年要准备皇帝视学典礼，所有授课都推迟到了正月十五视学典礼结束之后，王丹华等同斋此时大都闲在斋舍。因为接触尸体的缘故，同斋们原本将宋慈视作晦气之人，对宋慈多少抱有成见，可自从亲眼看见宋慈面对韩㤞时的无所畏惧，又见了宋慈如何当众破解岳祠案，对宋慈的态度已有所转变，这次不是卖刘克庄这位斋长的面子，而是心甘情愿地来相助宋慈。刘克庄将宋慈急需人手一事对叶籁说了，叶籁掉头便回武学叫人。辛铁柱正带着一群武学生在练场操练，一听宋慈需要人手，当即把赵飞等武学生叫到一起，要去助宋慈一臂之力。刘克庄虽与辛铁柱、赵飞等武学生有过节，但多一个人便多一份力，更别说这些人都是叶籁叫来的，于是他不加拒绝，带着这些人赶来了苏堤。他一见韦应奎要将月娘的尸体运走，立刻有些明白宋慈为何要急着将尸体运去提刑司了。他来不及跟宋慈说明情况，上前便加以阻拦。叶籁跟随刘克庄而来，没想到会在这里遇上韦应奎，嘿嘿一笑，道："司理大人，别来无恙。"

韦应奎冷哼一声，心下暗道："你就算不是'我来也'，也休想从我手底下讨得好去。我还怕你出狱后找不着人，原来你是武学学子，以后找你可就容易多了。"他见阻拦的学子实在太多，道："公然妨碍府衙办案，那是要治罪的，你们这些学子，都不计较自己的前途吗？"

韦应奎的话全然不起作用，辛铁柱、叶籁等人毫无退让之意。这时宋慈走了过来，韦应奎道："宋提刑，你看看这些学子，真是无法……""无天"二字尚未出口，宋慈已从他身旁径直走过，去到刘克庄身边，与众学子站到了一起。韦应奎道："宋提刑，你这是什么意思？"

宋慈朝月娘的尸体看了一眼，道："这具尸体与虫娘有莫大关联，虫娘沉尸一案既已由我接手，这具尸体便该由我来检验，无须韦司理劳神费心。"

韦应奎脸上一阵红一阵白，最终挤出了一丝笑容，道："宋提刑既然这么说，我韦应奎再坚持己见，可就太不识抬举了。你是圣上钦点的提刑干办，又得韩太师亲命，这具尸体交由你处置，案子交由你来查，我还有什么不放心的？"心下却暗道："好你个姓宋的，找来这么多学子撑腰，事情若是闹大了，对我没什么好处。今日你人多势众，我不与你一般见识。我运走尸体，原本对你并非坏事，是你自个儿不知天高地厚，非要搬起石头砸自己的脚。这案子你也敢查，那你就尽管查吧，我还求之不得呢。"手一挥，示意众差役让开，将尸体连带推车留给了宋慈，转身便走。

"韦司理留步。"宋慈道。

韦应奎停步，没有回头："宋提刑还有何指教？"

"我要在这苏堤上当众验尸。"宋慈道，"你是临安府司理参军，我想请你留下来作为见证。"

宋慈之前担心月娘的尸体被运往府衙，可现在韦应奎已经放弃运尸，那他也没必要急着将尸体运回提刑司了。眼下苏堤上有这么多人在场，除了临安城的百姓、府衙和提刑司的差役，还有那么多武学和太学的学子，甚至还有金国使者。他打算现场初检，当众验尸，让所有人都见证验尸的结果。

韦应奎转过身来，应道："好啊，我正想看看宋提刑的本事，开一开眼界。"

宋慈知道完颜良弼已奉赵之杰之命去取尸图和检尸格目，准备避秽、检验之物，只待完颜良弼回来，便可开始验尸。但时下天寒地冻，月娘的尸体又是从冰冷的湖水里打捞起来的，尸体僵直发硬，想验尸还需做一些准备。他让刘克庄去附近的净慈报恩寺，借来一口大锅，在苏堤上垒石为灶，架锅烧水，又将推车推至石灶旁，隔了三四尺远，用灶中之火来烘烤月娘的尸体，使僵硬的尸体慢慢软化。

等到锅中白汽微冒，水已温热，月娘的尸体也不再那么僵硬时，完颜良弼带着两个金国随从回来了。

苍术、皂角、糟醋、葱椒、白梅、食盐、酒糟、藤连纸等物皆已备齐，检尸格目、尸图和笔墨也已取来，赵之杰将这些东西交给宋慈，宋慈正式着手验尸。

宋慈将检尸格目和尸图交到刘克庄手中，又递去笔墨，冲刘克庄点了一下头。刘克庄明白其意，又一次充当起了书吏。

宋慈先燃烧苍术和皂角来避尸臭。这一次没有苏合香圆，所以他让刘克庄去净慈报恩寺借铁锅时，顺带借了些生姜来。生姜虽不如苏合香圆那么辛香浓烈，但也能用于避秽。他含了一小块生姜在嘴里，让刘克庄也含了一小块。

宋慈来到月娘的尸体前，摘下琉璃珠耳环，除去裙袄和贴身衣物，让尸体全身赤裸。他仔细检查了所有衣物，看有没有什么随身物品，却无任何发现。他让刘克庄在检尸格目上"遗物"一列，写明死者衣物齐整，遗物只有一对琉璃珠耳环。他将衣物和耳环交予许义保管，然后估量尸体的身高，又估量了头发的长度，唱报道："全尸身长五尺，发长一尺七寸。"

刘克庄非礼勿视，背过了身子，依照宋慈的唱报，运笔如飞，一一记录在检尸格目上。

宋慈仔细检查尸体的头顶、发丛和脑后，没有发现任何伤口，也没有发现钉子之类的异物，再检查眼睛、口鼻、阴门、谷道等处，同样没有发现异物。他舀来温水，轻轻地浇在尸体上，每一处皮肤都要浇到，翻来覆去一遍遍地浇，洗去尸体身上污泥的同时，也让尸体变得更加柔软。浇过水后，他又将糟醋倒入大铁锅中烧热，再用热糟醋反复洗敷尸体，直至尸体完全软透。这一番洗敷下来，尸体的头发脱落了不少，全身皮肤也大部分皱缩剥落，尤其是手上的表皮，苍白皱缩，竟如同手套一般脱落下来。

宋慈遍观尸身，唱报道："女尸一具，年二十左右，身体各部皆全，四肢无缺折，无佝偻，无拳手，无跛脚，无斑痣，无肉瘤，无硬茧。全尸肿胀、色青黑，头发脱落，表皮脱落，手脚苍白皱缩，应为泡水太久所致。头目胖胀、唇口翻张、脸部碎烂，有鱼鳖唼嚙痕迹，"俯身朝尸体鼻孔深处看了看，又捏开嘴巴仔细瞧了瞧，"牙齿、舌头无异样。口鼻内有泡沫，无泥沙。颈部无瘀痕。"

目光转向尸体肚腹，宋慈接着唱报道："肚腹膨胀，"伸手在尸体腹部按压了几下，观察尸体的口鼻，"按压之，口鼻有泡沫溢出。"又在肚腹上由轻及重地拍打了数下，"心下至肚脐，以手拍之，有响声，但坚如铁石，疑似有胎孕。"

继续往下验看，他道："两手握拳，指甲参差不齐，内无泥沙，但颇多污垢。两股、两膝无异样。右小腿外侧有片状伤，似被刮去一块皮肉，伤口四周皮肉不发卷，应为死后伤。右脚背有烧伤一处，约杯口大小。"

验看完正面，他将尸体翻转过来，背部朝上，仔细检查一番，唱报道："腰背无异样。"

刘克庄飞快地记录完，好一阵没听见宋慈唱报，稍稍回头看了一眼，立即把头摆正。只此一眼，刘克庄看见宋慈面对尸体伫立不动，似在沉思。

此刻的宋慈正在暗暗疑惑："月娘的尸体两手握拳，腹部膨胀，拍打起来有响声，口鼻内有泡沫，一旦按压腹部，会有大量泡沫从口鼻内涌出，这些都是溺水而死的特点。看来弥光没有说谎，月娘的确是在这里落水溺毙的。可父亲从前验过的那些溺毙尸体，口鼻内都有泥沙，指甲里也会有泥沙，为何月娘的口鼻和指甲里却没有呢？"想到这里，他走到梁三喜身前，问道："梁大哥，湖中泥沙多吗？"

梁三喜应道："泥沙倒是不少。"

宋慈心里暗道："既然如此，月娘的口鼻内应有泥沙才对，为何没有呢？"又问："尸体具体沉在何处，你指给我看一下。"

梁三喜指向堤岸外一丈远的地方，正是弥光指认的月娘落水之处。

"沉尸处水有多深？"

"六七尺吧。"

"尸体是挂在一截沉木上，对吧？"

"是。"

"沉木周围有没有破瓷器、蚌壳之类的锋利之物？"

"没有摸着，应该没有。"

宋慈不再发问，走回到月娘的尸体前。他想了一想，虽然认为月娘十有八九是溺水而死，但他还是决定用梅饼验伤法，再验看一下尸体上有没有其他未显现的伤痕。

宋慈取来白梅、葱椒、食盐、酒糟等物，混合研烂，做成一块块梅饼，放在石灶上烤到发烫。他用藤连纸衬遍尸体全身，再将烤烫的梅饼均匀地贴在藤连纸上。

如此熨烙了好一阵子，宋慈将梅饼一块块取下，将藤连纸一张张揭开，再次验看月娘的尸体。他本以为月娘是溺水而死，想必尸身上不会再有其他伤痕，只是为了防万一，这才以梅饼验伤法验看一遍。出乎他意料的是，在月娘的颈部之下、胸部之上，出现了一道淡淡的弧形瘀痕。这道弧形瘀痕起自两肩，合于身前，只有一指宽，极为细长，中间微有缺裂。

宋慈大感奇怪，从小见惯各种验尸场面的他，还从没有见过在这样的部位出现这样的瘀痕。他一时想不出来，到底是什么样的物什，能在两肩之间造成这样一道奇怪的瘀痕。这道瘀痕很淡，看起来像是勒痕，可勒痕通常位于颈部，怎么会出现在两肩之间？若说是捆绑留下的，那应该不止这一道，手臂上、腿脚上都应该有捆绑的痕迹才对。这道瘀痕位于非要害部位，显然不是什么致命伤，也许与月娘之死并无关联，只是月娘生前不小心受的伤。他唱报道："两肩之间有瘀痕，长且连贯，中有微缺，宽约一指，弧状，色紫黑，应为生前伤。"

刘克庄依其所言，记录在检尸格目上，又在尸图上画下伤痕。

宋慈又将月娘的尸体翻转过来，不厌其烦地再做梅饼，用同样的步骤在尸体的背面验看，最终没有再验出其他伤痕。

至此，宋慈对月娘尸体的检验算是结束了。他从许义那里拿过月娘的衣物，小心翼翼地给尸体穿上，又一次点燃苍术、皂角来熏遍全身，去除身上的尸臭。经此检验，在确认月娘是溺水而死的同时，也生出了不少疑问。他想着这些疑问，怔怔地立在原地。

"你看看我记录的对不对？"刘克庄不知道尸体已穿上衣物，依然背着身子，将检尸格目和尸图递向身后，"喂，宋大人？宋提刑？宋慈！"

宋慈回过神来，接过去看了一遍，没有任何差错，就连两肩之间的那道瘀痕，刘克庄在背身不看尸体的情况下，仅凭他的唱报，居然在尸图上画得分毫不差，比之经验老到的书吏也不遑多让，倒是显得在这方面有极高的天赋。他走向许义，吩咐将月娘的尸体运回提刑司停放，然后寻有经验的坐婆来查验月娘腹中是否有胎孕，另让许义走一趟熙春楼，找几个认识月娘的人来认尸。"记住，认尸的人当中，一定要有云鹢母和厨役袁朗。"他特别嘱咐道。

许义一一应了。

宋慈来到韦应奎身前，道："韦司理，今日验尸一事，在场众人俱为见证，还请你如实禀明赵知府。这辆推车我先借之一用，待将尸体运至提刑司后，即刻归还府衙。"他知道昨夜韩珍与赵师睪在丰乐楼私下会面一事，也猜到韦应奎之所以赶来抢运尸体，必是受了赵师睪的吩咐，所以言语间故意提到了赵师睪。

"一辆推车而已，还与不还都无妨。不过宋提刑，韦某人还是要提醒你一句，"韦应奎道，"你今日揽下这桩命案，说与虫娘之死有关，那就务须查个清楚明白，倘若到时候查不出来，又或是与虫娘沉尸一案查无关联，那这事可就不好交代了。"

宋慈道："我也要提醒韦司理一句。"语气微微一变，"验尸断狱，直冤辨屈，乃人命关天之大事。你乃临安司理，职责重大，更该慎之又慎，切不可敷衍草率，视刑狱大事为儿戏。"

这番话说得铿锵有力，又是当着这么多人的面，韦应奎顿时面皮涨红，道："宋提刑，你……"哪知宋慈对他再不理会，径直转身，去到赵之杰身前。韦应奎被晾在原地，在围观人群一道道目光的注视之下，恨得咬牙切齿，暗暗攥紧了拳头。

宋慈将没用完的避秽、检验之物归还给了赵之杰，道："多谢赵正使。"

赵之杰道："些许小事，用不着谢，再说我也不是为了帮你。"

"我知道赵正使信不过我大宋官员，一直在追查虫娘沉尸一案。"宋慈道，"但这里是我大宋境内，你为他国来使，实不该干涉此案。"

"此案牵连我金国副使，有人想借此案大做文章，你却叫我坐视不理？"赵之杰声音拔高，"我赵之杰身为金国正使，不但要干涉此案，我还要查明真相，查出真凶。宋提刑是宋人，我赵之杰是金人，你我都有提刑之名，却是各为其主。你敢不敢与我赌上一局，初十之前，看看是你这位大宋提刑先查破此案，还是我这位大金提刑先揪出真凶。"

此话一出，围观人群顿时一片哗然。赵之杰这番话，无异于公然挑衅。在场之人大多视金人为仇雠，如刘克庄、辛铁柱等人，无不对赵之杰怒目瞪视，都觉得这口气无论如何不能咽下去，心想宋慈一定会应下赌局。

一道道殷切目光注视之下，宋慈却是神色如常，道："查凶断狱，关乎人命，岂可用作赌注？"

"宋提刑是不敢与我赌吗？"

宋慈没有应话，只是摇了摇头。

"你不敢赌，那也无妨。"赵之杰环视围观人群，"总之初十之前，我赵之杰定会先你一步，查出真凶，给我大金皇帝一个交代，也给天下人一个交代。宋提刑，请了。"说完这话，他带上完颜良弼和几个金国随从，拨开人群，欲要离开。

围观众人大多愤懑难平，尤其是赵飞和几个武学生，冲上前去，想要阻拦赵之杰等人。

宋慈却拦下了赵飞和几个武学生，任由赵之杰等人扬长而去。

赵飞和几个武学生诧异不已，不少难听之言破口而出："区区几个金国人，有什么好怕的？""枉我们还赶来帮你，你就是这么给我们长脸的？""太学生都是无胆鼠辈，辛大哥，我们回武学罢！"

辛铁柱脸色颇不好看，上前拱手道："宋提刑，告辞了。"

宋慈作揖还礼，目送辛铁柱、赵飞和众武学生离去。

韦应奎难得见到宋慈当众受窘，大觉解气，冷冷一笑。可这抹冷笑一下子僵在了脸上，只因他突然想到赵之杰竟然在查西湖沉尸案，而且还查得如此明目张胆，倘若真让赵之杰查出了什么证据，撇清了完颜良弼的杀人之嫌，那可就大事不好了。此事必须立马报与赵师睪才行，于是他率领着众差役急匆匆地离开了。

刘克庄实难忍下这口气，但他顾及宋慈的脸面，没有当众提出异议，等到大部分人都走了，才对宋慈道："这帮金人在我大宋地界如此嚣张，公然挑衅于你，事关我大宋荣辱，你当着这么多人的面，怎可不应？"

宋慈却道："查案只求公道，不为虚名，是谁查出真凶并不重要。只要能为死者直冤，令真凶服法，就算这案子最终是赵正使破的，亦无不可。"

"公道是公道，可他赵之杰毕竟是金人，你我却是大宋子民啊。"刘克庄道，"刚才在栖霞岭下，你我还去拜祭了岳武穆。靖康耻，犹未雪，在我看来，国仇家恨当在公道之上。"

"国仇家恨，我未曾敢忘。"宋慈摇头道，"可是验尸查案，关乎死者冤屈，生者清白，不该拿来做赌局。"

"好，我不跟你争国仇家恨，你要说验尸查案，我们便说验尸查案。一直以来，你叫我做什么，我便做什么，可你做什么事，却从不对我解释。"刘克庄指着月娘的尸体道，"我不明白，你要查的明明是虫娘的案子，为何一直追查这个月娘不放。虫娘是在正月初四遇害的，月娘却是死在更早之前的腊月十四，这两案之间有何干系？"

"到底有何干系，眼下我也不知。"

刘克庄无奈地摇摇头，道："好一个'我也不知'。你连这两起案子有什么干系都不知道，就一直追查月娘的案子，不去查虫娘的死？"

"我知道你很喜欢虫娘，很在意她的死，可查案一事牵连广大，决不可为情绪左右，更不能意气用事。"

"我意气用事？"刘克庄难以置信地盯着宋慈，"好，好，你说我意气用事，那我便意气用事给你看看。你不肯用心查虫娘的案子，那我来查。查案有什么难的？我也会。"说完这话，转身朝叶籁道，"叶籁兄，我们走！"

叶籁没跟着辛铁柱等人离开，一直在旁边等着刘克庄。刘克庄与他并肩而行。王丹华等同斋看了看宋慈，也都摇摇头，随刘克庄去了。

宋慈站在原地，望着刘克庄的背影远去。他胸有惊涛骇浪，脸上却无一丝表情。

过了良久，宋慈轻叹一口气，走向石灶，将大铁锅取下，交还给了弥光。他将灶中明火灭了，开始拆除一块块垒砌的石头。

许义过来道："宋大人，小的来帮你吧。"他手脚麻利，三两下便将石灶拆了，又将地上清理干净。

"有劳许大哥了。"宋慈道，"我之前说的事，你还记得吧？"

"记得，找坐婆验胎孕，再去熙春楼找人认尸，尤其要找来鸨母和袁朗。"

"那好，我们回提刑司。"

宋慈亲自推车运尸，许义帮着他一起，慢慢行过苏堤，朝提刑司而回。

第六章

尸体身份确定

"宋大人，该说的我都说过了，何时才能放我出去啊？"

夏无羁已在提刑司大狱里关了一天一夜。本以为宋慈接手虫娘一案，又在府衙的司理狱中审问过一遍，他很快便可以出狱，却不想宋慈非但没有放他走，反而将他转移至提刑司大狱继续关押。除了狱吏送饭送水外，狱中一直没人搭理他，宋慈也一直不见人影，直到在狱中百般煎熬地度过一日后，他才终于等来了宋慈。

月娘的尸体已经运入提刑司的偏厅，与虫娘的尸体停放在一起，许义也已遵照吩咐外出找人，要过一阵子才能回来。趁着这个空隙，宋慈来到提刑司大狱，到了关押夏无羁的牢狱之中。

"眼下还不能放你走。"宋慈道，"在彻底洗清嫌疑之前，你要一直待在这里。"

夏无羁有些惊讶，他一直以为宋慈把他当作证人，没想到宋慈还认为他有嫌疑，道："宋大人，小怜的死，当真与我无关啊。"

"既然无关，那你为何一再说谎？"

昨天在司理狱时，夏无羁就被宋慈指出说了谎，他道："我……我如何又说谎了？"

宋慈直视着夏无羁："虫娘那么多金银首饰，到底是从哪里来的？"

"小怜没对我说起过，我当真不知道啊。"

"事到如今，你还要隐瞒。那些金银首饰，明明是你拿给虫娘的，是不是要我把熙春楼看守侧门的小厮找来，与你当面对质，你才肯说实话？"

夏无羁脸色一僵，慢慢低下了头。

"你言语不实，执意隐瞒，那我只能当你有杀人之嫌，只要一天查不出真凶，你就须在这提刑司大狱中多关押一天，倘若一直查不出真凶，那就只有将你一直关押下去。你自己好生掂量吧。"宋慈说罢，转身要走。

夏无羁道："宋大人，我是对不起小怜，可她的死当真与我无关，我没想过她会出事……"

"你对不起她？"宋慈脚步一顿，"如何对不起她？"

"我……我……"

"你什么？"

"我骗了她……"

"你骗了她什么？"

夏无羁显得局促不安，双手捏着衣服，仿佛犯了什么大错，抬眼看了看宋慈，又低下了头："是我……是我带她去见韩公子的……"

"到底是怎么回事？"宋慈声音严肃，"你若没杀害虫娘，不想她枉死，也不想自己牵连入罪，那你就把所有事情原原本本地说出来，不可有半点隐瞒。否则你就要一直被关在这里，没人救得了你。"

夏无羁犹豫了一阵，道："宋大人，我说，我都对你说……"摇了摇头，长叹一声，"初三那晚，你和刘公子带小怜去提刑司后，韩公子便从熙春楼里追了出来。他看见我在街边，叫家丁把我抓起来，骂我前一夜敢点小怜的花牌，扫他的兴。他问我是不是认识小怜，又问小怜的姓名来历。我不敢隐瞒，都对他说了。他要我第二天夜里把小怜带去丰乐楼，说会在丰乐楼等我，我若不答应，他以后便每晚去熙春楼找小怜的麻烦，让小怜永无宁日。我知道韩公子的本事，不敢不从……"

"所以你便骗虫娘，带她住进望湖客邸，第二天夜里假意私奔，实则带她去丰乐楼见了韩珍？"

夏无羁一脸悔色，点了点头。

"见到韩珍之后呢？"宋慈道，"那晚丰乐楼上到底发生了什么事？"

"丰乐楼上的知秋一叶阁，韩公子和史公子都在那里。韩公子见到小怜后，问她是不是有一个姐姐在韩家。小怜不说话。韩公子捏住小怜的脸，道：'我头一次见你，就觉得长得像。别以为不承认，我便认不出你们是姐妹俩。'小怜还是不应声。韩公子又道：'你姐姐贱人一个，怪就怪你长得和她一模一样，我看着就恨！'小怜一向性情温婉，可那晚面对韩公子，她却毫不示弱，凶巴巴地回瞪着韩公子。韩公子道：'你姐姐就喜欢成天摆着个臭脸，你也敢冲我摆这副脸色？'他叫家丁把我带出房外，房中只留下他、史公子和小怜。很快房中传出韩公子的狞笑声，又传出小怜的惊叫声，声音含混，像是被捂住了嘴。过了好久，房门才打开，我看见小怜躺在桌子上，头发凌乱，袖子被撕掉，裙子被撕破……"夏无羁讲到这里，讲不下去了，闭上眼睛，良久才道："韩公子系上了腰带，与史公子坐下喝酒，嬉笑如故。小怜向我望了一眼，眼中满是绝望。我没想过会发生这种事，心里万般后悔，根本不敢看她。这时她忽然冲向窗户，跳了下去。"

"后来呢？"

"后来韩公子带人追出去，隔了好一阵才回来，他们没有追回小怜。我当时很害怕，一直待在丰乐楼，没……没敢离开。韩公子把我的包袱夺了去，抖出里面的金银首饰。他捡起几样首饰，道：'我说府上怎么成天丢首饰，原来是被那贱人偷了去。'他说那些金银首饰都是他家的，全部占为己有，又逼我不准泄露当晚的事，否则便割了我的舌头。我实在怕得紧，后来府衙抓了我审问，我不敢说实话，只好编了假话。我……我实在不该隐瞒。是我害了小怜，是我对不起她……"夏无羁一脸痛苦，说到最后，泣不成声，抬起手来，连连扇自己的脸。

宋慈早就怀疑夏无羁隐瞒了事实，可夏无羁的这番讲述，还是令他有些始料未及。他道："虫娘有个姐姐？"

夏无羁打得自己脸颊通红，揩去泪水，点头道："小怜还有个孪生姐姐，名叫虫惜。"

"上次问你时，你为何不说？"

"虫惜身在韩府，事关韩公子，我……我不敢说……"

"虫惜为何会在韩府？"

"当年虫将军叛投金国，虫家坐罪，小怜沦为角妓，虫惜却被人买走，成了官奴。当年买走虫惜的，是史弥远史大人。虫惜在史家做了好几年婢女，后来韩太师广纳姬妾，史大人因虫惜貌美，便在半年前将她送给了韩太师。韩太师一开始对她很是宠爱，原本有意纳她为姬妾，得知她是叛将虫达之女后，对她疏而远之，仍只让她做婢女。虫惜就是这般进了韩府。"

"虫娘的金银首饰，到底是怎么来的？"

"那些金银首饰，是虫惜拿给我，让我带给小怜的。"

宋慈眉头一凝，道："虫惜一个婢女，哪来那么多金银首饰？"

"虫惜说是她在韩府勤恳做事所得的赏赐。"

"那她为何要把这些金银首饰交给虫娘？"

"她们姐妹二人自小情深，虫惜不愿妹妹沉沦青楼，想把那些金银首饰交给小怜，让小怜私下存起来，留作他日赎身之用。虫惜是婢女，不能擅自离开主家，小怜在熙春楼被看管得更严，平日里出不了熙春楼半步，她们姐妹二人见不得面，这才托我转交。"

宋慈觉得有些奇怪，道："这些金银首饰，虫惜大可自己存起来，等到攒够了，再去熙春楼为虫娘赎身便是，为何要转交给虫娘，让虫娘自己存起来，岂不是多此一举？"

夏无羁摇头道："我也不知为何。"

宋慈暗暗心想："韩府虽然富贵，可拿那么多金银首饰打赏一个婢女，还是叛投金国的罪将之女，实在有些说不过去。只怕这些金银首饰来路不正，说不定如韩珍所言，真是虫惜在韩府偷来的。她怕韩府的人发现，不敢把这些金银首饰留在身边，这才托夏无羁转交给虫娘。"想到这里，问道："虫惜现下还在韩府吧，你能约她出来，与我见一面吗？"

"虫惜早前同我有过约定，每月初五天亮之时，她会在韩府南侧门外的大柳树下等我，把所得的赏赐都交给我。我只有初五才能见到她，平日里是约不到她的。"

宋慈心下盘算，初五刚过去不久，道："本月初五，你有去见虫惜吗？"

夏无羁点头道："去了。"

"是吗？初四深夜虫娘不知所终后，你说自己回了望湖客邸等她，那么初五一早，你该在望湖客邸才对。"

"初五一早我是在望湖客邸，可我没等到小怜回来，又想起与虫惜的约定，便去了一趟韩府。望湖客邸与韩府本就离得很近，片刻便能走到。"

"那你见到虫惜了吗？"

"没见到。我天未亮便到了约定的大柳树下，一直等到天色大亮，韩府进进出出的人多了起来，也没见虫惜出现。我惦记着寻找小怜，便离开了。"

"这么说，虫惜失了约，没有出现？"

"是。"

"此前虫惜可有失约过？"

"上月初五，她也曾失约未至。以往初五一早，我每次去到那株大柳树下，她都早早等在那里了。"

"你是说腊月初五，她也失约了？"

夏无羁点了点头。

宋慈神色微变，略作思索，道："虫娘既然有一个亲姐姐在韩府，彼此间感情又那么深，那她不应该离开临安才对，你骗她私奔，她为何会同意？你和虫娘之间，当真有琴瑟之好吗？你要说实话，别再隐瞒。"

"我对小怜一直是真心实意的，但那只是……只是我一厢情愿。小怜假装与我相好，让我点中花牌，与我私下相处，只是为了从我这里问得她姐姐虫惜的近况。"

"所以私奔一说，也是假的？"

夏无羁神色悲苦，道："是我骗了小怜，说她姐姐很想她，约她初四夜里在丰乐楼相见，她才没回熙春楼……"

宋慈早就对夏无羁和虫娘的关系有所怀疑，也从第一次见到夏无羁起就看出此人性子怯懦，却没想到此人竟怯懦到如此地步，在韩珍的威胁下，撒谎诱骗虫娘去丰乐楼不说，还在虫娘死后编造出这么多谎言。他语气严肃，道："初四那晚，虫娘逃出丰乐楼后，你当真没有再见过她？"

"宋大人，我知道你不相信我，可那晚之后，我当真没有再见过小怜，我真的不知道是谁杀害了她……"

"不管你是不是凶手，在本案查清之前，你都不能离开提刑司大狱半步。"宋慈道，"诸证不言情，及译人诈伪，致罪有出入者，证人减二等，译人与同罪。他日需要你做证之时，你再敢有丝毫虚谎之言，当以大宋刑统论处。"

夏无羁唯唯诺诺，连连点头。

宋慈转身离开，刚走出几步，忽又想到了什么，停步道："虫娘和虫惜既是孪生姐妹，那她二人应该长得很像吧？"

夏无羁道："她们二人是很像，便如一个模子里刻出来的，只是虫惜的脸上多了一颗痣。"

宋慈没再说什么，走出了提刑司大狱。

刚一出提刑司大狱，许义便迎面而来。

"宋大人，坐婆已经找来了，熙春楼认尸的人也都找来了。"

"那姓云的鸨母和袁朗，都来了吧？"

"都来了。小的怕碰坏了尸体，没敢让坐婆验孕，也没让他们认尸，就让他们在偏厅外候着，等宋大人过去。"

宋慈点了点头，随许义一起去往偏厅。

偏厅外等着好几个人，云妈妈和袁朗都在其中。云妈妈很不耐烦地来回走动，袁朗则独自埋头坐在角落里。另有三个窈窕的女子聚在一起交头接耳，都是熙春楼的角妓，此外还有一个老婆子老老实实地候在一旁，看样子应是坐婆。

"哟，大人你可算来了。"云妈妈瞧见宋慈，立刻没好气地道，"把我们叫来认尸，那就赶紧给看尸体呀，我熙春楼事情繁多，还赶着回去忙活呢。"

宋慈一言不发，径直从云妈妈的身边走过，推开了偏厅的门。月娘和虫娘的尸体都停放在偏厅里，一股尸臭味立刻冲了出来。云妈妈等人原本朝厅门围拢，一闻到臭味，赶紧掩鼻避开。

宋慈却是神色如常地走进偏厅。他让许义先将坐婆带进来，吩咐坐婆查验月娘的尸体，确认是否怀有胎孕。坐婆忍着尸臭，在尸体的腹部上一阵拍打按压，又仔细验看了阴门，最终给出了答复，尸体确实怀有胎孕，胎儿应有五个月大小。

宋慈让坐婆出去，又让许义将熙春楼的三个角妓依次带入偏厅，相继辨认了尸体。三个角妓都是一脸恶心嫌弃，随意看了尸体几眼，便说是月娘。尸体脸部碎烂，面目全非，按理说不易辨认，但三个角妓认得尸体的身姿体态，都说是月娘无疑。

　　"月娘的右脚背上可有这样的烧伤？"宋慈指着尸体的右脚，分别问了三个角妓。

　　有两个角妓说没见过月娘的脚，不知道有没有烧伤，只有一个身姿娇小的角妓以丝巾捂鼻，回答说见过，说月娘右脚上是有烧伤的疤痕。

　　宋慈让三个角妓出去了，又叫许义将云妈妈和袁朗带进来。这一次他没有再分别唤入两人，而是让两人一起进来认尸。

　　面对尸体，云妈妈一脸嫌厌，只看了一眼便道："是月娘那小贱人。"

　　袁朗仔细辨认了一番，直到看见尸体右脚背上的烧伤，才敢确认是月娘，向宋慈点了点头。

　　云妈妈不肯多留，认过尸后，转身要走，宋慈却道："先别急着走。"

　　"尸体我已经认过了，就是月娘那小贱人。我方才说了，我还赶着回去忙活呢。"云妈妈仍是要走。

　　"问你几句话，回答完就让你走。"

　　宋慈此话一出，许义立刻手按捕刀，挡在了门口。

　　云妈妈看了看许义，哼了一声，回头道："大人有什么就赶紧问，我是真急着回去。"

　　宋慈却是不慌不忙，语气如常："月娘生前怀有胎孕，此事你可知道？"

"我不知道。"云妈妈应道，"我熙春楼的姑娘，但凡有了身孕，都会立马告知我，我好请大夫施针用药，将胎儿打掉。这小贱人倒好，肚子大了居然瞒着我。她肚子这般大了，我之前竟一点也没瞧出来。"

"那你可知月娘怀的是谁的孩子？"

"这小贱人每天接的恩客都不一样，她怀了谁的孩子，我哪里知道？"

"月娘是几时入的熙春楼，这你总该知道吧。"

"知道，那可久远得很了。当年我刚开始打理熙春楼时，这小贱人就来了，算起来有十年了吧。"

"她是如何来到熙春楼的？"

"她家里人把她卖了。"云妈妈眉毛一挑，"大人可别以为被卖了身，就觉得这小贱人命苦，其实她被卖到熙春楼来，她自己高兴还来不及呢。"

"被家人卖入青楼，何以会高兴？"

云妈妈面露轻贱之色，说起了月娘的过去："这小贱人是常州人，从小父母死绝，跟着姨父姨母过活。她姨父家在太湖边，世代住在渔船上，以打鱼为生，家中本就不宽裕，还有一个年幼的儿子，对她自然照顾不过来，也就给她一口饭吃，不让她饿死。她八岁那年，有一天夜里，渔船突然着了火，把什么都烧没了。她姨父被烧坏了脸，那五岁的儿子被烧成了重伤，她姨母更惨，没能逃出来，被活活烧死在了船上。她倒好，第一个逃到岸上，只烧伤了脚面，还只留有巴掌大一块疤。"说着朝月娘右脚上的烧伤冷冷地瞧了一眼，"她姨父家破人亡，为了救治重伤的儿子，四处借钱欠债，最后实在没法，只好把她卖给了贩子，贩子又把她带来临安，卖到了我这里。"

云妈妈说到此处，冷哼一声，道："我一开始觉得她可怜，可自打她进了熙春楼，我就从没见她伤心难过过。有一次我私下问起她从前的事，你猜她怎么说？她居然说，害得她姨父家破人亡的那场大火，是她放的。她说姨父姨母只对自家儿子好，但凡有好吃的好玩的都给自家儿子，从不给她，还成天使唤她干各种脏活累活，对她没有任何好脸色。她趁姨父姨母一家睡着了，故意点燃渔网，让整艘船着火，就是想把姨父姨母一家全都烧死。她怕事后被人发觉，竟拿烧红的木炭烫伤了自己的脚，还故意跳进水里再上岸，假装自己是从大火里逃得性命。她那时才八岁啊，一个八岁的小女娃，居然有这么深的心机，当时可把我吓得后背凉飕飕的，好几晚都睡不踏实。"

宋慈听得暗暗心惊，道："那她在熙春楼这十年间，可有什么异常举动？"

"那倒没有，她说能离开姨父姨母，是她求之不得的事，还说我肯出钱买她，她心里当我是恩人，所以才不对我隐瞒，把所有事都对我说了。她当时跪在地上给我叩头，求我不要去报官，也不要把她送回去，还说以后会把我当亲娘来奉养。在熙春楼这十年里，她一直还算安分，没闹出什么动静。可我总忘不了她小时候的事，她八岁就敢杀人放火，谁知道她长大了能干出什么骇人的事来？"云妈妈语气一变，"这小贱人嘴上说去净慈报恩寺请香，说是要为我祈福，结果去了便没回来。我当她私逃了，没想到竟是死了，那可真是报应，活该她没好下场。"她最开始说自己急着回熙春楼忙活，可一说起月娘的过去，却滔滔不绝地说了这么多话，说到最后，抚了抚自己的心口，好似心头一块压了多年的石头终于落了地。

"你说月娘去净慈报恩寺，是为了给你祈福？"

"是啊，她说我每日操劳太甚，担心我累到身子，去净慈报恩寺祈求我多福多寿。"

宋慈朝一旁的袁朗看了一眼。虫娘曾经提到，月娘去净慈报恩寺祈福，是为了祈求早日赎身，能与袁朗双宿双飞。显然这一次祈福，月娘对虫娘和云妈妈各有一套说辞。

"这么说，腊月十四那天，月娘是去了净慈报恩寺，这才一去不回？"

"那当然，这事熙春楼人人都知道。这小贱人亲口说去净慈报恩寺祈福，去了就没再回来，我派人找了她好几天，一直没找到她人。"

"难道月娘不是祈福后回到熙春楼，又被轿子接去望湖客邸，才一去不回的吗？"宋慈说出这话时，紧盯着云妈妈的脸，注意她神情的细微变化。

云妈妈眉梢微微一颤，道："这……这是谁说的？"

"你只管回答我，是与不是？"

"当然不是。"云妈妈矢口否认，"我熙春楼的角妓，是有外出陪侍恩客的时候，可去的都是各大酒楼，从没去过什么旅邸。别说是腊月十四，便是其他任何时候，都没角妓去过大人所说的望湖客邸。"

"那腊月十四晚上，熙春楼有角妓外出吗？"

"有的，那晚琴娘出去过，去的是延定坊的春风楼，是城东的徐大官人派轿子来接她去的。"

"时隔这么久，你还记得如此清楚？"

云妈妈指着月娘的尸体道："还不是让这小贱人给气的！她白天出去祈福，到了晚上还不回来，气得我大发脾气。我发脾气时，琴娘正好被徐大官人的轿子接走，此事我记得尤为清楚。"

宋慈转头对许义道："许大哥，劳你再走一趟熙春楼，把这位琴娘叫来。"

许义立刻便要领命而去。

"那倒不用，琴娘就在外面，我们是一起来认尸的。"云妈妈说着一拍手，冲门外叫道，"琴娘，宋大人有事找你，你还不快些进来！"

偏厅外三个角妓中，那个身姿最为娇小的角妓应了一声，以丝巾掩着口鼻，不大情愿地走了进来，看见月娘的尸体，又是一阵蹙眉。

"琴娘，腊月十四那晚的事你还记得吧，你去了……"

云妈妈的话才开了个头，宋慈却打断了她，问琴娘道："腊月十四晚上，你可有外出陪侍客人？"

"腊月十四？"琴娘似乎不知该如何回答，瞧了一眼云妈妈，似在等云妈妈示意。

宋慈不给云妈妈任何提醒串通的机会，吩咐许义将云妈妈和袁朗带出偏厅，只留下琴娘一人，道："是什么便是什么，你如实回答。"

琴娘摇摇头："腊月十四那么久了，大人，我早已记不清了。"

宋慈提醒道："腊月十四是月娘失踪的那天，她外出未归，鸨母大发脾气，你不会一点印象都没有吧？"

"原来大人说的是那天晚上呀。"琴娘恍然道，"那晚我是出去了，去春风楼伺候徐大官人。"她声音娇酥，尤其是说到"徐大官人"四字，手中丝巾一挥，眼波流转，媚意横生。

宋慈有些不大习惯一个女子如此媚态，微微皱了皱眉，道："你是怎么去的？"

"徐大官人是我的大恩客，他特地叫了顶轿子来熙春楼，其他人都不接，就只接我一人，一直将我抬到春风楼的门口，他再亲自下楼来接的我。"琴娘说起此事，很是得意。

"接你的轿子是何模样？"

"是一顶绿色的小轿。"

"那晚你是何穿着打扮，还记得吗？"

"当然记得，我只要是去伺候徐大官人，穿的都是四色彩裙。徐大官人夸我身姿婀娜，说我跳起舞来呀，好比一只翩然起舞的彩蝶，他最爱看我穿四色彩裙的样子了。"

"你那晚所穿的四色彩裙，"宋慈朝月娘的尸体一指，"和月娘身上这件彩裙像吗？"

"何止是像，我那四色彩裙呀，是同月娘、燕娘一起，向云妈妈告了假，去城东的玲珑绸缎庄精挑细选的上好绸缎，我还记得当时我挑的是淡绿，月娘挑的粉紫，燕娘挑的葱白，还有绸缎庄掌柜配的桃红，四色绸缎拼在一起裁制出来的。"

"这么说，你的四色彩裙和月娘身上这件彩裙，是一样的？"

"是啊，本来就是一样的。"

"去春风楼那晚，你身上戴了什么首饰？"

"首饰吗？"琴娘一边回想一边道，"我那晚梳着仙人髻，戴着粉桃头花，还有红豆珠钗，还有珠翠链子和翠玉镯子，还有琉璃耳环呢，还有……"

宋慈不等琴娘说完，道："红豆珠钗和琉璃耳环是什么样子的？"

"我那珠钗有两串红豆坠子，那可是玛瑙做成的。耳环坠着琉璃珠，蓝得像天一样。"琴娘瞧了一眼月娘的尸体，"这两样首饰和四色彩裙一样，都是同月娘、燕娘那次外出时一起买的。"

宋慈原以为琴娘被轿子接走一事是云妈妈随口搪塞的，这才让云妈妈去到偏厅外面，不让她和琴娘有丝毫串通的机会，却不想是真有其事。他看着月娘的尸体，月娘的身形和琴娘一样，也很娇小。两人身姿相似，彩裙也一样，甚至连首饰也是同样款式，难道袁朗当晚看见被轿子接走的角妓，不是月娘，而是眼前这位琴娘？

暗思了片刻，宋慈道："你和月娘买同样的彩裙和首饰，想必彼此关系很好吧？"

琴娘朝月娘的尸体白了一眼，道："我和她的关系才不好呢！那次一起去买首饰时，她嫌我选的这样首饰太俗，那样首饰又不贵气，反正我选什么她都说不好，最后都是照着她喜欢的来选。我们熙春楼里呀，出身最低贱的就是她，平日里最傲气的也是她。她长得也就那样吧，只不过年轻个几岁而已，在我面前有什么可神气的。"

"月娘生前怀有胎孕，你可知道？"

"这我可不知道。我只记得之前有过几天，她吃什么就吐什么，我当时还问过她怎么了，她说是凉了肚子。如今想来，原来那时她是怀了身孕，也不知是谁的野种。"

"她吃什么吐什么，那是什么时候的事？"

"上个月月初吧。"

"月娘和虫娘关系如何？"

"她们二人关系倒是挺好。熙春楼没人喜欢月娘，也不知虫娘那小妮子看上她哪点，成天就喜欢与她待在一起。"

"那月娘和袁朗呢？"

"袁朗？"琴娘朝厅门方向望了一眼，说话声小了许多，仿佛怕被门外的袁朗听见，"袁朗他就是个傻大个，以前月娘被客人欺负，他替月娘出过头，月娘就对他各种好，他却全然不搭理。老话说呀，野鸡就是野鸡，永远也变不了凤凰，月娘的眼光就那么低，居然看上一个低贱的下人，最好笑的是，这个下人偏偏还看不上她。"

宋慈不再多问，让琴娘出去，又唤入坐婆，询问女子怀胎多久时，呕吐最为厉害。坐婆回答说，女子怀胎头三月常有呕吐，尤以两个半月时最为厉害，通常三月之后，呕吐会逐渐消失。

宋慈让坐婆去了，略微思索一阵，再次唤入袁朗，问他道："腊月十四那晚，你看见被轿子接走的是月娘，没看走眼吗？"

袁朗应道："我记得是月娘，应该没看走眼。"

"应该？"宋慈语气一沉，"你有看清她的脸吗？"

"我只看到她的背影。"

"这么说你没看到正脸？"

"我没看到正脸，可月娘的珠钗和耳环，我都是认得的。"

"当时接走她的是什么样的轿子？"

"一顶小轿。"

"轿子是何配色？"

"我记得是绿色的。"

这一下不仅身姿、彩裙和首饰对上了，连所乘的轿子也对上了。宋慈之所以让许义将云妈妈和袁朗叫来认尸，就是为了让二人当面对质月娘被轿子接走一事。他原以为是云妈妈撒了谎，眼下看来却未必如此。倘若真是袁朗看走了眼，错把琴娘当成了月娘，那云妈妈自然也就不知道月娘的去向了。

宋慈琢磨片刻，道："你之前将妹妹安顿在锦绣客舍，是住在锦绣客舍的哪间房？"

袁朗应道："是锦绣客舍的行香子房。"

一听到"行香子"三字，宋慈神色微微一变，显得有些心绪不宁。但他很快恢复镇定，道："我上次问你，你妹妹如今在何处落脚，你还没有回答我。"

"我丢了盘缠，住不起锦绣客舍，就在附近竹竿巷的朱氏脚店找了间便宜的房，让妹妹住下了。"

"竹竿巷？"

袁朗点了点头。

竹竿巷离锦绣客舍不远，宋慈记得桑榆便是在那里的梅氏榻房落脚，没想到袁朗的妹妹也被安顿在了这条巷子里。他没什么需要再问的，让袁朗去了，也让云妈妈、琴娘、坐婆等人走了。

等所有人走后，宋慈对许义道："我临时想起一事，只怕还要劳烦许大哥再跑一趟。"

"宋大人有什么事，只管吩咐就行。"

"你去一趟望湖客邸，找一个叫周老幺的杂役，带他来提刑司见我。"

许义立刻动身去了。

宋慈站在偏厅里，独自面对月娘的尸体。他俯下身来，又一次验看起了尸体，尤其是两肩之间那道长长的弧形瘀痕，以及右小腿外侧那处片状伤口。他之前就已查验过，弧形瘀痕是生前伤，可是什么样的东西，能在两肩之间造成形状如此奇特的瘀痕呢？右小腿上的片状伤口是死后伤，可月娘跌入西湖淹死后，一直沉尸于湖底，直到梁三喜将她的尸体打捞起来，那她右小腿上为何会出现一处死后伤呢？这处片状伤口，不像是鱼鳖啃噬所致，更像是利刃削刮而成，可是他问过梁三喜，沉尸之处并没有破瓷器、蚌壳之类的锋利之物。除此之外，月娘显而易见是溺死，可无论口鼻之中，还是指甲之内，都没有发现半点泥沙，这一点极不合常理。

宋慈一时想不明白，转而移步至虫娘的尸体前。他揭开白布，虫娘的尸体又一次呈现在眼前。虫娘同样沉尸于西湖之中，死状却与月娘全然不同，没有任何溺亡之状，又有石头绑在身上，显然是死后沉尸。可她身上各处要害都没有验出致命伤，那她是如何死的呢？她阴门处的损伤已从夏无羁那里得到证实，是在丰乐楼遭受了韩珍的凌辱，唯一不知来由的，就是她左臂上那道细小的弧状伤口。可这道弧状伤口实在微不足道，一看便不是什么致命伤。

"人不可能莫名其妙而死，虫娘既然是死于他杀，身上必然会有致命伤，只怕如我先前的猜测，真有人趁她尸体停放于城南义庄期间，在她尸体上动过手脚。"宋慈这样想着，打算等许义回来后，带着他再走一趟城南义庄。

过不多时，许义赶回来了，道："宋大人，周老幺带到了。"在他的身后，跟着一个瘦弱杂役。

宋慈看向那瘦弱杂役，道："你便是周老幺？"

那瘦弱杂役正是望湖客邸负责清扫茅厕的周老幺。他从没来过提刑司，不知宋慈叫他来所为何事，心下惴惴，不敢抬头，道："是小人。"

"腊月初一，韩㼈包下望湖客邸时，你曾看见他带着一个身穿彩裙、怀有胎孕的女子住进了西湖邸，可有此事？"

周老幺点了点头。

"你确定那女子怀有胎孕？"

"小人不会看错的。"

"你可有看清那女子的长相？"

"小人只看到了侧脸。"

"倘若再见到那女子，你还能认出来吗？"

"应该能吧。"

宋慈将周老幺带到月娘的尸体前，指着尸体所穿的彩裙："你当日所见的女子，身上穿的彩裙可是这件？"

周老幺朝月娘的尸体看了看，见到尸体全身肿胀，尤其是那张面目全非的脸，不禁干呕了几下。他捂住鼻子，摇摇头，瓮声瓮气地道："不是这件，那女子穿的彩裙没这么艳。"

"那你到这边来。"宋慈走向虫娘的尸体，"你当日所见的女子，可是此人？"

周老幺低眉顺眼地走过去，朝虫娘看了看，有些不大确定，道："大人，能将她的脸……侧过去吗？"

"往哪边侧？"

"右边。"

宋慈将虫娘的脸侧向右边。

周老幺的眼神顿时一变，指着虫娘道："对，对……就是她……"声音透着惊诧，"她……她怎么死了？"

"你没有认错吧？"

"小人当日看见的女子，真的是她。"周老幺"咦"了一声，看着虫娘的腹部，"奇怪了，她……她怎么没身孕？"

"你当日所见女子，脸上可有痣？"

周老幺回想了一下，点头道："是有一颗痣，就在侧脸上……怎么……怎么没有了呢？"他诧异地看着虫娘的侧脸，只因虫娘的侧脸很是干净，并没有痣。

"没你什么事了，你可以走了。"宋慈吩咐许义将一脸惊诧的周老幺带了出去。

宋慈之所以唤周老幺来，就是为了求证那个被韩㺩带入望湖客邸的女子到底是谁。刘克庄因为彩裙的缘故，一直认为那女子是月娘，但宋慈从一开始就没有妄下定论，哪怕月娘的尸体被发现后，证实月娘的确身怀六甲，他还是要亲自找来周老幺求证后才敢确定。令他意想不到的是，周老幺不但否认了月娘所穿的彩裙，反而认定虫娘是当日见到的怀有身孕的女子。虫娘没有身孕，单凭这一点便可知她不是入住望湖客邸的女子，可周老幺如此斩钉截铁，一口咬定没有看错，那只有一种可能，周老幺当日看见的不是虫娘，而是虫娘的孪生姐姐，与虫娘长得极为相似的虫惜。他想起夏无羁提到虫氏姐妹便如一个模子刻出来的，唯一的区别是虫惜脸上多长了一颗痣，这才询问周老幺，果然周老幺看见的女子脸上有痣。由此可以确定，被韩㺩带入望湖客邸的怀有身孕的女子是虫惜。

“如此说来，韩珍当初包下望湖客邸，带去仆人和家丁，是为了让虫惜住在那里。以韩珍的为人，居然会对一个怀有身孕的婢女如此照顾，莫非虫惜怀的是他的孩子？可听夏无羁的描述，韩珍似乎对虫惜大有恨意，甚至还将这股恨意发泄到虫惜的妹妹虫娘的身上，那又是为何？”宋慈思虑至此，联想到望湖客邸听水房中验出来的血迹，以及虫惜与夏无羁约定每月初五见面，却接连两次失约，等同于一个多月没有再出现过，顿时暗觉蹊跷。

“看来要走一趟韩府，查一查这位虫惜的事了。”宋慈打定主意，锁上偏厅的门，叫上许义，准备先走一趟城南义庄，再去一趟韩府。

两人刚一出提刑司大门，迎面遇上了疾步走来的夏震。

“宋提刑，在太学没找见你，想着是不是在提刑司，你果然在这里。”

“夏虞候找我有事吗？”

“韩太师有请。”

“韩太师要见我？”

“事关西湖沉尸一案，韩太师请宋提刑移步府上一见。”

“是韩府还是南园？”

“韩府。”

宋慈正打算去韩府查问虫惜的事，想不到韩侂胄在这时候叫他去韩府见面，真是巧得不能再巧。他原计划先去城南义庄，再去韩府，这时决定颠倒一下顺序，应道：“那就请夏虞候带路。”

第七章

太师府掘尸

宋慈踏入韩府大门时，已是这一天的午后三刻。

韩府与丰乐楼、望湖客邸一样，也是位于西湖东岸，府内碧瓦朱甍，高楼广宅，比之吴山南园虽有不足，却也较宋慈此前去过的杨岐山宅邸恢宏得多。韩府外有甲士护卫，内有家丁巡行，可谓戒备森严，若非韩侂胄差夏震来请，宋慈只带许义一个差役，怕是连韩府的大门都进不了，更别说入府打听虫惜的事了。

许义是头一次来韩府，一路上低着头，大气不敢喘上一口。他不被允许深入府内，进入韩府没多远，便被夏震安排留在一处小厅。宋慈也是头一次来韩府，却泰然自若，在夏震的引领下，来到了背倚西湖的花厅。

夏震在花厅门外通传，说宋慈已带到。门内传出韩侂胄的声音："进来。"夏震这才开门，请宋慈入内。

花厅之中，韩侂胄开轩而立，手持一柄宝剑，正迎着窗外天光，细细地揩拭剑锋。当宋慈进入时，他忽然舞动宝剑，凌空虚刺两下，激起凌厉风响。他很是满意地捋了捋胡须，将宝剑还入鞘中，挂回墙上，这才转回身来看着宋慈。

"见过韩太师。"宋慈行礼道。

韩侂胄点了点头，在上首落座，示意宋慈坐下说话，道："三日期限已去一日，宋慈，虫娘沉尸一案，你查得如何？"

宋慈在身旁一只方椅上坐下，应道："此案千头万绪，眼下尚无眉目。"

"别人被我这么一问，哪怕事无进展，也是拣好听的话说。"韩侂胄身子微微向后一靠，"你这么回答我，就不怕我追究你办事不力？"

"查案只讲真相，是什么便是什么，宋慈不敢隐瞒。"

"好一个'是什么便是什么'。"韩侂胄语气微微一变，"那你奉命查虫娘一案，为何不去查虫娘的死，却去查一些不相干的案子？"

"我所查之事，皆与虫娘之死息息相关。"

"可我听说你放着虫娘一案不管，却去查其他角妓的死，还是一个大半个月前就已死去的角妓。"

宋慈上午才在苏堤上打捞起月娘的尸体当众查验，没想到韩侂胄这么快就知道了，心想定是韦应奎回府衙后，禀报了赵师睪，赵师睪又来韩侂胄这里告了他一状，应道："此角妓名叫月娘，与虫娘同出于熙春楼，关系极为亲近，也都沉尸于西湖之中，两案或有关联。"

"大半个月前，金国使团还没有来临安，这个月娘的死，怎么会与虫娘的案子有关？你可不要忘了，还有两天，金国使团就要北返。留给你查找实证，将金国副使定罪的时间，所剩不多了。"

宋慈却道："金国副使未必便是此案真凶，真凶或许另有其人。"

韩侂胄轻咳了两声，道："这些个金国使臣，在我大宋犯了命案，居然还敢以查案为名，公然干涉案情以图脱罪，真是胆大妄为。我大宋早已今非昔比，他们如此肆行无忌，还当是过去吗？"说到这里，不禁想到过去几十年里，大宋向金国称臣称侄，但凡有金国使臣到来，大宋这边一向是远接高迎，皇帝宴请，宰相宴请，都亭驿每日好吃好喝伺候着，金国使臣在临安城中可以随意出行，无论去哪里都是耀武扬威，跟皇帝出巡一样威风，每当金国使臣离开临安时，大宋还要赠送一大堆绫罗绸缎、宝马良驹和黄金白银，相反大宋使臣出使金国，却是备受冷遇，有时甚至连饭都不够吃，还要自掏腰包才能吃饱。他哼了一声，道："今日早朝之后，圣上单独召见我，特意问起虫娘的案子，说大宋自有法度，纵是金国使臣犯案，亦当查究不赦。宋慈，朝野上下北伐呼声日盛，北伐已是势在必行，你是聪明人，圣上的意思，想必你能明白。"

宋慈当然明白，他眼下应该做的，就是查找所谓的实证，将完颜良弼定罪下狱，以彰显今日大宋之威严，提振他日北伐之士气。可是他道："宋慈蒙圣上厚恩，破格擢为提刑干办，自然明白身上重任，身为提刑，便该沉冤昭雪，查明真相，令有罪之人服罪，替无辜之人洗冤。"

韩侂胄脸色微微一沉，很快恢复如常，颔首捋须，道："你有此心志，也不枉我在圣上那里请命，令你来接手此案。往后两天，你少查一些不相干的事，尽早查得实证，将虫娘一案的真凶揪出来。"

"宋慈明白。"宋慈拱手领命，忽然话锋一转，"我有一事，还望太师告知。"

"何事？"韩侂胄道。

宋慈惦记着虫惜一事，原本打算来韩府寻一些家丁、仆人打听，但此时韩侂胄就在眼前，他临时改变了主意，打算直接问韩侂胄，道："太师府中有一婢女，名叫虫惜，不知她现下可在府上？"

"虫惜？"韩侂胄语气微奇，"府上是有这么一个奴婢，你问她做什么？"

"虫娘原名虫怜，是叛将虫达之女，这位虫惜也是虫达之女，她们二人是孪生姐妹。"宋慈看着韩侂胄，"太师不知此事吗？"

韩侂胄微微皱眉："有这等事？"

"她们二人容貌相似，太师若不信，可移步提刑司，看过虫娘的尸体，便知真假。"

"那倒不必，你既查得如此，想是确有其事。"

宋慈道："事关虫娘沉尸一案，虫惜若在府上，我想见一见她。"

韩侂胄当即应允，唤入夏震，吩咐去把虫惜找来。

夏震立刻领命而去，不多时返回，带来了一个身穿奴婢衣服的女人。那女人身姿长相与虫娘大为不同，年纪在三十岁上下，有很深的额头纹，一副谨小慎微的样子。宋慈看得微微皱眉，暗暗心奇："这是虫惜？"

只听夏震道："回禀太师，这是管束虫惜的女婢，她说一个多月前，虫惜已被赶出府了。"

"谁将她赶出府的？"韩侂胄似乎不知此事。

那女婢低眉顺眼，应道："冬月底时，虫惜溜进郎君房中行窃，被回府的郎君抓个正着，郎君很是生气，当场将她赶走了。"

"胡闹，珍儿处置婢女，为何不跟我说？"韩侂胄的语气颇为恼怒。

那女婢吓得跪在地上，道："郎君不让……不让奴婢们说……"

韩侂胄脸色不悦，道："珍儿他人呢？"

"郎君一早出门了，不在府中。"

"这个不成器的东西，这么大个人了，成天不着家，就知道与那群狐朋狗友往来。"

那女婢见韩侂胄发火，伏身贴地，不敢说话。

"虫惜现在何处，"宋慈忽然问那女婢，"你可知道？"

那女婢摇头："奴婢不知道。"

"虫惜被赶出府后，"宋慈又问，"你们还有人见过她吗？"

那女婢仍是摇头："没见过，也没听人说见到过她。"

"虫惜被赶出府，具体是在哪天？"

那女婢想了想，应道："那天发月钱，是冬月的最后一天。"

虫惜被韩珍赶出府是在冬月的最后一天，被韩珍带入望湖客邸则是在腊月初一，时间正好接上。宋慈略微一想，向韩侂胄行了一礼，道："太师若无其他事，宋慈便告辞了。"话音一落，不等韩侂胄示意，转身便走。

韩侂胄一挥手，示意夏震送宋慈一程。

宋慈离开花厅，去小厅叫上了许义。夏震一路把二人送至韩府大门。宋慈请夏震留步，与许义一同离开韩府，由涌金门回到城中，按照原本的计划，往城南义庄而去。

又一次来到城南义庄，却如昨天那般：义庄的门上了锁，只听见里面传出犬吠声。宋慈记得昨天打听到祁驼子嗜赌如命，今日只怕又是去外城的柜坊赌钱了。查案期限只剩下两天，宋慈不打算再白跑一趟，于是带着许义出崇新门，去外城的柜坊寻找祁驼子。

比起街巷纵横、坊市交错的内城，外城鱼龙混杂得多，瓦肆勾栏、柜坊杂铺，随处可见。柜坊本是替人保管金银财物的商铺，后来却演变成了游手无赖之徒聚众赌钱的场所。大宋原本严禁赌博，当年太宗皇帝曾下诏："京城无赖辈蒱博，开柜坊……令开封府戒坊市，谨捕之，犯者斩。"可到了如今，柜坊却是遍地丛生，上到官员，下至百姓，出入柜坊赌钱已成司空见惯之事。宋慈和许义接连走了两家柜坊，没找到祁驼子所在，但有赌客认识祁驼子，说前一天在南街柜坊见过祁驼子赌钱。

来到第三家柜坊，也就是祁驼子前一天赌过钱的南街柜坊。南街柜坊比前两家柜坊大得多，十几张赌桌上赌目众多，如关扑、赌棋、牌九、斗鹌鹑、斗促织、彩选骰子、叶子格戏、押宝转盘等，每张赌桌前都围满了赌客，却依然没寻见祁驼子的身影。然而宋慈并没有离开，把目光落在关扑赌桌上，打量着其中一个赌客。那赌客马脸凸嘴，生着一对大小眼。宋慈认得此人，上次韩㻑到习是斋闹事时，带了一群家丁，其中有一个马脸家丁推搡过他，一开口便是各种凶恶之言，正是眼前这人。这马脸家丁还曾在前洋街上掀翻过桑榆的木作摊位，被桑榆拉住不让走，不但掀开了桑榆，还朝桑老丈的脸上吐了口唾沫，宋慈可忘不了。宋慈忽又想起，弥光曾提到腊月十四那帮追击逼死月娘的人中，领头之人马脸凸嘴，面相凶神恶煞，与眼前这马脸家丁很有几分相像。倘若带头逼死月娘的人真是这马脸家丁，那腊月十四晚上，这马脸家丁就身在望湖客邸，当晚望湖客邸里发生了什么事，韩珍的家丁为何要追逐月娘，这马脸家丁必然知情。

宋慈打量那马脸家丁时，那马脸家丁已接连输了好几把，手头的银钱输了个精光，从怀中掏出几片金箔，让宝官去换钱来。宝官接过金箔，去掌柜那里换了钱，交到那马脸家丁手中。那马脸家丁正准备押注，瞥眼之间，瞧见了站在不远处的宋慈，脸色微微一变，稍作迟疑，道："今日背运，放屁都砸脚后跟，不赌了！"把钱往怀里一揣，起身就要离开柜坊。

宋慈领着许义上前，抢先一步堵住了柜坊门口。

"还认得我吧？"宋慈道。

那马脸家丁冷眼瞧着宋慈，道："你是什么东西？"

"好生说话！"许义道，"这位是提刑司的宋大人。"

那马脸家丁哼了一声，道："什么宋大人？没听说过。"

宋慈并不在意，道："腊月十四晚上，你人在望湖客邸吧？熙春楼有一位角妓唤作月娘，当晚被一群人从望湖客邸追赶至苏堤落水溺亡，此事你可知道？韩府有一婢女，名叫虫惜，上个月住进了望湖客邸，如今她身在何处？还有望湖客邸听水房中的血迹，究竟是怎么来的？"他一口气问出了多个问题，并不指望那马脸家丁如实回答，而是意在观察那马脸家丁的反应。

那马脸家丁听了宋慈的话，尤其是听到虫惜的名字，眉心一紧，道："你说的都是什么屁话，听不懂。好狗不挡道，赶紧给我让开！"一把将宋慈推了个趔趄。

"宋大人！"许义急忙扶住宋慈。

那马脸家丁趁机夺门而出，沿街疾奔。许义喝道："站住！"追出柜坊，朝那马脸家丁追去。

宋慈却没有跟着追赶，而是去到掌柜那里，亮出提刑干办腰牌，问道："方才那赌客叫什么名字？"

掌柜见了腰牌，答道："那人叫马墨，常来赌钱。"

"你可知他住在何处？"

"那就不知道了，只知道他以前是太师府的人，听说前不久犯了错，被赶出了太师府。"

"他刚才换钱用的金箔，拿给我看看。"

掌柜不知宋慈要干什么，取出那几片金箔，交到宋慈手中。宋慈仔细看了，每一片金箔上都有形似"工"字的细小戳印。他略微想了一想，将金箔还给掌柜，道："多谢了。"走出了柜坊。

宋慈在柜坊门口等了片刻，许义只身一人回来了，喘着粗气道："那人跑得好快，小的追了两条街，没能追上……"

"无妨，且由他去吧。"宋慈道，"我们接着寻人。"领着许义，辗转其他柜坊，继续寻找祁驼子。

马墨对外城极为熟悉，只跑了两条街便甩掉了许义，哼声道："想抓我？没门儿！"他绕道进入内城，奔中瓦子街的百戏棚而去，在那里找到了韩㻓。

百戏棚中，金盆洗手多年的大幻师林遇仙重出江湖，在台上表演幻术，吸引了众多宾客前来观看。韩㻓坐在百戏棚的最前排，一边吃茶，一边津津有味地看着表演，史宽之陪坐在侧，几个家丁侍立在旁。马墨虽然因为去太学闹事，被韩侂胄逐出了韩府，可他私底下仍跟在韩㻬左右。今日韩㻬到中瓦子街观看幻术，马墨便得了空，手痒难耐，一个人去外城的南街柜坊赌钱，不想却遇到了宋慈。他赶回来，想向韩㻬禀报宋慈查案一事，可他了解韩㻬的脾性，见韩㻬正在兴头上，不敢打扰，候在一旁。

台上的幻术已近尾声，华发长髯的林遇仙手持大刀，绕台走了一圈，在台面正中央站定。他反转刀口，对准自己，忽然一刀斩断自己的脖子，头颅落了下来，被自己双手接住，捧在腰间，惊得全场宾客一阵惊呼。那头颅兀自挤眉弄眼，张口"啊呀呀"一阵怪叫，双手忽然向上一抛，头颅飞回了脖子上。只见他转颈晃头，竟恢复如初，毫发无伤。百戏棚中先是一阵嘘声，随即彩声不断，叫好四起。

韩㻬一下子站起身来，拍手大叫道："好，好！"史宽之坐在椅子上，轻摇折扇，面带微笑。

从百戏棚中出来，到登上马车，韩㻬一直对刚才林遇仙的幻术谈论不休，史宽之只是面带微笑，随声附和几句。马墨知道韩㻬还在兴头上，不敢插嘴，在后面跟着。韩㻬丝毫没察觉到马墨的异样，史宽之却注意到了方才马墨慌慌张张赶回百戏棚的一幕，上了马车后，史宽之将马墨叫入车内，问道："出了什么事？"

马墨这才禀道："方才小人遇到了宋慈，他带着差役来找小人，查问了不少事，还想把小人抓走。"他不知道宋慈寻找祁驼子一事，还以为宋慈去南街柜坊是专门冲他去的。

韩㻬一听宋慈的名字，满脸兴奋顿时化作恼怒，道："那驴球的查问了什么？"

马墨如实道："他问了腊月十四月娘在西湖淹死一事，又问了听水房里的血迹是怎么来的，他还知道虫惜上个月住进了望湖客邸，问她如今身在何处。"

"你是怎么回答的？"史宽之道。

"小人什么都没说，把宋慈甩掉，跑了回来。"

史宽之点点头，让马墨下了车，放下车帘，吩咐车夫驾车，驶离了百戏棚。

阵阵车轮声中，史宽之小声道："韩兄，宋慈找到了马墨，查问听水房中的血迹，还问到了虫惜，看来腊月十四那晚的事，快要瞒不住了。"

韩㻦哼了一声，道："宋慈这个驴球的，不知天高地厚，还真敢查望湖客邸的事。"

"我早说过，他是个死脑筋，必会一查到底。"史宽之道，"再这么下去，那晚的事迟早让他查出来，韩相也迟早会知道。"

"那怎么办？"

史宽之撑开折扇，轻摇慢扇了一阵，道："韩兄，小弟倒是想到了一个法子。"

"什么法子？"

"宋慈既然追查不放，那就遂了他的愿，给他来个请君入瓮。"史宽之将折扇一收，凑近韩㻦耳边，低声说了起来。

韩㻦听得面露笑意，连连点头，道："好，就照你说的办！"

宋慈和许义几乎将外城的柜坊寻了个遍，仍没能找到祁驼子，最终不得不放弃。两人经崇新门回到内城，宋慈当先而行，朝城西南而去，过不多时，临安府衙已是遥遥在望。

许义道："宋大人，我们去府衙做什么？"

宋慈摇了摇头，过府衙大门而不入，绕道至府衙侧门。许义以为宋慈是要走侧门入府衙，可宋慈没这么做，而是沿着侧门外的巷子走了一段，最终在一间酒肆外停住了脚步。许义瞧了一眼酒肆门外的幌子，"青梅酒肆"四个字映入眼中。

宋慈走进青梅酒肆，找到了正在清理柜台的掌柜，问道："昨天曾有客人用金箔包下你这酒肆的二楼，有这事吧？"他记得刘克庄昨天曾讲过与叶籁重逢的经历，是在府衙侧门附近的青梅酒肆，当时叶籁曾用金箔包下了青梅酒肆的二楼。

掌柜不知宋慈是谁，见宋慈身边的许义一身官差打扮，不敢不答，点头应道："是有此事。"

"那位客人所用的金箔还在吧？"

"还在。"

"拿给我看看。"

掌柜拉开柜台下的抽屉，从中取出几片金箔。宋慈接过一看，每片金箔上都有形似"工"字的细小戳印，与不久前马墨在柜坊使用过的金箔一模一样。他盯着金箔，渐渐陷入了沉思。

掌柜瞧了瞧宋慈，又瞧了瞧许义，心想定是昨天那位客人犯了什么事，官差这才前来盘查，忙道："昨天那客人看着跟叫花子似的，一出手却是金箔，我便觉着奇怪，心想这金箔只怕来路不正。我这酒肆只卖了那客人几碗酒，那客人犯过什么事，可与我这酒肆没半点……"

宋慈不等掌柜把话说完，忽然归还了金箔，道一声"叨扰了"，领着许义，径直离开了青梅酒肆。

宋慈往北而行，穿过大半个临安城，最终来到了太学附近的纪家桥。纪家桥头有挑着箩筐卖菜的菜贩，宋慈走上前去，左挑右选，挑了一个又白又大的萝卜，见一旁还有卖甘蔗的，又去挑了一截甘蔗。

许义跟在宋慈身边，瞧得好奇，道："宋大人，这萝卜、甘蔗，是要用来验什么？"他见过宋慈验骨，也见过宋慈验尸，用到过不少避秽、检验之物，但没有哪一次用到过萝卜和甘蔗，还以为宋慈是要买来查验什么。

宋慈摸出钱袋，数出铜钱付给摊贩，道："验肠胃。"

"验肠胃？"许义不由得一愣。

"我买回去吃的。"宋慈微微一笑，"你要不要也买些？"

许义这才明白验肠胃的意思，尴尬一笑："小的就不用了。"又道，"宋大人，我们现在去哪里？"

"哪里都不用去。"宋慈手拿萝卜，朝不远处的太学一指，"我查案有些乏，想回去休息了。今日有劳许大哥，你也回去好生歇息吧。"

两人就在纪家桥头分别，许义回提刑司，宋慈则进入太学，回到了习是斋。

斋舍中空无一人，刘克庄不在，之前跟随刘克庄去苏堤的同斋们也都不在。此时下午已过了大半，宋慈还没吃午饭。他把甘蔗、萝卜放在一旁，生了一炉炭火，烧了一壶水，拿出昨天吃剩的太学馒头，在炉火旁煨热。他在自己的床铺坐下，卷了一册《孟子》在手，一边啃着太学馒头，一边看起了书。

《孟子》一书，还有《周易》《尚书》《诗经》《中庸》《春秋》《论语》等书，在绍兴十三年时，由高宗皇帝和皇后吴氏——也就是后来的太皇太后吴氏——御笔亲书，再命工匠刻在碑石之上，立于太学大成殿后三礼堂之廊庑，唤作太学石经，作为太学的经义教典。凡入太学求学的学子，都要跟随太学博士和学正学习这些经义教典，每月一私试，每年一公试，再依三舍法考核升舍。宋慈对《孟子》一书极为熟悉，许多篇章从小便能倒背如流，但来到太学后，有真德秀、欧阳严语等太学博士授课讲义，令他多了不少领悟，有常看常新之感。他看一阵书，暗自琢磨一阵，就这么手不释卷，一直看到了天色昏黑。

宋慈瞧了一眼窗外天色，起身点燃灯火，将萝卜和甘蔗洗净切块，放进汤罐，置于火炉之上，加水慢慢熬煮。他坐在火炉旁，一边烤火，一边从怀中摸出了钱袋。钱袋上有桑榆一针一线绣出来的竹子和兰草，他翻来覆去地看了好几遍。又伸手入怀，取出一个用红绳系着千千结的竹哨，那是在前洋街上初遇桑榆时，桑榆亲手拿给他的。竹哨挨近唇边，他轻轻地吹了几声，声音清脆悦耳。他将竹哨放入钱袋里，将钱袋重新揣入怀中，轻轻抚了抚胸口，这才重又看起了书。

不知过了多久，成片的谈笑声伴着脚步声由远及近，刘克庄和同斋们终于回来了。众人皆有醉意，想是在外欢饮了一场。刘克庄瞧见了宋慈，没过来搭理，和王丹华彼此扶着，回了自己的床铺。宋慈也没理会刘克庄，揭开盖子，看了看汤罐中正熬煮的汤。萝卜和甘蔗熬煮的汤，唤作沆瀣浆，此时已熬得差不多了。他将汤罐从火炉上移开，小心翼翼地放在了地上。

"今天这场斗酒真是痛快，武学那帮人，这回总该心服口服了吧。"

"不服又能怎样？他们再敢约我们斗酒，照样喝得他们东倒西歪，一个个只疑桌动要来扶，以手推桌曰'去'！"

"一开始还笑话我们是书呆子，以为我们不能喝酒，结果呢？琼楼那么多人围观，这回他们武学的脸是丢大了。"

"何止脸丢大了，亏得也大啊，整整二十坛的皇都春，酒钱可不便宜……"

刘克庄和同斋们兀自笑谈不断。原来之前离开苏堤后，刘克庄为感谢众人相助，邀约众位同斋，还有叶籁、辛铁柱、赵飞等武学生，同去琼楼，打算欢饮一场。武学与太学自来不睦，赵飞等武学生因上次在琼楼与刘克庄发生过争执，心中气还未消，于是在席间公然提出斗酒，想给刘克庄等太学生一顿难堪。刘克庄本就嗜酒，心气又高，又在宋慈那里受了气，不甘示弱，当场答应下来。这场武学和太学之间的公开斗酒，两边各出十五个学子，各分十坛皇都春，哪边先喝完，哪边便胜出，败的一方不但要结酒账，还要向对方躬身行礼，当众认输。这场斗酒吸引了琼楼众多食客围观，连不少路过的行人也被吸引了进来，最终太学这边先将十坛酒喝尽，武学那边不但喝得慢了些许，喝醉的学子也更多，好几个武学生醉得不省人事。

同斋们谈笑不断，宋慈却充耳不闻，坐在火炉旁，自行翻看书页。刘克庄将这一幕看在眼中，冲王丹华招了招手。

王丹华凑近来，刘克庄低声耳语了几句。

王丹华点了点头，咳嗽两声，道："口好渴啊。"迈着有些虚晃的步子，向摆放水壶的长桌走了过去。

长桌位于墙角，去那里要从火炉旁经过。经过宋慈身边时，王丹华故意清了清嗓子，拖长了声音，大声道："书当快意呀读易尽，客有可人是期不来……"说着去到长桌旁，倒水喝了。

"书当快意读易尽，客有可人期不来"，这是"苏门六学士"之一的陈师道的诗，意思是读到称心满意的书很容易便能读完，想与意气相投的朋友见面却久盼不至。宋慈明白王丹华吟这句诗的意思，嘴角微微一抿。他将手中的书放在一旁，舀起汤罐中的沆瀣浆尝了一口，温热适中，已不烫嘴。他盛了一碗，拉住正要回去的王丹华，将沆瀣浆递给他，朝刘克庄的方向指了一下。

王丹华端着这碗沆瀣浆，因酒后步子发虚，险些洒了出来，好不容易才走回刘克庄的身边。刘克庄接过这碗沆瀣浆，一股清甜香气顿时扑鼻而来。甘蔗能化酒，萝卜能消食，这沆瀣浆最能解酒。他知道这是宋慈亲手熬煮的，望着宋慈的身影，心道："知我者，你个闷葫芦也，居然知道我会喝酒，提早便熬好了沆瀣浆。"他心中的气去了大半，将沆瀣浆一饮而尽，片刻之间，醉意消减了不少。

刘克庄和同斋们又谈笑了一阵，见宋慈还是坐在原处看书，终于忍不住了，起身来到宋慈身边，将手中空碗递出，道："要解酒，一碗怎么够？"

宋慈什么话也不说，接过空碗，准备在汤罐里再盛一碗沆瀣浆。

"再来一碗也不够啊，酒入愁肠，要一整罐才够解。"刘克庄笑着将汤罐整个端了起来，"来来来，惠父兄给大伙儿熬好了解酒汤，都过来喝。喂，陆轻侯，寇有功，你两个还坐着干吗，快过来喝酒……不是，喝解酒汤！"说着把汤罐抱给王丹华，让同斋们分饮。

刘克庄搬来一只凳子，在火炉对面坐下，伸手烤了烤火，叹了口气，道："可惜了。"

说了这三个字后，刘克庄良久不再说话，只是一边搓手，一边烤火。

"可惜什么？"好一阵后，宋慈终于开口。

刘克庄面露微笑，道："可惜你今天不在琼楼，没能亲眼见证我们斗酒赢了那帮武学生。"一说起这场斗酒，他顿时神采飞扬，不吐不快，"还记得那赵飞吧？斗酒之前，他嘴上叫嚣得比谁都厉害，结果一喝起来，三五盏便晕晕乎乎，分不清东西南北了。"哈哈一笑，又道，"不过这帮武学生也算有志气，输了便当场认输，对我们挨个躬身行礼，没一人抵赖，便连那辛铁柱，明明没参与斗酒，却也当众认输行礼，倒是让我有些佩服。那帮武学生喝醉之后，说起醉话来，都是叫着上阵杀敌，喊着要北伐，复故土。倘若朝野上下，人人都是如此，我大宋何愁不能克复中原？"

一想到朝廷偏安一隅的现状，刘克庄便忍不住摇头叹气。他拿起铁钳子，拨了拨炉中火炭，道："不说这些了。今天在琼楼斗酒之时，我遇到了一个人，与你正在查的案子大有关联，你猜是谁？"

宋慈抬起头来，看着刘克庄。

"还记得上回韩㧪来习是斋闹事时带的那群家丁吗？"

"记得。"

"那群家丁之中，有一人马脸凸嘴，还是大小眼。"

宋慈当然记得，就在今天下午，他还在南街柜坊遇到了这个名叫马墨的马脸家丁，本想找他查问望湖客邸的事，却让他跑掉了。

"虫娘点花牌时，那马脸家丁就跟在韩㺱身边，我记得他。今天我们斗酒时，他居然也来了琼楼，在人群中旁观，被我瞧见了。听说那马脸家丁因为上次来习是斋闹事，被韩侂胄赶出了府，后来就没见他出现在韩㺱身边。可是在那之前，他是一直跟在韩㺱左右的。我当时便想，韩㺱包下望湖客邸时，那家丁还跟着韩㺱，只怕他也在望湖客邸，望湖客邸里发生过什么事，听水房中的血迹是如何来的，说不定他知道。我先暗中叫叶籁兄盯住他，斗酒一结束，立刻叫同斋们一拥而上，将他拦住，不让他离开。"

刘克庄的这番话，倒是与宋慈见到马墨时的想法不谋而合。宋慈见刘克庄一脸兴奋之色，便知道他一定从马墨那里获知了什么重要线索，道："后来呢？"

"那马脸家丁被我们十多人围着，非但不害怕，反而凶悍得紧，话没说几句便要往外闯。当时我们喝了太多酒，手脚乏力，拦他不住，好在叶籁兄挡住楼梯口，断了他的去路。那马脸家丁把袖子一卷，与叶籁兄动起了手。叶籁兄身在武学，拳脚上丝毫不吃亏。那马脸家丁没讨着便宜，竟拔出一把匕首，抓了一旁看热闹的酒保，拿匕首抵在酒保胸前，威胁叶籁兄让开。这时辛铁柱出手了。那马脸家丁当初来习是斋闹事时，辛铁柱不是也在场，还狠狠教训过他一顿吗？辛铁柱认得他，从侧后方挨近，上去便是一拳。"刘克庄说到激动处，忍不住凌空挥了一拳，"这一拳又快又准，打在那马脸家丁的胳膊肘上，将他匕首打掉不说，还将他半只胳膊打得抬不起来。这位铁柱兄，当出手便出手，勇武非凡，一举便救下了酒保，不愧是稼轩公的后人。从前我笑话他是武学糙汉，自今往后，我再不取笑他了，若有再犯，宋慈，你便罚我。"

刘克庄一直与辛铁柱不对付，居然会转变态度，以兄相称，大加夸赞，倒是令宋慈颇觉莞尔。他道："罚你什么？"

"就罚我……罚我一月不得沾酒！"

"这罚得好，我记下了。"宋慈道，"你接着说。"

"我刚才说到哪了？"

"那马脸家丁被辛公子打掉了匕首。"

"对，那马脸家丁在铁柱兄手底下吃过亏，见了铁柱兄，便如老鼠见了猫。他不敢再动手，楼梯又被叶籁兄堵住，想走走不掉。他见窗户开着，居然翻出窗户，从二楼上跳了下去，沿街奔逃。叶籁兄追出窗户，没有跳下地面，而是翻上屋顶，便如飞檐走壁一般，从一处屋顶跳到另一处屋顶，追着那马脸家丁不放。铁柱兄也追出了琼楼，在大街上追赶。他们二人一上一下，一个身轻如燕，一个如猛虎下山，各有各的不凡身手，真是教我大开眼界。他们二人配合得天衣无缝，合力将那马脸家丁赶入一条狭窄的巷子，叶籁兄在屋顶上抢前一步，跃入那条巷子，挡住去路，铁柱兄紧跟着追入，两人一前一后，将那马脸家丁堵在了巷子里。

"那马脸家丁被叶籁兄和铁柱兄抓回了琼楼，我让他们二人把那马脸家丁带进夏清阁，关起门来，盘问望湖客邸的事。那马脸家丁一开始嘴硬，只说腊月十四那晚望湖客邸遭了贼，韩珍被偷了一箱子金银珠宝，贼人在墙壁上留了'我来也'的名号，除此之外没发生任何事。铁柱兄不跟他客气，几拳下去，打得他鼻青脸肿，他才老实了。"

宋慈听到这里，脸色有些不悦。

"我知道动手打人，逼人开口，你定然看不惯。可对付这种恶人，有时就得比他更恶才行。那马脸家丁生怕再挨打，我问什么便答什么。他自称叫马墨，这种人居然以'墨'字为名，当真是辱没了这个字。他说韩珍包下望湖客邸那段时间，他一直跟在韩珍左右，很多事情他都知道。他说韩珍之所以包下望湖客邸，是为了让一个名叫虫惜的婢女入住其中。我之前以为客邸中那穿彩裙、怀有身孕的女子是月娘，原来不是，而是这个虫惜。"

刘克庄这话，倒是与宋慈今日所查对应上了。宋慈略微点了点头，继续往下听。

"这虫惜本是服侍韩侂胄的婢女，容貌也生得美，但不知为何，韩侂胄一直对她很是讨厌，倒是韩珍看上了她，私下暗合，竟致她怀了孕。这虫惜虽是婢女，却不是怯懦之人，一定要韩珍给她名分。韩珍只是寻一时之欢，又知道韩侂胄讨厌虫惜，说什么也不肯给这个名分，任由她留在府上吧，她肚子一天天大起来，此事迟早瞒不过韩侂胄。韩珍便骗虫惜，说要换个地方好生照顾她，先以她偷东西为由，假意将她赶出府，然后将她安顿在望湖客邸，住在听水房，又派了家丁和仆人照料饮食起居，名义上是照顾，实则是将她看管了起来。韩珍要她把胎儿打掉，她不肯。韩珍又让她远离临安，去外地把孩子生下来，承诺将来一定好好照顾她母子，给她一辈子荣华富贵，她还是不肯。她执意要韩家的名分，弄得韩珍很是着恼。

"腊月十四那晚，韩珍和史宽之招了几个角妓，在望湖客邸的临安邸寻欢作乐。韩珍酒后提到虫惜的事，史宽之便给他出主意，叫他在虫惜的饭食里偷偷下打胎药。韩珍一向性子急，当即照做，派马墨弄来打胎药，下在熬好的鲈鱼汤里，说是给虫惜安胎，亲自送去听水房。韩珍之前还叫虫惜打胎，这时却又说安胎，还连夜送去鲈鱼汤，那不是此地无银吗？虫惜有所察觉，无论如何不肯喝。韩珍酒劲上来了，对虫惜用强，逼着她喝。两人争执之时，汤打翻在地。韩珍盛怒之下，抓起花口瓶砸在虫惜的头上，虫惜倒地后，他又用手里碎掉的花口瓶颈，不断地捅刺虫惜的肚子，以泄心中愤恨。

"韩珍杀害虫惜的这一幕，却被一个角妓瞧见了，就是熙春楼的月娘。原来韩珍和史宽之招来的几个角妓里，就有这位月娘。月娘当时说要去茅厕，却不知如何走到了听水房外，连把守西湖邸的几个家丁都没发现她。她透过窗户，亲眼看见了韩珍杀人的一幕，吓得叫出了声，慌慌张张地逃出了望湖客邸。韩珍生怕事情败露，命马墨将月娘抓回来。

"月娘逃出望湖客邸后，没回城里熙春楼，而是朝南边人少的地方跑，想找个没人的地方躲起来。可当时一连下了好几天的雪，路上到处都是积雪，留下了她的脚印，又赶上月圆之夜，月光很亮，追踪起来不难。马墨带着家丁一路追赶，围着西湖绕了半圈，最终在苏堤追上了月娘。后面逼得月娘落水淹死的事，和之前弥光小和尚讲的一样，你我都是知道的。"

"那虫惜的尸体呢？"宋慈问道。

"当时我问起虫惜的尸体，那马墨一脸为难，又不作声了，还是铁柱兄用拳头帮他开了口。"刘克庄道，"马墨说那晚逼死月娘后，他回到望湖客邸时，虫惜的尸体还在听水房里。韩㻏命他用被子将虫惜的尸体裹起来，连夜运回韩府，埋在了后花园里，事后还在埋尸处故意种了一株枇杷树以掩人耳目。他又派人将听水房中的血迹清理干净，买了一个相似的花口瓶摆在原处，以为这样就能瞒天过海，殊不知房中的血迹早就被你我发现了。"

　　宋慈眉头一凝，道："虫惜的尸体埋在韩府？"

　　"是啊，韩㻏真可谓胆大包天，居然把尸体埋在自家府上。"刘克庄道，"不过这处置手段也算高明，试问谁能想到有人会把尸体埋在自己家里，更别说那是韩府，即便有此怀疑，谁又敢去韩府动土，你说是不是？"

　　宋慈听完这番转述，算是知道了事情的来龙去脉。可他对这番讲述颇为起疑，毕竟这只是马墨的一面之词，不可轻信，问道："马墨现在何处？"

　　"我请叶籁兄和铁柱兄相助，先将马墨带回武学看管一夜，明天再说怎么处置他。我还没想好处置之法，你说说，怎生处置他是好？"

　　"马墨所说之事牵连重大，我这便去武学，将马墨押去提刑司，先看押在狱中。"

　　刘克庄听了宋慈这话，神色有些失望，用铁钳子拨弄了一下炭火，道："你去吧，我喝得实在多了些，头还是发晕，我就先去睡了。"起身要回床铺。

　　"克庄，我想问你一件事。"宋慈忽然道。

"什么事？"

"临安市面上的金箔，通常都是什么样子的？银钱方面的事我不懂，你懂得多些。"

"金箔？"刘克庄语气惊奇，不明白宋慈为何有此一问，"据我所知，临安市面上的金箔，大都出自交引铺，什么样子的都有。"

"金箔上会有戳印吗？"

"有啊，金箔大都会打上'十足金'的戳印，还会打上交引铺的铺址，有的还会打上工匠的名字，若是金箔成色有问题，便可找交引铺兑换。我见过的金箔戳印，有'霸头里角''清河坊北''都税务前''官巷前街'之类的……"

"戳印上没有'十足金'，也没有交引铺址，只打了一个字，这样的金箔，临安市面上可有？"

"我倒是没见过。怎么了？"

"没什么。你好生歇息吧，我这便去武学，将马墨押去提刑司。"说完这话，宋慈立刻起身，离开了习是斋。刘克庄早已习惯了宋慈的行事风格，可仍不免愣在原地，好一阵才回过神来。

宋慈出太学中门，来到一墙之隔的武学大门外。太学与武学素来不睦，他身为太学生，没有贸然进入武学，而是请出入大门的武学生，帮忙找一下叶籁。他一连问了好几个武学生，大都不肯搭理他，只有一人答应帮他带话。

宋慈在武学大门外等了片刻，叶籁出来了。见宋慈是只身一人，叶籁道："宋兄是一个人来的，克庄老弟没来吗？"

"克庄喝多了酒，已在斋舍睡下了，是我找叶公子有事。"

"宋兄说的是马墨的事吧。"叶籁知道刘克庄回太学后，必会把今日查问马墨的事告诉宋慈，马墨眼下就在武学，宋慈之所以来找他，必是为了马墨而来。

"马墨的事倒在其次。"宋慈却道，"我找叶公子，是想问金箔的事。"

"什么金箔的事？"叶籁语气惊奇。

"不知武学中可有方便说话的地方？"

叶籁一听这话，心想宋慈所问之事只怕关系重大，道："宋兄请随我来。"领着宋慈进入武学，去到西南角的马场，这里只有白天操练弓马骑射时才会有人，夜里绝少人来。

"这里别无他人，宋兄要问什么，尽管说。"

"我听克庄说，昨日他与叶公子是在青梅酒肆重逢的，当时叶公子在酒肆的花销，是用金箔结的账？"

"这有什么问题吗？"

"叶公子所用的金箔，带有形似'工'字的戳印，这样的金箔，临安市面上可不多见。"

"'工'字戳印？"叶籁一愣，神色有些茫然，似乎不知金箔上带有此等戳印。

"这种带'工'字戳印的金箔虽不常见，我却有幸见过三次。"宋慈说道，"一次是在熙春楼，韩珍叫了几个角妓玩关扑，以金箔为赏；还有一次是在昨天，叶公子在青梅酒肆所用过的金箔，我已去酒肆查问过了；最后一次便是今日，我在南街柜坊遇见马墨赌钱，他从身上掏出了几片金箔。临安城中没有哪家交引铺会在金箔上只打一个字的戳记，'工'字与韩珍的名字同音，若我猜的不错，这种带'工'字戳印的金箔，应该是韩珍命匠人为他本人打造的金箔。叶公子，试问韩珍的金箔，为何会出现在你身上？"

不等叶籁回答，他接着道："腊月十四那晚，听说叶公子在丰乐楼喝酒，目睹了月娘跑出望湖客邸，被韩珍家丁追赶的一幕。可据马墨交代，腊月十四那晚望湖客邸遭了贼，是大盗'我来也'所为，偷走了韩珍一箱子金银珠宝。你手上之所以会有韩珍的金箔，想必就是那晚从望湖客邸得来的吧。"说到这里，他直视着叶籁，"倘若我推想无误，叶公子你，便是大盗'我来也'。腊月十四那晚，你不是在丰乐楼喝酒，而是身在望湖客邸之中行窃，这才目睹了月娘被家丁追赶一事，对吧？"

叶籁没有立刻回答，而是从怀中摸出了几片金箔，就着附近的灯笼光，一片片地仔细看了，果然每一片金箔正中都带有形似"工"字的戳印。这戳印很是细小，若不仔细观察，实难注意得到。他嘿嘿了两声，看了看四周，确定附近没人，才道："克庄老弟说宋兄聪慧过人，我还不大信，今日一见，你果真聪明绝顶。单凭金箔上的戳印，凭借连我都没留意到的细微小节，你便能识破我的身份。赵师睪、韦应奎之流，跟宋兄那是全然没法比。"

叶籁说出这话，等同于自承了身份。宋慈道："可我还是有些好奇，你被羁押在司理狱中，为何张寺丞家还会被'我来也'所盗？是大盗'我来也'不止你一人，还是你在司理狱羁押期间，曾偷偷出过牢狱？"

"宋提刑，你实在是太过聪明了。"叶籁道，"我究竟是如何办到的，请恕我眼下还不能告诉你。"

宋慈没再追问此事，道："叶公子，腊月十四那晚，你既然进过望湖客邸，当晚客邸里到底发生了什么事，还望你实言相告。"

叶籁稍作犹豫，道："你既已识破我的身份，那我也没必要再对你遮掩什么。"顿了一下，说道，"腊月十四那天，我去西湖赏完雪，原本没打算去丰乐楼喝酒，而是准备直接回武学。可我回程时路过望湖客邸，看见好几个客人被赶了出来，一问才知道，原来望湖客邸被韩玽整个包下了，不让任何客人入住。那几个客人新到临安，不知此事，去望湖客邸投宿，结果被韩玽的家丁赶了出来。

"韩玽这种膏粱子弟，只听说会包下青楼酒肆花天酒地的，从没听说会包下客栈旅邸。那望湖客邸建在西湖岸边，是临安一等一的旅邸，往北不远便是韩府，韩玽把望湖客邸包下来，莫非是韩府来了什么重要客人？我觉得这事有些离奇，再加上我爹与韩侂胄一向不睦，在朝堂上处处被韩侂胄针对，于是我便想弄清楚韩玽包下望湖客邸到底所为何事。我在附近的丰乐楼上等着，一直等到夜里，才看见韩玽和史宽之带着几个角妓妆扮的女人，一起进了望湖客邸，心想韩玽包下客邸，难道是为了带角妓寻欢作乐？我对韩侂胄大有恨意，自从做了大盗'我来也'，便日思夜想着去韩府窃取可散之财。可韩府高门深院，家丁众多，又有甲士护卫，戒备森严，未计划周详之前，我不敢贸然前往，但要出入望湖客邸，却不是什么难事，能帮韩玽散散财，整治整治这膏粱子弟，也算一舒胸中恶气。当晚明月当空，月光雪亮，望湖客邸毗邻丰乐楼，附近往来人多，我等了一段时间，等到夜深人静之时，才找到机会翻墙进了望湖客邸。

"那望湖客邸虽是旅邸，却没一点旅邸的样子，反而更像一座宅子，里面分东西二邸，分别唤作临安邸和西湖邸。我翻墙之处，正好位于东西二邸之间。当时西湖邸那边一片昏暗，临安邸那边倒是有一间房亮着光。我悄悄挨过去，透过窗户，看见史宽之在房中独自喝酒，之前进入望湖客邸的几个角妓也在房中，但都醉得不省人事，唯独不见韩珍。房中有一张桌子，桌上有一口打开的箱子，里面满是各种金银珠宝，几个昏醉的角妓脖子上、手臂上已经挂了不少珠宝首饰，显然是从箱子里得来的打赏。我越看越气，这些金银珠宝无一不是民脂民膏，却被这些膏粱子弟如此肆意挥霍。我捡起一块石子，看准房中灯火，准备先打灭灯火，再潜入房中偷取箱子。就在这时，西湖邸那边忽然传来了一声女人的惊叫。

"这声惊叫过后，有人大喊'什么人'，就见一个身穿彩裙、头上插着一支红色珠钗的女子从西湖邸那边仓皇奔出，飞快地逃出了望湖客邸的大门。很快西湖邸那边追过来一群人，为首的是韩珍，其他的都是家丁。西湖邸那边没有灯火，一片昏暗，我还以为那边没人，没想到韩珍和他的家丁都在那边。韩珍身上有不少血迹，他骂了句'驴球的'，命家丁去追那彩裙女子，无论如何要把人追回来。史宽之听见响动，从房间里出来了。这一下机会难得，我趁机翻窗进去，抱走桌上的箱子，又顺手在墙上留了自己的名号，然后溜出了望湖客邸。我从望湖客邸出来时，那彩裙女子和追赶她的家丁已不见了人影。当时我想着把偷到的金银珠宝尽快散给穷人，急着回城，便没管那么多。我将金银珠宝大都散了，只把一些便于携带的金箔留为己用，却不想让宋兄瞧出了端倪。"

"这么说，今天马墨的那番交代，倒是与你当晚亲眼所见的事对应上了。"

"不错，我当晚在望湖客邸见到过马墨，记得他的长相。若不是与我亲眼所见的对应上了，我岂会轻易相信马墨的话？更别说答应克庄老弟，明日一早一起去韩府掘尸了。”

宋慈吃了一惊，道：“你们要去韩府掘尸？”

“是啊，杀人就该罪有应得，既然知道了韩珍杀人藏尸的恶行，我和辛兄岂能坐视不管？克庄老弟已经与我，还有辛兄约好了，明日一早同去韩府，哪怕掘地三尺，也要将虫惜的尸体找出来。克庄老弟没跟你说此事吗？”

刘克庄只对宋慈说了马墨交代的那些事，却没有片言只字提及韩府掘尸一事。宋慈这时才算明白过来，原来刘克庄表面上与他和解，暗地里仍在与他斗气。“你说我意气用事，那我便意气用事给你看看。你不肯用心查虫娘的案子，那我来查。查案有什么难的？我也会。”刘克庄在苏堤上说过的这些话，又一次在宋慈的耳边响起。

“马墨现在何处？”宋慈道，“我打算将他押往提刑司，暂且看押起来。”

叶籁却摇头道：“明日一早，我们要靠马墨进入韩府，到时挖出虫惜的尸体，还要叫马墨与韩珍当面对质。克庄老弟说过，只要他没亲自来，就不准把马墨交给任何人。克庄老弟交托的事，我定然要照办。”

宋慈想起之前对刘克庄提及将马墨押去提刑司时，刘克庄突然流露出失望之色，他当时还不明白刘克庄怎么了，此时才知道刘克庄早已定下了韩府掘尸的计划，对于他处置马墨的办法，刘克庄心中并不认同。刘克庄推脱说喝多了酒想休息，不愿随他来武学，那意思再明白不过，是不肯将马墨交给他带走。他问叶籁：“你们要靠马墨进入韩府，这话是什么意思？”

"韩府守备森严，寻常人连门都进不去。不过马墨曾是韩府所有家丁中的管事之人，韩府里里外外的人他都认识，也熟悉韩府的布局，他有法子能进入韩府。"

"这么说，马墨愿意带路？"宋慈眉头一凝。

"他怎么会愿意？不过有辛兄的拳头在，他不愿意也得愿意。他说韩府东南侧有一小门，连接着伙房，每日五更天未亮时，伙房的奴仆便开始忙活，这道小门便会打开，奴仆们进进出出，只要扮作奴仆，便可从那里进入韩府。五更时候，韩侂胄已经离开韩府去上朝了，护卫韩府的甲士也大多跟着韩侂胄而去，东南侧的小门不会留下任何甲士看守。只要避开甲士进了韩府，府中的人马墨都认识，要去到后花园，就不是难事了。"

宋慈想起望湖客邸听水房中被换掉的被子和花口瓶，以及地上验出来的血迹，这些事情都与马墨的交代对应上了，也与叶籁腊月十四那晚在望湖客邸亲眼所见的事对应上了，心知马墨的这番交代十有八九都是真的。可他总觉得此事有些蹊跷，只因马墨今天下午刚从南街柜坊逃走，转过背便去到了琼楼，明明认识刘克庄和辛铁柱，却不回避，反而一直等在琼楼看热闹，直到被刘克庄他们发现。他道："韩府后花园埋尸一事，眼下并无其他线索和证据佐证，仍只是马墨一面之词，如此便要入韩府掘尸，未免太草率了些，就算挖出了虫惜的尸体，只怕也难以收场。查案当严谨慎重，切莫意气用事。"

叶籁却是一笑，道："宋兄，听说你限期初十之前破案，眼下初八已快过去，你只剩最后一天，不知你打算如何查出真相？"

宋慈摇头道："我也不知道。"

"韩府掘尸，风险有多大，我是明白的。宋兄若有更好的法子查案，我自会阻止克庄老弟这么做，可眼下宋兄并无良策，那就请别再阻拦我们了。"

"入韩府掘尸一事，干系重大，还当三思。"

"宋兄不必再劝，明日的韩府，我们是一定要去的。"叶籁道，"没其他事的话，宋兄请回吧。"说着抬起手，要送宋慈离开。

宋慈见叶籁眼中似有铁，知道再怎么劝都是无用。他想了一想，道："腊月十四在望湖客邸的所见所闻，叶公子可以为此当堂做证吗？"

"当堂做证，岂不是要我承认自己是大盗'我来也'？"

"不错。"

叶籁没太多想，摇头道："请恕我不能做证。"

宋慈知道叶籁是叶适之子，叶籁若公然承认自己是大盗"我来也"，不但自己会被下狱治罪，还会连累叶适声誉受损。宋慈点了点头，道："叶公子但请放心，你的身份，我绝不会对外透露。"

"你是克庄老弟的好友，我自然信得过你。"叶籁道，"宋兄，请回吧。"

宋慈离开武学，回到了太学习是斋。众同斋喝了沆瀣浆，解了不少酒意，兀自高谈阔论，唯有刘克庄躺在床铺上，侧身朝内，一动不动，不知是在装睡，还是当真睡着了。刘克庄虽未对宋慈言明，可他今晚的种种举动，已显出他去韩府掘尸的心意已决。宋慈不再多说什么，躺回自己的床铺上，想着刘克庄他们去韩府掘尸可能遇到的各种情况，暗自思索应对之策。

正月初九，天无星月，冷风如刀。一大早，天还未亮，韩府东南侧的小门已经打开，伙房点起灯火，奴仆们进进出出，开始了一日的忙碌。

刘克庄、辛铁柱和叶籁一身花匠打扮，带着锄头、铲子，由马墨领着，说是来松土粪壤，轻而易举便进入了韩府。一切如马墨所说，韩府中的人都认识他，虽然知道他已经被逐出了韩府，却也知道他是韩玲的亲信，更知道他一向手段凶狠，眼见他进出韩府，根本没人敢管，反而向他点头哈腰地打招呼。马墨提着灯笼，一路上阴沉着脸，带着刘克庄等人一路西行，不多时便来到了韩府的后花园。

后花园中一片静谧，韩侂胄已经上朝去了，府中姬妾都在熟睡，韩玲通常很晚才起床，奴仆们大都在伙房忙活，根本不会有人到这后花园来。

“尸体埋在何处？”四下无人，刘克庄问道。

韩府的后花园很大，花木众多，但天色昏黑，看不清哪里有枇杷树。马墨没应声，站在原地不动，辛铁柱在他后背上狠狠推了一把，他才极不情愿地走向西南角，指了一下墙角的一株树，道：“这回我算是栽在你们手上了。”

刘克庄拿过马墨手中的灯笼，凑近一照，果然是一株枇杷树，树下的泥土有明显的翻新痕迹，显然这株枇杷树是不久前才种下的。西南角极为偏僻，周围树木掩映，即便有人从后花园中经过，也很难注意到这处角落。但刘克庄不敢大意，还是安排叶籁去后花园的入口处把风。叶籁道：“若是遇到急情，来不及通知你们，我便学鸟叫。”留下这话，独自一人去了后花园的入口。

刘克庄让辛铁柱把马墨绑在附近一株桂树上，然后他抢起锄头，开始掘土。

尸体埋在枇杷树下，要挖出尸体，就要先移开枇杷树。刘克庄出身书香世家，从小没干过什么体力活，用起锄头来很是费力，没抢几下便喘起了大气。

辛铁柱什么话也不说，一把从刘克庄手中拿过锄头，三两下便将枇杷树挖断，往下深挖泥土。他生得虎背熊腰，仿佛有用不完的劲力，只片刻时间，便挖出了一个大坑，但一直不见尸体。

刘克庄冲马墨道："你们到底埋了多深？"

"没多深，"马墨应道，"很快就能挖到了。"

辛铁柱一直不停地挖掘，往下又挖了近一尺，当的一响，锄头已挖到了石头，别说尸体了，便连一片衣角也没瞧见。此时天色渐明，刘克庄有些急了，道："姓马的，你莫不是在骗我们？"

"不是已经挖到石头了吗？我都听见响声了。尸体就在石头下面。"马墨道，"那天埋尸时，韩公子特意吩咐，压一块石头在上面，让那女人永世不得翻身。"

刘克庄眉头一皱，杀了虫惜埋尸不说，还在尸体上压上石头，让虫惜永世不得翻身，韩珍用心竟如此恶毒。辛铁柱一言不发，只管埋头挖掘，很快将石头撬开，泥土中露出了红色的织物。

刘克庄神色一变，道："铁柱兄，小心些。"

辛铁柱放轻了手劲，小心翼翼地用锄头拨开四周泥土，一张裹起来的红毯露了出来。那是一张暗红色的棉毯，沾满了泥土，已有些破烂，一根铁链捆在正中，显然棉毯内裹有东西。两人将棉毯小心地抬出深坑，轻放在地上。

刘克庄微微皱眉，只因这棉毯不是很沉，也没有闻到腐臭味，还有棉毯裹起来的大小尺寸，不像是裹了一具尸体。他解开铁链，将棉毯展开，里面白惨惨的，竟全是骨头。

骨头的出现，令刘克庄一愣。腊月十四距今才二十多天，尸体再怎么腐烂，也不可能腐烂得只剩下骨头，更别说骨头细小，根本不是人骨，尤其是头骨，一看便不是人的。

便在这时，身旁忽然响起一声大吼，那是马墨扯开了嗓子在喊叫。

与此同时，一声尖锐的鸟叫声响起，来自后花园入口方向。

猛然间火光大亮，脚步声密集，一大群家丁高举火把，执刀持棍，冲进了后花园。这群家丁有数十人之多，一入后花园便直扑西南角而来，刘克庄和辛铁柱根本来不及走，便被围死在了角落里。一阵得意的笑声响起，众家丁分开一个缺口，从中走进来两人，其中一人身穿白衣，手拿折扇，是史宽之，另一人身着艳服，头戴花帽，却是韩玠。

"听说府中进了贼人，我当是谁呢，原来是前吏部侍郎刘弥正的公子，还有知镇江府辛弃疾的公子。"韩玠露出一脸狞笑，"你们两个驴球的，一大早偷闯太师府，还敢在太师府动土，真是胆大包天！"

刘克庄的目光在数十个家丁之间飞快扫过，没有看见叶籁，知道叶籁没有被抓住，心下松了口气。他们挖出来的骨头不是人骨，仔细一瞧，倒像是犬类骨头，又见韩玠、史宽之和数十个家丁穿戴整齐，显然早有准备，再想到方才马墨大吼一声后，韩玠、史宽之等人立刻冲入，显然那一声大吼是在通风报信，心知自己十有八九是落入了韩玠提前设好的圈套。

早有家丁冲过去替马墨松了绑。马墨疾步去到韩玠身边，道："公子，他们一共三人，还有一个叫叶籁的，去入口处把风了。"

韩玠道："我进来时，没瞧见有把风的。"

"叶籁？"史宽之拿折扇敲打掌心，"我记得叶适有一子，就叫叶籁，人在武学，莫非是他？这叶籁居然也敢和韩兄作对。这么短的时间，他定然逃不远。"

韩玠立刻分派家丁，四处搜寻，追拿叶籁，道："管他是谁，敢与我作对，便要让他知道利害。"

刘克庄见了这一幕，更加确信自己是落入了圈套。身临险境，他反倒镇定了不少，整了整衣服，拍去浑身尘土，轻描淡写地道："姓马的，挨了那么多打才肯开口，你这出苦肉计，唱得可真是够下血本啊。"

马墨昨天挨了辛铁柱好几顿打，此时仍是鼻青脸肿，但他一回到韩玠身边，立刻恢复了一贯的凶悍神色。韩玠拍了拍马墨的肩膀，大有嘉奖之意，道："什么叫作苦肉计？刘克庄，你这话我可听不懂了。"又笑道，"你们两个驴球的，擅闯太师府，想挖什么呢？莫非求学太过辛苦，改行做起了花匠？"此话一出，一旁的史宽之面浮笑意，周围不少家丁笑出了声。

刘克庄也笑了起来，道："求学自然辛苦，不过某些人更辛苦。大冬天的，一大群人不睡觉，处心积虑地等在这里，还要装模作样，明知挖的是什么，却不敢当众承认，什么亏心事都往肚子里憋，可不比我辛苦多了吗？"

"我当然知道你们在挖什么，有什么是我韩玠不敢承认的？"

韩玠冷笑道，"我爹以前任汝州防御使时，养了一条猎犬，唤作请缨，每次出猎都带着它，相伴十余年之久。两年前请缨死了，我爹以红毯裹之，亲手葬在这后花园中，还手植一株枇杷，每逢岁除，都请来临安最好的花匠，给这株枇杷松土粪壤，焚香祭祀，以慰藉老怀。你们竟敢把我爹最爱惜的这株枇杷树挖断，还敢把请缨的尸骨挖出来，我看你们是活腻了吧。"

刘克庄这才明白过来，为何这枇杷树下的泥土会有翻新的痕迹，为何会有犬类尸骨埋在此处，马墨又为何要等到他们挖出棉毯中的骨头后，才发出叫声招引韩玠进来，道："为了对付我区区一个刘克庄，倒是让你韩公子大费苦心了啊。"

"确实费了我一番苦心，就是有些可惜。"

"可惜什么？"

"可惜只有你和这姓辛的，宋慈那驴球的居然没来。"

刘克庄哈哈一笑，道："就你这点微末伎俩，也就勉强骗骗我，居然还想骗宋提刑？宋提刑心如明镜，足智多谋，他迟早会查出你杀人的罪证，你老老实实等着罪有应得吧。"

"栽在我手里，还敢这么嘴硬。"韩玠手一挥，"上，把这两个驴球的拿下！"

众家丁立刻一拥而上，要当场擒拿刘克庄和辛铁柱。

"今日之事，是我刘克庄一人所为，要抓便来抓我！"刘克庄全无惧意，傲然立在当地。既然掉入了韩玠早就设好的圈套，他便打定主意要揽下一切，决不连累辛铁柱。

忽然一只大手从旁伸出，一拨一拉，刘克庄身不由己地退了两步，辛铁柱魁伟如山的身影出现在他身前。

先前刘克庄与韩玠对话之时，辛铁柱一直在默不作声地观察四周。此地位于后花园的西南角，紧邻院墙，只要翻过院墙，便能逃出韩府，只是院墙有两人高，辛铁柱要翻过去不成问题，可带上文弱的刘克庄，这堵院墙可就难以翻越了。辛铁柱见韩玠一伙人来势汹汹，势必不会善罢甘休，一旦发生冲突，唯有抢先占住墙角地利，如此一来不用担心身后，只需应对身前。他将刘克庄护在墙角，只身面对冲上来的家丁，一顿拳打脚踢，只听惨叫声不断，好几个家丁倒在了地上。

韩玠早就见识过辛铁柱的厉害，知道众家丁空着手根本不是对手，道："都那么客气干什么，抄家伙啊！这两个驴球的擅闯太师府，图谋不轨，打死了也无妨。"

众家丁大都带了刀棍，纷纷拔刀出鞘，挥舞长棍，朝辛铁柱和刘克庄围了上去。

辛铁柱黑着一张脸，双臂环住地上那株挖断的枇杷树，大喝一声，竟将整株枇杷树抱了起来，来回挥动。那枇杷树高约丈余，根部又带着泥土，少说也有百十来斤，可辛铁柱挥使起来，却如挥动扫帚般轻而易举。枇杷树来回扫动，势大力沉，不少家丁避之不及，被枝条扫过，轻则衣裤裂开，重则满脸血痕，有的甚至被直接击晕在地，别说围攻辛铁柱和刘克庄了，便连接近二人都难做到。

韩玠好不容易设下圈套，明明围住了辛铁柱和刘克庄，如此我众敌寡，却好半天拿不下两人，气不打一处来，对着退下来的几个家丁狠踹几脚，骂道："一群废物，赶紧给我上！"骂声未落，忽听一声振聋发聩的吼声响起，只见偌大一株枇杷树猛然腾空而起，朝他站立之处砸了过来。

周围家丁吓得纷纷躲避，史宽之急忙躲闪，韩玠也慌忙跳脚躲开。可是枇杷树太大，还是砸中了韩玠的腿，把他整个人扑倒在地上。

韩玠忍痛爬起身，一句"驴球的"正要骂出口，忽然发髻一紧，已被人一把拽住。

周围家丁纷纷惊呼，史宽之尖声叫道："放开韩兄！"

韩玠吃力地转动眼珠子，瞥见抓住自己发髻的正是辛铁柱。他身子不受控制地向后倾倒，被辛铁柱拖拽着头发，一路拖到了墙角。

史宽之见韩玠被擒，忙道："全都住手，别乱来！"众家丁心生忌惮，只敢嘴上叫骂，不敢再行围攻。

刘克庄站在墙角，亲眼看见辛铁柱抛出枇杷树，迫使众家丁四散躲避，势如虎狼般直突而入，一把擒回韩玠，大有万军丛中取上将首级的赫赫威风。这一连串动作发生在电光石火之间，快到无与伦比，直到韩玠被拖至墙角，刘克庄才回过神来，一时惊得说不出话，如睹天神般望着辛铁柱。

辛铁柱扫视众家丁，拽紧韩玠的头发，沉声道："叫你的人滚开。"

韩玠头皮吃痛，却一脸狰狞，叫道："这里是太师府，你敢对我动手？"

辛铁柱加大手劲，仍是先前那句话："叫你的人滚开！"

韩玠的脑袋被迫仰起，其状极为狼狈。可他丝毫不服软，道："姓辛的，我可是太师独子，你敢动我一下，我定叫你生不如死，再叫我爹杀了辛弃疾那老东西，灭了你辛氏一门！"

辛铁柱最在乎的便是父亲辛弃疾，韩珍这话犯了他的大忌。他额头青筋突起，拉拽头发的左手用足了力，右手一下子握成拳头。韩珍头皮如被撕裂，脖子仰得几欲折断，兀自破口叫骂，不但辱骂辛铁柱，还各种污言秽语辱骂辛弃疾。辛铁柱猛然提起拳头，照准韩珍的脑袋捶了下去。

这一拳用上了全力，只要打实，韩珍即便不死，也是半残。众家丁惊呼四起，史宽之吓得转头闭眼。马墨没想到辛铁柱真敢对韩珍下死手，想要阻止，可离了一两丈远，根本来不及。

辛铁柱这一拳捶落一半，身后的刘克庄忽然扑上来，一把抱住了他的手臂，叫道："铁柱兄，不可啊！"

刘克庄对韩家抱有极大仇怨，更知道韩珍为恶多端，哪怕死上千遍万遍也不足惜。他不惜甘冒大险来韩府挖掘虫惜的尸体，就是希望能查出韩珍杀人的实证，以大宋王法将韩珍治罪处死。他恨不得韩珍早点去死，可如今没有找到虫惜的尸体，就这么当众打死韩珍，辛铁柱势必要跟着偿命。辛铁柱如此勇武，又是忠良之后，他日定是大宋不可多得的将才，为了一个韩珍赔上性命，实在不值。

当辛铁柱的拳头落下之时，韩珍心中也是悚然一跳，此时见刘克庄拦住了辛铁柱，他立刻恢复了一脸狂色，道："你个驴球的，有本事就打啊！"

刘克庄感受到辛铁柱的手臂又在隐隐发力，死命地抱住不放，道："铁柱兄，你我是来查案的，等找到尸体，自然能将他治罪。你现在打死他，稼轩公怎么办？"

辛铁柱一听到"稼轩公"三字，怒色稍缓，手臂不再发力，拳头也渐渐松开了。

刘克庄确定辛铁柱不再发怒，慢慢放开了手，道："韩玲，尸体到底在哪里？"

韩玲的头发不再被拉拽，但双手被辛铁柱反剪到了身后，挣扎了几下，辛铁柱的手便如铁钳一般，令他难以动弹。"尸体？"他面露冷笑，"哪来什么尸体？我根本听不懂你在说什么。"

刘克庄不再拐弯抹角，道："你在望湖客邸杀害婢女虫惜，她的尸体在何处？"

"我韩玲清白无辜，你少来含血喷人。"韩玲道，"说我杀人，你有证据吗？"

"去年腊月间，你包下了望湖客邸，我没说错吧？"

"本公子钱多得没处花，就喜欢包下整个客邸来住，你管得着吗？"

"你包下望湖客邸，带虫惜入住其中，客邸里有人亲眼瞧见了。腊月十四那晚，你将虫惜杀害，听水房中换过的花口瓶，还有地上残留的血迹，都是你杀人的证据。"

"什么花口瓶，什么血迹，我一概不知。"韩玲道，"我府上是有一个叫虫惜的婢女，因为偷东西，早就被我赶走了。我包下望湖客邸是自己住，从没带过什么婢女进去，你居然说有人亲眼瞧见。"

"好，你既然要狡辩，那我们就走一趟望湖客邸，找人对质。"

"我凭什么跟你走？"韩玲一脸冷傲，"你们两个驴球的，识相的赶紧放开我，乖乖给我磕头认错，我一时高兴了，说不定能饶你们不死。"

"走与不走，眼下可由不得你。"刘克庄让辛铁柱押着韩玲，往外走去。

众家丁一开始不肯让路。辛铁柱虎目圆睁，怒视身前，凡是他目光所及之处，各个家丁不由自主地缩了缩脚，便连马墨也吓得咽了咽喉咙。史宽之道："韩兄万金之躯，万万伤不得，你们还不赶紧让开？"众家丁只好让道，待刘克庄和辛铁柱走过去后，再在史宽之和马墨的带领下一路紧随。

到得韩府大门，刘克庄和辛铁柱抓着韩㺮刚一出门外，迎面赶来了一大群人，为首的是宋慈和叶籁。原来之前韩㺮带着数十个家丁闯进后花园时，叶籁心知情势不妙，在发出鸟叫声后，并没有赶回刘克庄和辛铁柱的身边，而是就近翻墙出了韩府，飞奔回武学叫人。赵飞等武学生一听说辛铁柱有危险，立刻跟随叶籁往韩府赶，路上正好遇到了宋慈。宋慈担心刘克庄闯出什么大祸不好收场，于是一大早去提刑司叫上了许义，又多带了几个差役，往韩府赶去。两拨人半路上遇到，会合在一处。宋慈从叶籁那里得知刘克庄和辛铁柱出了事，急忙赶来韩府，正好遇上刘克庄和辛铁柱擒着韩㺮出来。

此时天色大亮，眼见这么多人赶来相助，刘克庄更加放心。史宽之、马墨和数十个家丁见了这一幕，更加不敢轻举妄动。

宋慈问明情况，得知刘克庄没有挖到虫惜的尸体，反而落入韩㺮的圈套，险些被擒住，是靠着辛铁柱的勇武才反过来制住韩㺮，如今打算抓着韩㺮去望湖客邸找人对质。他不禁眉头一凝，瞧了一眼韩㺮。他知道马墨泄密一事是韩㺮设计的圈套后，心中的疑惑却不减反增，只因他对韩㺮杀害虫惜一事原本只查到些许皮毛，韩㺮的杀人动机是什么，杀人的经过是怎样的，他一概不知。可马墨突然来这么一出，等同于把韩侂杀害虫惜的来龙去脉和盘托出，反倒帮了他的大忙，否则他要查清这些案情，不知要绕多少弯，花去多少时间。他暗暗心想，韩侂就算是故意设下圈套，也不该犯下如此错误，只怕这背后还有其他用意。他将刘克庄拉到一边，低声道："虫惜之死证据不足，眼下还不是对质的时候。事态尚未闹大，你先放了韩侂，查案一事，我们从长计议。"

"入韩府掘尸，还与韩侂动了手，已是势成骑虎。现下放了韩侂，我与铁柱兄只有任凭他处置的份。"刘克庄向南一望，"望湖客邸就在前面，我去找那个周老幺对质，大不了再验一遍听水房中的血迹，总之不能放了韩侂。"

"克庄，你还是执着于心中怨恨，还是在意气用事。"

"韩侂行凶杀人，作恶多端，执着怨恨也好，意气用事也罢，总之我不能坐视不管。"

宋慈不由得想起了母亲之死，想起了那桩在他心底压了整整十五年的旧案，道："有一些事，我一直没对你说过，其实我心中比你更恨韩侂，更想看到他罪有应得，可眼下还不是时候。你听我一句劝，单凭一摊血迹，定不了他的罪。他设下圈套算计你，不会这么轻易就结束的。"

刘克庄却摇了摇头，不听宋慈劝阻，手一招，带着一众武学学子，抓着韩侂，朝望湖客邸而去。

宋慈脸色一沉，带上许义和几个差役，快步跟上。

众人来到望湖客邸。掌柜马致才以为来了客人，亲自迎了出来，瞧见韩侂被人擒住，不由得大惊失色。刘克庄还记得马致才给韩珍通风报信的事，朝马致才冷冷地瞧了一眼，直入望湖客邸，来到了听水房。

房门没有上锁，敞开着，可以看见听水房中坐着一人。刘克庄认得此人，是他前日来望湖客邸查问案情时，那个提到花口瓶被换过、还说韩珍厚道的塌鼻头杂役。那塌鼻头杂役神色委顿，脸色发白，用衣服裹着右手，衣服上透出血迹，似乎是右手受了伤。

就在那塌鼻头杂役的身边，几案上摆放的花口瓶没有了，地上多了一大堆碎瓷片，还洒满了鲜血。

刘克庄当先踏入听水房，见了房中这一幕，不由得微微一愣。

便在这时，廊道里急匆匆奔来一人，是之前在门屋迎客的矮胖伙计。他端着一大盆清水，叫道："让一让，快让一让！"冲进听水房，朝那塌鼻头杂役奔去，道："蒋老二，洗手的水来啦！"话音未落，忽然踩在碎瓷片上，脚底一滑，一跤跌倒，手中铁盆打翻，清水流了一地，将地上的鲜血冲得到处都是。

那塌鼻头杂役唤作蒋老二，道："俊哥，你……你没事吧？"

那唤作俊哥的矮胖伙计摔得龇牙咧嘴，道："没事……我再去给你打盆水来……"爬起身，拿起铁盆，又要出去。

刘克庄一把将俊哥拉住，指着满地的血水，道："你这是干什么？"

"蒋老二刚才打扫房间，不小心打碎花口瓶，割伤了手。"俊哥道，"他满手的污血，小的打水来给他清洗。"说完这话，又奔出门去。

刘克庄看着满地的血水，整个人呆住了。这些血水已经覆盖了宋慈之前验出血迹的区域，即便宋慈再当众把血迹验出来，那也说不清了。他听见身后响起了冷笑声，回头一看，韩珍一脸得意的神情映入眼帘。

"盯着我做什么？"韩珍冷笑道，"是你要带我来望湖客邸对质的，我可什么都不知道。"

刘克庄大有一种哑巴吃黄连的感觉，指着地上的碎瓷片，问蒋老二道："你上次说，韩珍包下望湖客邸后，这里的花口瓶被人换过了，是也不是？"

蒋老二却道："小人上次口误，说错了话，花口瓶是马掌柜换的，在韩公子包下客邸之前，便已经换过了。"

"是啊，这听水房中的花口瓶是我换的。"马致才忽然从门外走入，"以前的花口瓶有了裂纹，我早把它扔了，换了个新的。蒋老二，你不知情就不要随口乱讲，让人误会了可不好。还有，你今天打碎了花口瓶，须从你工钱里抵扣。以后打扫房间多用点心，再出岔子，你就滚出望湖客邸，不要再回来了。"

蒋老二唯唯诺诺地点头："小人记下了，以后不敢再犯。"

马致才不耐烦地挥了挥手："丢人现眼的东西，赶紧出去，找大夫包扎一下。"

蒋老二起身要走，刘克庄一把拉住他，将他手上缠裹的衣服拆开，只见他掌心被割破了一道长长的大口子，兀自往外淌血。蒋老二流了太多的血，脸色苍白，叫唤道："公子，痛，痛……"

又是那种哑巴吃黄连的感觉，刘克庄松开了手，蒋老二急忙走了。

此时望湖客邸的伙计和杂役都被吸引了过来，全聚在听水房外围观。刘克庄的目光扫过这些伙计和杂役，忽然道："周老么在吗？"

"周老幺啊，"马致才应道，"他昨天已经走了。"

"走了？"有了满地血水和蒋老二改口的事发生在前，刘克庄已经不觉得惊讶了。

"他家里捎信来，说给他讨了个媳妇，他便结清工钱，赶着回家娶媳妇，说是再也不回来了。"

"他家在何处？"

"说是在常州，具体在哪，可就没人知道了。"

常州那么大，不知具体地址，根本无从寻找周老幺。刘克庄暗暗摇了摇头，就算知道周老幺家住何处，就算把周老幺找了回来，谁又能保证周老幺不会像蒋老二那般改口呢？

"刘克庄，"韩珍的声音又响了起来，"你不是要找人与我对质吗？赶紧把人叫出来啊。"

刘克庄转头盯着韩珍，眼中如有火焚。蒋老二打碎花口瓶，血染当场，俊哥当着众人的面端水摔倒，将血水冲得满地都是，覆盖了之前的血迹，周老幺更是直接辞工回家，找不见人，他明知这些事一定是出自韩珍的指使，却又空口无凭，拿韩珍没有任何办法。

忽然间，望湖客邸外脚步声大作，似有一大群人闯了进来。

韩珍听见这阵脚步声，面露冷笑，道："刘克庄，你嘴巴不是很厉害吗？怎的不说话了？"

伴随着成片的脚步声，一大批府衙差役在赵师睪和韦应奎的带领下冲进望湖客邸，来到了听水房。一见韩珍被辛铁柱擒住，赵师睪脸上肥肉一抖，道："你们这是干什么？还不快放开韩公子！"

立刻吩咐差役上前，要解救韩玠。

辛铁柱怒目瞪视，丝毫没有放开韩玠的意思。叶籁、赵飞等武学生一拥而上，不约而同地挡在了辛铁柱的身前。

"又是你们这帮学子！"韦应奎道，"昨天在苏堤，你们公然与本司理作对，今天知府大人亲临，你们还敢如此，当真是无法无天了！"

刘克庄道："韦应奎，你是临安府司理参军，赵大人，你是知临安府事，有人在临安地界杀人，还公然破坏证据，威逼证人，企图弄虚作假，遮掩罪行，你们难道要坐视不管吗？"

"本府治下，有人敢如此胆大妄为，"赵师罿大肚子一挺，"本府定然绳之以法，严惩不贷。"

刘克庄指着韩玠道："杀人凶手就在这里。"

"你是说韩公子杀人？"赵师罿顿时一脸不以为然，"这种话可不能乱讲。你说杀人，那被杀者何人，尸体在何处，可有人证物证？"

"韩玠杀害府上婢女，尸体尚未找到，人证物证原是有的，如今却被他破坏，全都没了。"

赵师罿道："既无人证，又无物证，连尸体都没有，你就敢张口胡言，污蔑韩公子杀人？"

刘克庄直言韩玠破坏证据，赵师罿却根本不当回事，丝毫没有追究的意思，反而说他污蔑。他早知赵师罿与韩玠私下会面，定然暗中勾结，此时眼见为实，心中又是失望，又是愤慨。他心念一转，道："韩玠破坏证据，杀害婢女一事的确难以证明，可他派人害死熙春楼的月娘，却是确凿无疑。"

韩㻱道："什么月娘？我压根不认识。"

刘克庄手指史宽之，道："腊月十四那晚，你和这位史公子叫了几个角妓去望湖客邸，其中有一个身穿彩裙的角妓，就是熙春楼的月娘，你敢说不认识？"

韩㻱看向史宽之："史兄，那晚的角妓里，可有一个身穿彩裙的？"

史宽之微笑道："时隔这么久，这种小事，谁还记得？"

"我就知道你们不会承认。"刘克庄道，"那晚之后，月娘音信全无，再无踪迹，直到昨日，她才被发现死于西湖之中，尸体已被打捞起来，眼下就停放在提刑司。"

"原来你说的是昨天捞起来的女尸。"韩㻱道，"我听说了此事，可我听说那女尸面目全非，根本认不出是谁。"

刘克庄道："宋提刑已经当众验过尸，死的就是月娘。"

宋慈从进入听水房开始，便一直站在一旁，未发一言。韩㻱朝宋慈斜了一眼，道："宋慈又不是圣人，他验尸难道就不会出错？"

宋慈终于开口了，道："尸体右脚上有烧伤，那是月娘自小留下的，尸体的衣着首饰，也与月娘相同。我找熙春楼的人认过尸，死者确是月娘。"

韩㻱狡辩道："临安城何其之大，衣着首饰相同之人比比皆是，天底下有烧伤的人也多的是，凭什么脚上有烧伤的就是月娘？"

"韩㻱，你再怎么强词夺理，那都没用。"刘克庄盯着韩㻱，"你派人追赶月娘，在苏堤上逼得她落水淹死，有人亲眼瞧见了。"

"是什么人亲眼瞧见了？"赵师睪问道。

刘克庄正要回答，忽觉背后有人牵衣，转头一看，只见宋慈冲他微微摇头。宋慈知道刘克庄想说出弥光的名字，弥光曾亲眼看见月娘溺水而死的全过程，甚至提及那帮追击逼死月娘的人中，有一人马脸凸嘴，面相凶神恶煞，与马墨完全相符。可是他和刘克庄曾答应过弥光，决不透露其泄密一事。眼下韩㻲占尽上风，赵师睪、韦应奎更是与韩㻲蛇鼠一窝，即便找来弥光指认马墨，也顶多能定马墨的罪，对韩㻲却没任何影响，说不定还会适得其反，害了弥光。

宋慈一个眼色，刘克庄立刻知会其意。他想到自己曾亲口向弥光保证，绝不泄露此事，于是忍了下来，选择了不说。

"你说有人亲眼瞧见，却又指不了名，道不了姓，我看是你随口捏造谎言，故意污蔑韩公子才是。"赵师睪道。

刘克庄指着马墨，道："此人昨日在琼楼亲口承认，说韩㻲在这听水房中杀害了婢女虫惜。你将此人抓起来审问，自然知道真假。"

马墨脸上不见丝毫凶恶之色，反而苦着一张脸，如同遭受了天大的委屈，道："知府大人在上，您可要为小人做主啊。"

赵师睪道："做什么主？"

马墨指着自己青肿的脸，道："小人原是韩府家丁，因犯了错，被赶出了韩府。昨日小人心中烦闷，去琼楼喝酒解乏，却被这帮学子平白无故抓起来暴打一顿，还把小人关起来不让走，非逼着小人指认韩公子杀人。小人只是一个低贱的下人，他们打小人也就罢了，竟还敢擅闯太师府，对韩公子动手，逼韩公子承认杀人，他们眼中还有王法吗？知府大人明鉴，不能轻饶了这帮学子啊。"

赵师睾脸色铁青，盯着刘克庄道："本府办案，讲究人证物证俱全，尔等拿不出人证物证，却污蔑韩公子杀人，还敢擅闯太师府，当真是目无王法。"肥厚的手掌一挥，唰唰声大作，众差役纷纷拔出捕刀，"将刘克庄和这帮学子一并拿下，统统抓回府衙，治罪法办！"

众差役冲上前去，先将刘克庄抓了。

刘克庄道："赵师睾、韦应奎，你们两个狗官，颠倒黑白，是非不分！"奋力挣扎，却无济于事。

众差役拿下刘克庄，又奔众武学生而去。

面对一柄柄寒光凌厉的捕刀，辛铁柱依旧擒着韩㻛，不为所动。众武学生同仇敌忾，一个个面无惧色，寸步不让地挡在辛铁柱身前。

"要人证吗？我这里有！"一个高亢声音忽然响起，叶籁拨开身前的武学生，从众人当中跨了出来。

韦应奎见了叶籁，脸色顿时一沉。赵师睾则是细眼一眯，道："你是……之前被抓的那个盗贼？"

"不错，就是我。"

"你说有人证，人证在哪？"

叶籁见刘克庄遭韩㻛算计，有口难辩，还被府衙差役抓了起来，一旦被押去府衙司理狱，以韦应奎的手段，刘克庄定然要遭大难。他打算豁出去了，说出自己腊月十四那晚在望湖客邸亲眼所见之事，哪怕这需要承认自己就是大盗"我来也"。他正想说出"我便是"三个字，一只手忽然从背后拉住了他。他一回头，见是宋慈。

宋慈猜到了叶籁的心思，知道眼下还不是时候，即便叶籁承认了当晚所见，也只是空口无凭，无法定韩㺬的罪，反而徒然害了自己。宋慈冲叶籁连连摇头，示意他不可承认，又在叶籁耳边低语了一句，随即踏前两步，越众而出，朗声道："赵大人、韦司理，天色刚亮，你们便穿戴齐整赶到望湖客邸，来得可真够早的。"

　　韦应奎听出宋慈话外之音，是说府衙与韩㺬早有串通，所以这么早便穿戴整齐，备足人手，赶来了望湖客邸。他冷冷一笑，道："宋提刑不也穿戴齐整，来得比我们还早吗？"又指着众武学生道，"这些学子聚众闹事，公然污蔑韩公子杀人，宋提刑明明在场，却不加以阻止，反而纵容他们胡来，此事只怕不妥吧？"

　　"韦司理说的对。"宋慈转身走向辛铁柱，"辛公子，还请你将韩公子放了。"

　　辛铁柱一愣，怕是自己听错了，道："宋大人，你是叫我放了他？"

　　宋慈点了一下头。

　　刘克庄的声音忽然响起："宋慈，韩㺬杀害虫惜，害死月娘，虫娘之死只怕也是他所为，不能放了他。"

　　"案情尚未查实，"宋慈却道，"韩公子未必是凶手。"

　　此言一出，刘克庄难以置信地摇了摇头。他之前一直有在注意宋慈，见宋慈始终置身一旁，还以为宋慈像上次岳祠案刚发生时那样，早就胸有成竹，关键时刻定会站出来帮他说话，没想到宋慈的确是站出来了，却不是帮他，而是替韩㺬辩解。

　　韩㺬哈哈一笑，冲辛铁柱斜眼道："听见了吗？宋慈都说我不是凶手，你个驴球的还不放手！"

"辛公子，"宋慈语气一沉，抓住了辛铁柱的手腕，"放了他。"

辛铁柱对宋慈一向敬重，犹豫了一下，松开了手。

韩珍揉了揉发麻的手腕，瞪了宋慈和辛铁柱一眼，推开挡在身前的赵飞，从众武学生之中走出，又轻蔑地瞧了一眼已被抓起来的刘克庄，最后向史宽之走去。

"韩兄，没事吧？"史宽之关切道。

韩珍拍了拍史宽之的肩，笑道："没事，就这帮驴球的，还不敢把我怎么样。"

赵师罩迎了过来，脸上堆笑，道："韩公子可还安好？"

韩珍应道："好得很。"

史宽之道："知府大人，刘克庄和辛铁柱擅闯太师府，挖断韩太师最爱的花木，将韩太师的爱犬尸骨挖了出来，还公然污蔑韩公子杀人，这帮武学生更是在光天化日之下聚众闹事，不知府衙要如何处置？"

赵师罩没有立刻回答，而是看向韩珍，道："韩公子，这帮学子该当如何处置才好？"

韩珍得意地一笑，道："赵大人知临安府，如何处置，那是赵大人的事，赵大人看着办就行。"

"是。"赵师罩当即下令，将众武学生拿下，带回府衙听候发落。

众差役立刻便要上前拿人，宋慈却往正中一站，道："今日之事，全由我宋慈一人而起，是我着急破案，误信谗言，叫刘克庄和辛公子入韩府挖掘虫惜的尸体，在场诸位武学同道，也都是我叫来帮忙的。赵大人，你要追究罪责，抓我宋慈一人即可，还请放了其他人。"

宋慈语气如常，声音四平八稳，可这话听在刘克庄耳中，却如惊雷贯耳。宋慈与这一切毫无干系，甚至一直在劝阻他，他没想到宋慈竟会主动站出来揽下这一切。他道："宋慈，这些事与你无关，一切都是我……"

宋慈却把手一摆，不让刘克庄说下去，对韩㼈道："韩公子，你是要追究我宋慈的罪责，还是要抓其他人？"他心知肚明，韩㼈最记恨的人是他，命马墨去琼楼泄密，又在韩府和望湖客邸设局，最后串通府衙来抓人，想要对付的根本不是刘克庄和辛铁柱，而是他宋慈。

韩㼈一脸傲然自得，道："宋慈，你查案讲究追根究底，本公子自然也是如此。擅闯韩府，捏造证据，造谣本公子杀人，既然你亲口承认这一切是你指使的，那本公子也网开一面，余者不论，只追究你这主犯的罪责。"

"那就请放了其他人。"宋慈说完这话，整了整青衿服，扶正东坡巾，伸出了双手。

韩㼈朝赵师罣点了点头。赵师罣肥手一挥，韦应奎立刻带差役上前，架住宋慈的两只胳膊，将宋慈拿下了，又吩咐将刘克庄放了，对叶籁、辛铁柱等武学生不再追究。

韩㼈见大局已定，放声大笑，转身就往外走。史宽之和赵师罣随行左右。众差役收了捕刀，跟着韦应奎，押了宋慈要走。

刘克庄一获自由，立刻冲上去拉住宋慈，不让他被抓走，道："这一切都是我的主张，你们凭什么抓走宋慈？他与此事毫不相干！"众差役要将他推开，他却死不松手。

"刘公子，你好大的胆子。事到如今，你还敢抗命不从？"韦应奎喝道。

刘克庄心急如焚，宋慈却是一脸淡然，道："克庄，放手吧。"

"我不放！"

"你之前答应过我，要做我的书吏。"

"做书吏可不简单，要能忍常人所不能忍。"宋慈之前说过的话，又一次回响在刘克庄的耳边。刘克庄鼻子一酸，眼中几乎流下泪来，摇头道："都怪我，我早该听你的劝。今日之事本就与你无关，你何苦如此？你肩负查案重责，所有案子都还等着你去……"

"有你在，我足可放心。"宋慈打断了刘克庄的话。

刘克庄没明白这句话的意思，一愣神之际，被几个差役推开了，只见宋慈在差役的押解下步履从容地走了。他还要追上去，忽然被人拉住，一步都迈不出，回头一看，是叶籁。

"叶籁兄，你放开我！"

叶籁却不放手，眼见宋慈被差役押着走没影了，他才松开手，并将一样东西交到了刘克庄的手中。

刘克庄低头一看，叶籁交给他的是一个纸团。

"这是宋大人给你的。"叶籁道。原来之前宋慈阻止他做证时，曾拉住他的手，便是在那时将这个纸团偷偷塞给了他，又在他耳边低语了一句，嘱咐他将纸团交给刘克庄。

刘克庄急忙展开纸团，上面只写有两个字："太尉"。

第八章

被遮掩的死因

　　临安城南，太尉府。

　　自打去吴山南园赴宴归来，杨次山便卧病在床，已有两日了。这两日里，官居太尉的他告假在家，朝中官员竟没几个前来探望，换作以往，探望的官员怕是多到连门槛都要踏断。今时不同往日，北伐呼声高涨，韩侂胄在朝中一手遮天，他政见一向与韩侂胄相左，再加上岳祠一案令杨家声誉受损，自然没什么官员敢在这时候来与他亲近。比起韩侂胄的吴山南园之宴，几乎所有朝中高官都争相前去赴宴，如今的太尉府却是门庭冷落，鲜有人往来。

　　杨次山久居官场，深明趋炎附势的道理，对此并不放在心上，倒是妹妹杨皇后专门派太医来为他诊治，弟弟杨岐山也是每日都来探望，令他老怀大慰。

　　今日杨岐山也来了。此刻下人送来煎好的汤药，杨岐山亲口尝过，确定汤药温热适中，方才端至床前，亲手喂杨次山喝药。杨次山喝着汤药，见一直担忧他病情的杨岐山面有喜色，问杨岐山怎么了。

"大哥，我在来的路上，听说了一事。"杨岐山道，"那个三番两次与我杨家作对的宋慈，今日被府衙抓起来了。"

杨次山拳眼抵嘴，咳嗽了几声，道："宋慈不是奉韩侂胄之命，在查西湖沉尸的案子吗？他为何会被府衙抓起来？"

"听说韩侂胄只给了宋慈三天查案，宋慈为了能在限期内破案，居然捏造证据，逼人做假证，污蔑韩珍杀人，因而被抓了起来。他胆敢跟我杨家过不去，活该他有此下场。"

杨次山微微皱眉，道："以宋慈的为人，当不至于此。你说他污蔑韩珍杀人，杀了谁？"

"听说是韩府的一个婢女，是以前叛将虫达的女儿，好像叫虫惜。"

"虫达的女儿？"杨次山眉头皱得更紧了。

就在这时，有门丁来报，说府外有人探望。

"什么人？"杨岐山回头问道。

"一个太学生，自称是前吏部侍郎刘弥正的公子，叫刘克庄。"

"刘弥正？"杨岐山道，"他不是好些年前已经贬官外放了吗？"

"一个外官之子，也敢来太尉府探望，不见。"杨岐山此话一出，门丁应声是，便准备退下。

杨次山却道："让他进来，在偏厅候着。"

门丁领命退下后，杨岐山不解道："大哥，你病才稍见好转，还未痊愈，太医嘱咐你要好生休息。一个外官之子，这时候来探望，一看便是有事相求，有什么好见的？"

杨次山却伸出手道："岐山，扶我起来。"

·

太尉府的偏厅里，刘克庄已等候多时。此时已是午后，一想到宋慈被抓去府衙已有两个时辰，不知道此刻怎样了，他就免不了担心，在偏厅里来回踱步。

一阵轻咳声响起，杨次山在杨岐山的搀扶下，缓步来到了偏厅。

方才还焦躁踱步的刘克庄，此时立马恢复了镇定自若，上前行礼道："太学外舍生刘克庄，拜见太尉。"

杨次山没有任何表示，走向上首座椅，慢慢地坐下。杨岐山朝刘克庄看了一眼，略略皱眉，只觉得有些眼熟。

刘克庄走向茶桌，那里叠放着六只锦盒。他拿起上面四只锦盒，一一打开，道："学生听闻太尉抱恙，特购得潞党参、五花芯、紫团参及高丽参数支，望太尉能早日康复。"

潞党参、五花芯和紫团参产自金国境内的河东潞城、陵川和壶关，高丽出产的人参更是稀少至极，要走海路才能运至临安，这些都是诸参上品，常作为上贡皇室之物，民间甚是难得。杨次山向这些礼品瞧了一眼，看着刘克庄道："你是刘弥正的公子？"

"是。"

"我与刘公素有旧交，他离京数载，可还安好？"

"家父在外数年，一切都好，只是常追忆故人旧事，多提起太尉高风亮节。学生入京求学时，家父特意嘱咐，让学生到临安后，一定要记得来拜见太尉。"刘克庄这话倒是没说谎，他来临安求学时，刘弥正给了他许多钱财，让他到临安后，记得抽空拜访那些与刘弥正曾有过旧交的官员，其中便有杨次山，只是他全然没当回事，来临安后我行我素，没拜访过任何官员，直到这一次来到太尉府。他说着将装有上品诸参的四只锦盒奉上。

"刘公费心了，你来就行，这些礼品就不必了。"

刘克庄将四只锦盒放在杨次山身旁的方桌上，又打开剩下的两只锦盒，里面各有一幅书画卷轴，道："听闻皇后娘娘精于经史，好于书画，这里有黄庭坚和李唐真迹各一幅，特来献上。"

黄庭坚乃百余年前的书法名家，李唐则是高宗年间的画院待诏，以山水画闻名于世。杨次山没想到刘克庄不但给他送礼，居然还给杨皇后送礼，所送之礼都是贵重之物，知他定然有事相求，而且不是小事，道："你有何事，直说吧。"

刘克庄将两只锦盒放在方桌上，恭恭敬敬地行了一礼，道："太尉既然问起，学生不敢隐瞒。学生在太学有一同斋好友，名叫宋慈，他遭人陷害，蒙冤入狱，学生特来求太尉相救。"

杨岐山一听刘克庄提及宋慈的名字，顿时想起宋慈破岳祠案时，刘克庄就在宋慈身边，难怪看起来如此眼熟。他脸色一沉，很是不悦。

"宋慈？"杨次山倒是神色如常，"是前不久那位破了岳祠案的宋慈？"

"正是。"

"宋慈不是提刑干办吗？"杨次山故作不知，"他怎会蒙冤入狱？"

刘克庄如实说了宋慈入狱的经过，丝毫没有隐瞒这一切是他刘克庄轻信人言，心急查案，落入韩珍设下的圈套所致。

杨次山听罢，道："宋慈入狱，你为何要来找我？"

刘克庄没有提及宋慈留字一事，道："时下朝堂上下，只有太尉能救宋慈。"

杨次山轻咳了两声，道："你知道韩㺩是谁吧？"

"知道，"刘克庄道，"他是韩太师之子。"

"他不但是韩太师之子，还是独子。"杨次山徐徐说道，"宋慈为人处世，我素有所闻，对他也算颇为欣赏，可他奉韩太师之命查案，却查到韩太师府上，证据不足便妄言韩㺩杀人。韩太师乃股肱之臣，深得圣上信任，我虽是太尉，却也无能为力。"又是几声轻咳，道，"送客吧。"

门外立刻有下人进来，请刘克庄移步。

刘克庄也不多言，向杨次山作揖行礼，道："既是如此，那就叨扰太尉了，学生告辞。"

"这些东西，都拿回去吧。"杨次山指了一下身旁的六只锦盒。

刘克庄却不上前取回锦盒，恭恭敬敬地退出偏厅，跟着下人，离开了太尉府。

但他不是真正地离开，而是在附近找了一家酒楼，于楼上窗边落座，远远望着太尉府的大门，耐心地等待着。

刘克庄记得宋慈留给他的"太尉"二字，当时他稍加琢磨，便明白了宋慈的意思。此案牵连韩㺩，也就与韩侂胄扯上了关系。韩侂胄位高权重，年事渐高却无后继之人，韩㺩是他唯一的子嗣，就算杀了人，韩侂胄只怕也不会大义灭亲，府衙的赵师罂又唯韩侂胄马首是瞻，对韩㺩自然是各种枉法包庇。韩㺩一直将宋慈视作眼中钉，此番好不容易将宋慈下狱，定不会善罢甘休。眼下唯一有能力左右局面的，便只有太尉杨次山。杨次山是韩侂胄的政敌，在朝堂上屡遭韩侂胄排挤打压，只因有做皇后的妹妹杨桂枝在，才不至于失了权位。可韩侂胄权势日盛，说不定哪一天杨桂枝的皇后之位都难保，到时候杨次山也只有任其宰割的份。杨次山一向城府深沉，这样的人必不甘心坐以待毙。如今韩㻐杀了人，好不容易有打击韩家的机会，杨次山岂会轻易放过？宋慈虽然因岳祠案得罪了杨次山，可那是私怨，朝堂政敌之争，却关系到身家性命，孰轻孰重，刘克庄相信杨次山比他更为清楚，也相信杨次山最终会出手搭救宋慈。

杨次山倘若要搭救宋慈，用不着公然与韩侂胄作对，只需派人通知杨皇后，请杨皇后在皇帝赵扩耳边说上几句话，让赵扩下旨，命宋慈戴罪出狱，继续查案即可。只要宋慈能继续查案，一旦查实韩㻐杀人之罪，无论韩侂胄怎么应对，对韩家都将是一大打击。刘克庄深明此理，所以才在探望杨次山时，故意提出要给杨皇后送礼，他相信杨次山必能明白个中意思。

但刘克庄此举也是在赌，或者说是宋慈在赌。倘若杨次山谨小慎微，不敢在此时对韩侂胄发难，那宋慈将难有获释之法。

刘克庄就这么远远盯着太尉府的大门。太尉府位于城南，杨皇后所在的皇宫大内还在更南边，倘若太尉府的大门打开，有人出来往南而去，就代表他赌对了。

刘克庄将手搭在栏杆上，手指"嗒嗒嗒"地不断敲击栏杆，如此等了良久，终于望见太尉府的大门打开，从中出来一人，快步往南去了。

"嗒嗒"声戛然而止，刘克庄收回手臂，长吁了一口气。一切都在宋慈的预料之内。面对望湖客邸极端不利的局面，宋慈在极短的时间里，不但洞悉到韩玘最想对付的人是他，想出以他自己揽下一切来换取刘克庄、叶籁、辛铁柱等人的安全，还想到了解救自己的途径。

"好你个闷葫芦，平日里看起来除了刑狱什么都不懂，心里却比谁都明白，看得比谁都远，我算是彻底服你了。"刘克庄这么想着，拿起桌上一杯斟了许久的酒，微笑着一饮而尽，叫道："小二，结账！"

就在刘克庄入太尉府拜见杨次山时，远在西湖东岸的韩府书房内，韩玘正垂手立在一旁，挨着韩侂胄的训斥。

韩侂胄今日退朝回府，听说了宋慈入狱一事，将韩玘叫到书房一问，才知道在他上朝期间，府上竟发生了这么多事。

韩玘讲述事情经过时，故意夸大其词，说宋慈、刘克庄和辛铁柱等人的各种不是，最后道："爹上次说岳祠案一了结，我便可以找宋慈算账，随我怎么做都行。我还没去找宋慈算账呢，那宋慈倒好，指使刘克庄和辛铁柱擅闯府上，挖断爹最珍爱的枇杷树，还把请缨的尸骨挖出来，那是欺负到爹的头上了。我实在忍不下这口气，这才教训了他们一顿。"

韩侂胄听罢，却不提挖断花木和挖出请缨尸骨一事，道："虫惜当真死了？"

韩玘目光躲闪，低下了头。

"如实说。"韩侂胄道。

韩玘道："是死了……"

"月娘被逼落水淹死，也有其事？"

"是有这事……"韩玚抬起头来，"不过这事与马墨他们无关，那晚苏堤上积雪路滑，是那角妓自己不小心掉进水里……"

韩侂胄猛地一拍案桌："一群下人，让你惯得无法无天！"

韩玚很少见韩侂胄对他如此发火，不敢再作解释。

"引人掘尸，毁去血迹，谅你也想不出来。"韩侂胄道，"今日之事，是谁给你出的主意？"

"是……史兄。"

"史宽之？"韩侂胄脸色一沉，"他不是史弥远的儿子吗？你和他有过节？"

"没有，我和史兄亲近得很。"

"原本没人知道虫惜的事，让马墨对外泄密，今天又闹这么一出，这下谁都知道虫惜已死，还知道她的死与你有关。这个史宽之，要么是自作聪明，要么便是没安好心，你以后少与他往来。"

"爹，史兄与我义气相连，他不会……"

韩侂胄瞪了韩玚一眼。

韩玚扁了扁嘴，道："我以后少见他就是了。"

"我早就说过，北伐在即，你不要再给我添乱。"韩侂胄道，"这段时间，没我的允许，你不准再出门！"

韩玚接二连三地挨训，心中有气，却也只能忍着，点头应了，又问："那宋慈怎么办？"

"宋慈那里，我自有处置，轮不到你来管。"

韩玚不敢多嘴，低头道："是，爹。"

韩玚在自家挨训之时，府衙司理狱中，宋慈的脖子都快断了。

这是十天之内，宋慈第二次入狱了。一如上次入狱，他仍是安之若素，神色不见丝毫慌乱，也不见任何担忧。他一进牢狱，便躺在干草上，如同躺在习是斋的床铺上，闭上双眼，暗自推想起了案情。

可这份平静没持续多久，牢门忽然打开，冯禄领着两个狱卒，抬着一副重枷进来了。冯禄低声道："宋提刑，对不住了……"吩咐两个狱卒给宋慈戴上了重枷。那重枷是用干木制成，重达二十八斤，压在脖子上，宋慈连头都抬不起来。

宋慈知道枷锁共分三等，依次为十五斤、二十五斤和二十八斤，最重的这一类重枷，通常是给死囚戴的。冯禄只是一个狱吏，他知道这不是冯禄的意思。他就这么戴着重枷，从早晨至午后，又从午后至傍晚，好几个时辰过去了，只觉脖子疼得如要折断一般，手腕被长时间套在枷锁中，早已发麻。这期间，他被关在狱中一直无人搭理，别说赵师睪和韦应奎，便连狱卒也没来过一个，也未送来任何饭食，似乎有意让他饿着肚子饱尝戴枷之苦。

就这么到了入夜时分，狱道中终于响起了脚步声，韦应奎带着两个差役来了。

韦应奎来到关押宋慈的牢狱外，见到宋慈身戴重枷的样子，吃惊不已地道："宋提刑，你这是……好大的胆子，是谁给宋提刑上的枷？"当下唤来冯禄和所有狱卒，一番喝问之下，冯禄承认是自己给宋慈上了枷。

韦应奎指着冯禄的鼻子骂道："宋提刑可是浙西路提刑干办，没有赵大人的命令，你个没大没小的东西，竟敢私自动用枷锁，还不快给宋提刑卸枷！"

冯禄唯唯诺诺地点头，带着狱卒钻进牢狱，卸去了宋慈脖子上的重枷。

韦应奎道："宋提刑，这帮狱吏太不懂事，我一定好生管教。"

宋慈知道韦应奎这是假作不知，故意唱戏给他看，也不说破，揉了揉脖子和手腕，坐直身子，对卸枷的冯禄轻声道了一句："多谢了。"

冯禄面有愧色，退出了牢狱。

"宋提刑，赵大人要见你，请吧。"韦应奎吩咐两个差役将宋慈押出司理狱，由他领路，前往中和堂。

中和堂内，赵师睪已等候多时。一见宋慈被押进来，他立刻板起了脸："怎可对宋提刑不敬？还不快松开。"两个差役赶忙松手，放开了宋慈。赵师睪一改冷脸，笑着朝身旁的椅子抬手："宋提刑，请坐。"

宋慈立在原地不动。

赵师睪尴尬地笑了笑，收回了手，冲韦应奎使了个眼色。韦应奎道："下官告退。"带上两个差役，退出了中和堂。

"西湖沉尸的案子，圣上极为关心，闻听宋提刑入狱，特命内侍传下手诏，着宋提刑以戴罪之身出狱，在金国使团北归之前，查清西湖沉尸一案。"赵师睪取出一道手诏，"这是圣上手诏，宋提刑，接诏吧。"

"这么说，我可以走了？"宋慈道。

"那是自然。"赵师睪道，"有圣上旨意在，宋提刑……"

赵师睪话未说完，宋慈接过手诏，转身便走，将张口结舌的赵师睪抛在了原地。

从中和堂出来后，宋慈一边走，一边展开手诏，借着廊道上的灯笼光，看清了手诏上的旨意，是让他即刻出狱，戴罪立功，查清西湖沉尸案。他知道一定是刘克庄去找过太尉杨次山，借助杨皇后之力，说动皇帝赵扩下旨，这才让他有出狱查案的机会。他脚下不停，径直走出府衙大门，一眼便看见了等在街边的刘克庄。原来刘克庄知道他迟早会出狱，早就在府衙大门外候着了。

劫后相见，两人捉住彼此肩膀，相视一笑。

这一笑后，宋慈的面色很快恢复了往日的平静。明天就是正月初十了，金国使团北归就在明天上午，留给他查案的时间，只剩下最后一晚。他抬头看了看天，这夜色仿如泼墨，不见丝毫星月之光。他紧了紧青衿服，沿街快步而行。

"现在去哪里？"刘克庄问道。

宋慈应道："城南义庄。"

这是三天之内，宋慈第三次来到城南义庄了。前两次义庄都锁了门，只能听见犬吠声，这一次义庄的门没有再上锁，而是虚掩着，门内也没有犬吠声传出，倒是飘出了一股浓浓的肉香。

宋慈推门而入，拖长的吱呀声中，白惨惨的灯笼光映入眼帘。灯笼之下，一只破瓦罐挂在两口棺材之间，其下柴火噼噼啪啪地燃烧着，阵阵肉香裹着烟气从瓦罐中喷出。一个骨瘦如柴的老头半蹲在瓦罐旁，穿着满是污垢的破袄，后背顶个大驼子，手捧一块狗肉，正飞快地啃着。听见推门声，那老头转过脸来，一目已瞎，另一目眼白大，眼珠小，瞅了宋慈和刘克庄一眼，见二人都不认识，继续闷头吃自己的狗肉，侧了侧身子挡住瓦罐，生怕来人抢他狗肉似的。

宋慈见那老头驼着背，猜到那老头便是看守义庄的祁驼子。他朝义庄大门的左侧看了一眼，那里有一根铁链横在地上，铁链旁有血，血还没干，还有狗的皮毛和内脏，看起来狗刚被剥剖不久。他眉头一皱，前两日来义庄时，都能听见犬吠声，显然义庄里养着狗，今日这犬吠声却没了，只有一地的皮毛内脏和瓦罐中炖煮的狗肉。他知道，是祁驼子将自己养的狗杀来吃了。

宋慈向祁驼子走去。

祁驼子这一次没有回头，嘴里包着狗肉，冷言冷语地道："寄顿尸体，一百钱。"

"我们不是来寄顿尸体的。"刘克庄道，"这位是提刑司的宋大人，想找你问些事情。"

宋慈道："你是这城南义庄的看守吧？本月初五，府衙送来了一具女尸，在这里停放了一天一夜，你还记得吧？"

祁驼子吃完一块狗肉，把手伸进瓦罐，不顾汤水滚沸，捞起一块狗肉，又吃了起来，嘴里道："打听事情，两百钱。"

"啊呀，你这老头……"刘克庄道。

宋慈拦住了刘克庄，问道："那具女尸停放期间，可有人来到义庄，动过尸体？"

"记不得。"祁驼子随口应了一句，埋头大咬大嚼，再不理会宋慈和刘克庄。

宋慈知道，两三天前的事情，不可能忘得那么快，祁驼子这般样子，无非是想要钱。祁驼子嗜赌如命，只怕是把钱财输了个精光，连饭都吃不上，这才把自己养的狗都杀来吃了。他伸手入怀，摸出了钱袋。

刘克庄见状，道："让我来。"从怀中摸出一张行在会子，放在祁驼子身边，"老头，看清楚了，这可值五百钱。"

祁驼子把嘴一抹，手上汤水往破袄上一揩，拿起行在会子，独目放光。他把行在会子揣在怀里，不再吃狗肉了，把瓦罐盖子一扣，几脚将火踏灭，起身就要往外走。

刘克庄一把拉住祁驼子，道："你还没回答问话呢！"

"没人动过尸体。"祁驼子应道。

"那你还收我的钱？"刘克庄道，"把钱还来。"

祁驼子弓着驼背，手按在胸前，道："这是我的本钱，我的本钱，你不能抢……"

刘克庄觉得祁驼子不可理喻，道："我长这么大，还从没见过你这样占便宜的人。"

"当真没人动过尸体？"宋慈忽然问道。

"没有，没有……"祁驼子死死地按住胸前，"府衙来了人，运走了尸体，没人动过尸体。"

"你应该见过那具女尸吧，"宋慈又问，"尸体上可有伤痕？"

"有伤痕。"

"哪里有伤痕？"

"脖子。"

宋慈奇道："脖子上哪来的伤痕？"他记得虫娘的尸体从西湖里打捞起来时，脖子上并没有伤痕，此后他去长生房验尸时，虫娘的脖子上也没有验出任何伤痕。

祁驼子道："司理大人在这里验尸，我瞧见了的，脖子上有伤痕……司理大人悄声问我，怎么才能把伤痕弄没了……芮草融醋掩伤，甘草调汁显伤，司理大人居然连这都不懂……"说着要往外走，嘴里又道，"我的本钱，别来抢我的……"

"装疯卖傻想走，没那么容易。"刘克庄拉住祁驼子，说什么也不放手。

"克庄，我们回提刑司。"宋慈说了这话，忽然掉头往外走。

宋慈走得很急，刘克庄见状，对祁驼子道："老头，打听事情两百钱，你还欠我三百钱，你可记住了，我下次来找你拿钱。"松开了祁驼子，追着宋慈去了。

宋慈以最快的速度赶回提刑司，途中路过一家药材铺，买了一些甘草，让药材铺的伙计碾磨成末。一入提刑司，他直奔偏厅，来到虫娘的尸体前。他让刘克庄帮忙取来一碗清水，将甘草末倒入，混合搅拌，调成了一碗甘草汁。他将甘草汁均匀地涂抹在虫娘的脖子上，静候片刻，将甘草汁洗去，只见虫娘的脖子上赫然多出了两道淡淡的瘀痕。他伸出双手，对着这两道瘀痕翻来覆去地比画了几下，心下明了："虫娘是被人掐死的！"

这两道掐痕不长，尺寸也不大，然而完颜良弼生得膀大腰圆，他那粗大的双掌，与这两道掐痕根本不相符。

"原来韦应奎早就验出了虫娘脖子上的掐痕，明知这极可能是致命伤，却从祁老头那里问得遮掩尸伤之法，故意用芮草将掐痕隐去。只要有这两道掐痕在，完颜良弼就不可能是凶手，韦应奎这么做，想是为了迎合上意，将完颜良弼定罪。我一开始还以为是金国使团的人在尸体上动了手脚，想不到竟是韦应奎。韦应奎不是什么地位低下的仵作行人，而是堂堂临安府的司理参军，验尸草率也就罢了，居然知法犯法，遮掩尸伤！"宋慈想到这里，两腮微鼓，很少见地脸色铁青。

他转念又想："芮草融醋掩伤，甘草调汁显伤，居然真有这种遮掩尸伤的方法。祁老头只是一个义庄看守，他怎会懂得这些？韦应奎向他询问遮掩尸伤之法，似乎知道他很懂验尸之道。这个祁老头，看来不简单啊。"

刘克庄见宋慈神色数变，知道宋慈定然想通了什么重要关节。他关心虫娘的案子，问道："怎么了？是不是知道凶手是谁了？"

宋慈摇了摇头，盯着虫娘脖子上的掐痕，凝思片刻，忽然道："走。"

"去哪里？"刘克庄问。

宋慈应道："锦绣客舍。"他有了一些新的猜想，为了验证这些猜想，他必须走一趟锦绣客舍，这个此前他一直不想涉足的地方。

锦绣客舍位于太学东面，名字取锦绣前程之意，因为离太学很近，不少学子亲属和旁听求学之人常在此落脚。一些进京赶考的举子，心慕太学之风，也会来此处投宿。十五年前入临安参加殿试的宋巩，就是带着妻子和年仅五岁的宋慈住进了这里。如今十五年过去了，当宋慈又一次踏入锦绣客舍的大门，曾经那些满是鲜血的画面，不可避免地从记忆深处翻起，出现在他眼前。

与十五年前相比，锦绣客舍的瓦顶和槛墙皆已翻新，但整座客舍的规模大小并无变化，甚至连掌柜也还是当年那个叫祝学海的人，只是略微白了胡子，花了头发。宋慈和刘克庄踏入锦绣客舍的大堂时，映入眼帘的是明窗净几，一派井然有序之状。祝学海站在柜台后面，衣冠齐楚，浑身不见任何皱褶，便连胡子也梳得整整齐齐。

祝学海正在仔细地擦拭柜台，柜台已被他擦得干净发亮，可他还是在检查是否有还没擦到的地方。见来了客人，他仔细擦净了自己的双手，微笑着道："二位公子，是要投宿吗？"

"掌柜，行香子房可还空着？"宋慈问道。

"行香子房已有住客了。菩萨蛮、鹧鸪天、定风波，就剩这三间房还空着……"祝学海的话戛然中断，凑近了眼，看清宋慈出示的腰牌，上面"浙西路提刑司干办公事"的字样，令他喉咙一哽。

"我们是来查案的。"宋慈表明了来意。

"查案？"祝学海微微一愣。

"本月初四那天，行香子房应该有客人退过房。"宋慈问道，"掌柜对退房的客人可还有印象？"

"初四？退房？"祝学海想了想，回答道，"没记错的话，是一男一女两位客人，那位女客人的脸上还有文身。"

宋慈一听这话，知道祝学海说的两位客人是袁朗和妹妹袁晴，道："这两位客人，此前是一直住在行香子房吗？"

"是的。"

"他们住了有多久？"

祝学海取出账本，查看了记账，道："这两位客人是腊月十五住进来，正月初四走的，拢共住了有二十天。"

宋慈眉头一凝，拿过账本，仔细看了，上面清楚地记着袁姓客人二位，一男一女，从腊月十五入住，到正月初四退房。他暗觉奇怪，袁朗来临安是为了寻找失散多年的妹妹袁晴，按理说他找到袁晴后，就该尽快返乡，为何要在锦绣客舍住上二十天这么久呢？他又看了一眼账本上的花费，行香子房二十天里的各种开销，共计十八贯出头，只怕抵得上袁朗半年的工钱了。他问道："这两位客人住进来后，可有什么奇怪之处？"

"这两位客人是犯了什么事吗？"祝学海难忍好奇。

"没犯什么事。"宋慈道，"你只管回答我的问题，他们是否有什么奇怪之处？"

"奇怪之处倒是不少。"祝学海答道，"那两位客人投宿之时，我看他们衣着破旧，尤其是那位女客人，身上很脏，一大股酸臭味，像个乞丐，我一开始以为他们是来讨食的，哪知他们却要住上房，还提前付了好几天的房钱，后来不断加钱，前后一共住了二十天。那男客人自称姓袁，身子很壮实，说是在外干力气活，又说那女客人是他妹子，失散了多年，好不容易才找着了，他不想让妹子再受苦，所以才要了上房给他妹子住，又让每日的饭食都要做最好的，每晚都要送去热水给他妹子洗浴，常常深更半夜还要添一顿消夜，对他妹子真是好得没话说。那男客人每天早出晚归，但又担心他妹子出事。他妹子极怕见生人，这里也不大好使，"祝学海朝自己的脑袋指了一下，"他怕妹子再走失，每次出门时，都把房门从外锁住，不让任何人打开。早晚饭食都是他到大堂来取，再端进房去，中午也会特地赶回来一趟，亲自把饭食送进房……"

祝学海说到此处，身后忽然响起了一阵急促的脚步声，一个跑堂伙计从过道转角跑来，在柜台左侧的酒坛里打了一壶酒，又急匆匆要原路奔回。

"是哪间房要酒？"祝学海问道。

那伙计应道："行香子房。"

"那客人这么能喝，又要了一壶酒？"祝学海一边说着，一边拿起笔，在账本上记下了这笔酒账。

"可不是嘛。"伙计捧着酒壶，一溜烟地去了。

"掌柜，"宋慈道，"你方才的话还没说完。"

祝学海将账本仔细收起来，一边回想，一边接着道："那两位客人还有不少奇怪之处。在上房住了一夜，那男客人便说房中的棉被啊，水壶啊，浴桶啊，便桶啊，都是旧的，让全部换成新的。他那妹子浑身又脏又臭，我没有嫌弃他们，让他们住了进来，他们倒好，反倒嫌弃上房里的东西都是旧的。我这客舍经营多年，最注重的便是干净整洁，在这临安城中，那是有口皆碑的。不管是上房下房，只要住过客人，房中的物什该清洗的清洗，该擦拭的擦拭，都会打整得干干净净。行香子房中那些物什虽是旧的，可也只用过一两年，他们住进去之前，我还特意让伙计清理了一遍，哪有什么不能用的？我经营客舍二十多年，还是头一次遇到这么挑剔的客人。"说着摇起了头。

宋慈略作沉思，道："我想去行香子房看看，可以吧？"

祝学海面露为难之色，道："大人，行香子房已经有客人了，眼下是晚上，只怕……不那么方便。"

宋慈点了点头，祝学海还当宋慈能体谅难处，哪知宋慈点过头后，迈步就朝过道转角走去。

祝学海不由得一愣。

刘克庄早就习惯了宋慈的行事风格，笑道："掌柜，叨扰了。"紧随宋慈而去。

无须任何人引路，宋慈径直走过转角，去到过道的最里侧，那里有一扇微开的房门，门上挂着刻有"行香子"三字的木牌。房门之外，方才那个送酒的跑堂伙计，此时正猫着腰，朝门缝里偷偷地窥望。

　　刘克庄不知那跑堂伙计在看什么，走上前去，戳了戳那跑堂伙计的后背。那跑堂伙计惊了一下，回头见了刘克庄和宋慈，忙将房门拉拢，尴尬地一笑，匆忙退下了。

　　刘克庄狐疑地瞧了那跑堂伙计一眼，上前叩响房门，道："里面的客人，有事叨扰一下。"

　　房中无人回应。

　　刘克庄又问了两遍，房中还是无人应答。

　　刘克庄回头看着宋慈，宋慈点了一下头。

　　房门方才还微开着，可见并未上闩，刘克庄伸手一推，房门应声而开。

　　映入眼帘的是氤氲白汽，扑鼻而来的是淡淡清香，半开半闭的屏风上搭着衣裙，摆放酒盏的方桌旁是一只漆木浴桶，一个女子侧坐水中，酥肩外露，藕臂轻抬，正在洗浴。那女子伸出湿漉漉的手，柔荑般的手指钩住桌上酒盏，送到唇边，轻哼一声："躲在门外看不够，还要进来看吗？"

　　刘克庄顿时脸皮涨红。他之前听跑堂伙计说行香子房的客人要酒，还打了一壶酒送去，以为房中客人是在吃酒用饭，哪知竟是在洗浴，而且还是个女子。"对……对不住。"他忙侧过脸，急慌慌地退出房外，拉拢了房门。

　　宋慈就站在刘克庄身后，也看见了房中的这一幕。两人相视一眼，刘克庄神色极是尴尬，宋慈却是面不改色，上前又一次叩门，道："提刑司查案，冒昧打扰姑娘，还请姑娘行个方便。"

　　房中无任何回应，好半晌后才有水声响起，又过得片刻，"吱呀"一响，房门被拉开了。一个女子身披浅黄裙衫，发梢微湿，手把酒盏，目光在宋慈的脸上流转，声音一扬："提刑司？"

宋慈出示了提刑干办腰牌。

那女子看了看宋慈的青衿服，道："你是宋慈？"

"姑娘认识我？"

"闻听太学出了个会破案的学子，原来是你。"那女子打量宋慈，面含浅笑，"得见宋公子真容，长得也不过如此嘛。"

宋慈容貌稳重，本就谈不上英俊，对这话并不在意，倒是一旁的刘克庄听得莞尔一笑。

宋慈道："不知姑娘如何称呼？"

"身似何郎全傅粉，心如韩寿爱偷香。才伴游蜂来小院，又随飞絮过东墙。"那女子微笑道，"宋公子叫我韩絮就行。"

刘克庄一听韩絮所吟词句，乃是出自欧阳修的咏蝶词，借用何郎傅粉和韩寿偷香的典故，以蝴蝶比喻那些风流轻狂的美男子。这词句便是刘克庄也难以吟出口，居然从一妙龄女子口中吟出。他看着那女子，心中奇之，想到方才那女子沐浴饮酒的场景，暗道："此女名为韩絮，却是一点也不含蓄。"

宋慈别无他想，一腔心思都在查案上，道："韩姑娘，这间行香子房与一桩命案有关，牵连可谓重大，我可否入内查看一番？"

"宋公子说的是西湖沉尸案吗？"

"姑娘怎知？"

"苏堤验尸，鼎铛有耳，临安城谁不知道宋公子在查此案？"韩絮将手中酒盏递出，"难得与宋公子一见，也算缘分，何不饮了这一盏？"

宋慈只向酒盏看了一眼，并未伸手去接。

刘克庄笑道："宋大人不沾壶觞，姑娘要饮酒，我刘克庄可以奉陪。"接过韩絮递出来的酒盏，仰头一饮而尽。

韩絮淡淡一笑，道："既不好酒，那也不必勉强。"让到门边，酥臂一抬，"宋公子，请吧。"

宋慈这才踏入行香子房，环眼一望，房中布局与十五年前颇为相似，东西两侧墙壁上的题词还在，其中东墙上题着"问公何事，不语书空，但一回醉，一回病，一回慵。都将万事，付与千钟，任酒花白，眼花乱，烛花红"，西墙上题着"浮名浮利，虚苦劳神，叹隙中驹，石中火，梦中身。几时归去，作个闲人，对一张琴，一壶酒，一溪云"。这些词句出自苏东坡的两首《行香子》，都是脍炙人口的佳句。

锦绣客舍的房间皆以词牌为名，又请来书法好手，在房内墙壁上题写该词牌下的词作佳句，可谓别具一格。宋慈看着墙壁上的题词，想起当年旧事，心中郁郁。

此行是为查西湖沉尸一案，宋慈定了定神，开始在房中慢慢走动，四处细细观察。他将行香子房的角角落落都看遍了，并未有任何发现，却因房中一切宛如当年，心中总是念起旧事，想起死去的母亲，眼前渐渐模糊。他不想让人看见自己流泪，绕过屏风，来到窗边。窗户是支摘窗，中间的窗扇已经支起，窗外是一条人迹稀疏的小巷子。他背对着刘克庄和韩絮，好一阵才收住了泪水。

宋慈入临安太学求学，已将近一年光景，锦绣客舍距离太学那么近，他却从未来过这里，更别说进入这间行香子房了。他没有任何发现，不想再在房中多待，打算离开。

可就在即将走出房门之时，他忽然想到了什么，回过头去，目不转睛地盯着韩絮。

韩絮被宋慈瞧得有些不自在，轻轻咳了两声，以此提醒宋慈。可宋慈依然如故，盯着韩絮不放。韩絮觉得宋慈的目光有些奇怪，往旁边挪了两步，却见宋慈的目光并没有跟着自己偏移。她这才发现，宋慈并不是盯着她看，而是一直在看她身后的漆木浴桶。

宋慈似有所悟，忽然转身疾步出门。

"又走得这么急。"刘克庄倒是不忘礼数，向韩絮道，"多谢韩姑娘美酒。冒昧打扰，得罪之处，还请韩姑娘见谅。"执手一礼，方才出门。

宋慈疾步回到锦绣客舍的大堂，找到了柜台后的祝学海，道："掌柜，你方才说那袁姓客人将房中物什都换了新的，那换下来的旧物什，眼下都在何处？"

"全都清洗干净，放到其他房间使用了。"祝学海应道。

"浴桶放在何处？"

"大人，你到底是来查什么案子啊？"祝学海实在好奇不已。

宋慈却道："你只管回答我，浴桶放在何处？"

祝学海对客舍中的大小事情了然于胸，说浴桶放到了楼上的定风波房。

定风波房没有住客，宋慈立刻让祝学海带路前去。

定风波房虽是上房，但因为紧邻楼梯，声响嘈杂，算是上房中最差的一间，摆放的物件也比行香子房稍次，但收拾得极为干净整洁，几乎到了一尘不染的地步。当初从行香子房换下来的浴桶，此刻就放置在这里。宋慈凑近查看，浴桶的形状大小，与行香子房中的漆木浴桶一致，只是漆色稍显陈旧。他围着浴桶转起了圈，仔细地寻找着什么。

刘克庄看不明白宋慈在找什么，祝学海也看不明白，两人都站在宋慈的身后，极为好奇地望着宋慈。

宋慈仔细找了一圈，忽然指着浴桶边缘上一处地方，问祝学海道："这里是修补过吗？"

宋慈所指之处，漆色比周围稍显明亮，只有指甲盖大小，若不凑近细看，实难发现。祝学海凑过来看了，道："大人真是眼细，这里是修补过。"

"这里原本缺了一块？"

"是缺了一小块。"

"几时修补好的？"

"从行香子房搬出来后，我发现了浴桶上这处缺口，叫伙计找来木匠，粘上木片，又上了漆，这才将浴桶搬来了这间房。"

宋慈略作沉思，道："掌柜，借笔墨一用。"

祝学海回到大堂柜台，取来纸笔，交给宋慈。

宋慈将纸撕成条状，写上"提刑司封"四个大字，又署上自己的姓名，贴在定风波房的房门上。

祝学海吃了一惊，道："大人，你这是……"

"在我回来揭下封条前，这间房不许任何人进入。"宋慈道，"此事关系重大，还请掌柜切记。"

"记……记下了。"祝学海点了点头。

宋慈叫上刘克庄，出锦绣客舍，往东而行。

"现在又是去哪？"

"竹竿巷，梅氏榻房。"

梅氏榻房是一处货栈，供商旅寄放各类货物，也提供住宿，但大都是通铺，一间房住几人到十几人不等。来此落脚之人，大都是些货郎、脚夫，尤其是正月期间，持续十数日的灯会，吸引了众多外地商旅拥入临安，搬运货物的脚夫多了起来，做各种小生意的货郎也是随处可见。这些货郎、脚夫赚的都是辛苦钱，赚到钱也不舍得花，不肯住那些好的客邸旅舍，大都选择在一些货栈榻房的通铺落脚。

宋慈和刘克庄来到梅氏榻房时，榻房门口停着一辆马车，"驿"字木牌，三色吊饰，这是都亭驿的马车。马车内空无一人，周围也无人看守。宋慈和刘克庄相视一眼，快步走进了梅氏榻房。

此时已是戌时三刻，这个时辰，临安城内华灯四起，游人如织，正是货郎、脚夫们外出忙碌的时候，梅氏榻房内几乎走空，没剩下几个人。

宋慈找到一个榻房伙计，打听是不是有一对卖木作的父女住在这里。

"又是来找那对父女的？"那榻房伙计朝西头一指，"瞧见了吧，那边转过去，最尽头的房间就是。"

"还有人来找这对父女？"宋慈道。

"可不是吗？刚来了一拨人，才进去没多久。"

宋慈和刘克庄朝榻房伙计所指的方向走去，转过一个弯，刘克庄脱口道："果然是这帮金国人！"

两人的身前是一条过道，过道的尽头是一间通铺房，此时紧闭的房门外直挺挺地站着几人，皆非宋人打扮，而是金人穿着。这几个金国人，宋慈和刘克庄此前见过，是跟在赵之杰和完颜良弼身边的那些金国随从。

见宋慈和刘克庄到来，几个金国随从伸手阻拦，不让二人进入通铺房。

"你们可弄清楚了，这里是大宋临安，不是你们金国，还不赶紧让开。"刘克庄见几个金国随从无动于衷，打算硬闯。

宋慈拦住了刘克庄。金国随从在此把守，赵之杰和完颜良弼势必在这间通铺房内。他隔着房门，朗声道："赵正使，提刑司宋慈、太学刘克庄前来查案，还请开门。"

房内很快传出赵之杰的声音："让他们进来。"

几个金国随从这才打开房门，让宋慈和刘克庄入内。

通铺房内油灯昏黄，角落里一张简陋的床铺上，躺着神色委顿的桑老丈，面有愁容的桑榆坐在床边，身前立着赵之杰和完颜良弼。

这间通铺房可住十人，其余床铺都空着，住客都外出忙活了。桑老丈染病在床，桑榆为了照顾桑老丈，这两天一直留在梅氏榻房，没有外出摆摊做买卖，装有各种木作的货担，一直静悄悄地搁在房角。

桑榆已从说话声中听出是宋慈，眼见宋慈进来，愁容为之一展。

宋慈来到床铺前，看望了桑老丈，见桑老丈脸色蜡黄，数日不见，仿佛苍老了许多，知他病得不轻，道："克庄，你找个榻房伙计，去刘太丞家请大夫来。"

刘太丞家是临安城北的一家医馆，医馆主人曾在翰林医官局做过太医丞，一向以医术精湛著称。桑老丈这几日患病卧床，通铺房内一些住客关心他的病情，曾提到城北的刘太丞医术高超，药到病除，叫他去刘太丞家看病。可桑老丈听说刘太丞家看病很贵，说什么也不肯去，只让桑榆到附近的药铺抓了些药，哪知吃过药后不见好转，反而病得越发严重。此时听宋慈说要去刘太丞家请大夫，他老眼中透出急色，颤抖着摆手，道："使不得……"

宋慈明白桑老丈心中所忧，道："老丈放心，这看病的钱我来出。"

桑老丈更是摇头："公子，不可……"

"老丈是建阳人吧。"宋慈缓缓说道，"不瞒老丈，我也是建阳人，以前在建阳县学门前，还与老丈有过一面之缘，只怕老丈不记得了。"说话间，一旁的刘克庄已快步出门，很快返回，向宋慈点了点头，示意已差榻房伙计去刘太丞家请大夫了。

桑榆怕桑老丈着凉，将他的手放回被窝里，比画了睡觉的手势，让他安心将养，又起身向宋慈和刘克庄行礼，比画手势道了谢。

宋慈道："桑姑娘不必客气。"

"闻听宋提刑今日身陷囹圄，想不到这么快便全身而退，还能在这梅氏榻房中见到。"赵之杰忽然道，"世上的事可真巧，赵某不管去到何处，似乎总能见到宋提刑。"

宋慈这时才向赵之杰行礼，道："见过赵正使。"

完颜良弼见宋慈只对赵之杰行礼，却不对自己行礼，冷冷哼了一声。

"宋提刑既是来查案，"赵之杰让开一步，将床铺前的位置空了出来，"那就请吧。"

宋慈却站在原处没动，道："赵正使请便。"

两人正容亢色，隔着一步之遥，对视了半响。

赵之杰忽然淡淡一笑，站回床铺前，向桑老丈道："老人家，你方才说到，初四那晚虫娘下马车时，清波门外有人起了争执，那是怎么回事？"

桑老丈声音虚弱，断断续续地讲了起来，原来初四那晚有车夫推着车从清波门出城，不小心与一个进城的挑担货郎发生了磕碰。那货郎原本和桑氏父女一样，也是在城门口摆摊，旁人都唤他黄五郎，卖的是拨浪鼓、风车、花篮、木花鲈等小玩物，可生意实在不大好，便把货物收拾了，对桑老丈和桑榆道："这里生意也不好做，我先回去了，看来下回还是要去老地方才行啊。"挑上担子，打算回城歇息。他与出城的推车这一磕碰，担子上好几样货物掉在了地上，且有一两样货物摔坏了。黄五郎身形瘦削，脾气却大，拦住推车不让走，定要车夫给个说法。那车夫身子强壮，反倒一点也不蛮横，不住口地赔不是，还要给货郎赔钱。两人口音相似，这一争执，彼此问起故里，才发现竟是同乡，又各自卷起袖子露出左臂，臂膀上竟有相同的太阳状文身。黄五郎顿时红脸变笑脸，说什么也不肯收那车夫的钱了，一场争执就这么化于无形。两人各走各的路，一个出城，一个入城。就在这时，都亭驿的马车经过，忽然在清波门外停下，虫娘从马车上下来了。

赵之杰道："你说的这辆推车，可是加了篷子，铺了被褥，上面还睡着一个人？"

桑老丈点了一下头。

赵之杰又问："推车上所睡之人，可是个女子，脸上有文身？"

桑老丈奇道："你怎么知道？那姑娘原本……在篷子里睡觉，闹争执时，她探头出来看发生何事，我瞧见了她的模样……我当时还觉得奇怪，哪有女人在脸上文身的……"他身子虚弱，稍微多说一些话，便要喘上一两口气。桑榆守在他身边，神色尽是担忧。

赵之杰问到此处，转过头来，朝宋慈看了一眼。

宋慈来到梅氏榻房，本就是为了找桑榆和桑老丈，打听初四那晚两人在清波门外是否另有见闻。他记得之前送桑榆出府衙时，问桑榆是否在清波门看见过韩府的家丁，当时桑榆比画手势，说她没看见过家丁，只看见了一些货郎和车夫。他想到袁朗带妹妹袁晴出城时，正是推着一辆推车，所以想来问问桑榆和桑老丈当晚有没有看见过袁氏兄妹，此时一听桑老丈的回答，便知道与黄五郎发生争执的车夫就是袁朗，那个脸有文身的女子则是袁晴。他没想到赵之杰打听的方向与自己一致，也向赵之杰看了一眼，但没作其他表示，继续默不作声地站在一旁。既然赵之杰所问方向与自己相同，那他只需继续旁听下去即可。

上次在熙春楼的侧门外，是宋慈向袁朗盘问，赵之杰和完颜良弼始终站在一边旁听，刘克庄还曾因此事着恼。这一次却是赵之杰各种提问，宋慈和刘克庄在一旁堂堂皇皇地听着。

"你们两个不走，杵在这里做什么？"这一次轮到完颜良弼表达不满了。

"这里是我大宋土地，我等皆是大宋子民，爱在哪里，便在哪里。"刘克庄道，"几时轮到你一个金人来管？"

完颜良弼怒而上前，却被赵之杰拦下了。赵之杰有信心凭自己的真本事破案，不怕宋慈旁听，道："老人家，虫娘下马车后，你可有看见她往何处去了？"

"没太留意，但肯定没回城……"桑老丈答道，"我就在城门边上摆摊，望着城门下进进出出的人，就盼着能有客人来照顾生意……那姑娘若是回城，我定会瞧见的……"

"没回城，那就是出城了，你只是没瞧见她出城后去了哪个方向？"赵之杰道。

桑老丈点了点头。

赵之杰想了想，道："老人家，打扰了。"转过身，似乎想到了什么，急着要走。

"赵正使，我有一事相询。"宋慈忽然道。

赵之杰脚步一顿，道："什么事？"

"本朝有一将军，名叫虫达，曾在六年前背国投金。"宋慈道，"赵正使可知此事？"

听到"虫达"的名字，宋慈身后的桑榆忽然神色一怔，卧病在床的桑老丈则是微微颤了颤眉。

赵之杰反问道："宋提刑为何打听此事？"

"只是好奇。"

"此事我不清楚。"

"完颜副使久在兵部，"宋慈知道完颜良弼是金国的兵部郎中，转而向完颜良弼问道，"想必知道此事吧？"

"虫达？"完颜良弼随口道，"没听说过这号人。"

"虫达原是池州御前诸军副都统制，完颜副使当真没听说过？"

"没听说过，就是没听说过。"完颜良弼口气不悦。

赵之杰不愿留下来过多纠缠，道："宋提刑，就此别过。"快步往外走去。完颜良弼哼了一声，招呼上门口把守的几个金国随从，随赵之杰一并去了。

刘克庄瞧着赵之杰等人的背影，道："这帮金国人，在临安地界上，竟如此横行无忌。"

宋慈来到桑老丈身边，道："老丈，你方才说，那叫黄五郎的货郎，与那车夫口音相似，是同乡？"

桑老丈点了点头。

一旁的桑榆神色已经恢复如常，也跟着点起了头，当晚她也听到了两人争执，口音的确很相似。她比画手势，朝右手边的墙壁指了指。

刘克庄一头雾水，完全看不明白桑榆在比画什么。宋慈却道："你说黄五郎也住在这里，就住在隔壁？"

桑榆点了点头。

宋慈立刻便要往隔壁去，桑榆却连连摇手，用手势比画着，不久之前黄五郎来到这间通铺房，叫上几个在同一条街上做买卖的货郎，挑上各自的担子，一同结伴出去做买卖了。

"你可知黄五郎在何处做买卖？"宋慈问道。

桑榆点了一下头。

"我有一些事要找这个黄五郎打听，还请桑姑娘带我去找他。"

桑榆向桑老丈看去。她知道宋慈不认识黄五郎，通铺房里认识黄五郎的人都走光了，眼下只有她能带宋慈去找人，可桑老丈卧病在床，留桑老丈一人在这里，无人照看，她实在不大放心。

刘克庄看出了桑榆的担忧，微笑道："你们去吧，我留在这里照看老丈。刘太丞家的大夫来了，我就让大夫给老丈看病，姑娘只管放心。"话未说完，已在床边坐了下来。

桑老丈感激宋慈为他请大夫看病，也道："榆儿，你去吧……"

桑榆比画手势示意她去去就回，又替桑老丈仔细地掖好被子，这才与宋慈一道离开。

从梅氏榻房出来，桑榆沿着竹竿巷往东而行。快到巷口时，路边出现了一家脚店。宋慈原本跟在桑榆的身侧，这时忽然停下了脚步。

桑榆见宋慈望着路边的脚店，也好奇地转头望去，只见那家脚店门前竖着一块招牌，上面写着"朱氏脚店"四字。她不知道宋慈在看什么，等了片刻，见宋慈仍然一动不动，于是伸出手，在宋慈的眼前晃了晃。

宋慈回过神来，道："桑姑娘，初四那晚从推车上探头出来，脸上有文身的女子，当时你也瞧见了吗？"

桑榆点了点头。

"你随我来。"宋慈迈步就往朱氏脚店里走。

桑榆心中奇怪，心想宋慈明明是要去找黄五郎，为何突然进路边的脚店？她跟了进去，见宋慈找到店家，打听店中有没有脸上有文身的女子入住。

"我丢了盘缠，住不起锦绣客舍，就在附近竹竿巷的朱氏脚店找了间便宜的房，让妹妹住下了。"宋慈记得袁朗曾说过的话，他走进这家朱氏脚店，就是为了见一见袁朗的妹妹袁晴。

店家朝右侧角落里的房间指了一下，道："是有个满脸文身的女人，就住在那边。不过房门已经上了锁，是房中客人自个儿锁上的，你进不去的。"

宋慈去到那间房外，果然见房门上挂着一把锁。这一点和宋慈在锦绣客舍打听到的情况一样，知道是袁朗自己上的锁，以防袁晴再次走失。他见门缝里透着光，于是凑近门缝，朝房内瞧了瞧。房内极为狭小，陈设简陋，只一桌一床而已，连窗户都没有，比之锦绣客舍有着天壤之别。在小小的方桌上，一灯如豆，昏暗的亮光照见了一个半趴在桌上的女人。那女人正在拨弄茶壶盖子，茶壶盖子在桌上翻转落定，弄出一阵嘎啦啦的响声。她就那么趴着，不厌其烦地反复拨弄茶壶盖子，像一个两三岁的孩童，把玩着一件极好玩的玩具。

房中女人是朝里侧趴的，宋慈瞧不见她的面容。他想了一想，抬手敲响了房门，想看看那女人是何反应。

敲门声一响起，那女人便如针扎一般，丢了茶壶盖子，蹿到床上，缩在床角，拉起被子裹住自己，很是惊怕地盯着房门方向。被她丢掉的茶壶盖子，在桌上滚动了半圈后，摔落在地上，碎成了好几瓣。

宋慈这一下看清了，那女人脸上布满了青黑色的文身，文身呈波纹状，应该就是袁朗曾提到的泉源纹，那女人自然便是袁晴了。文身太过绵密，颜色又极浓，袁晴只剩一对眼睛露在外面，一张脸看起来奇丑无比。

宋慈让桑榆过来，透过门缝瞧了一瞧。

"是初四那晚推车上的女子吗？"

桑榆点了点头，指了指自己的脸，意思是她认得袁晴脸上的文身。

宋慈微微凝眉，暗想了片刻，没再惊扰袁晴，离开了那间房，让桑榆带他去找黄五郎。

黄五郎在竹竿巷东面一条大街的街尾摆摊，这地方离熙春楼不远，街上满是花灯，吸引来了众多游人，这使得他今晚生意不错，收入颇丰。他笑容不断，一口外凸的黄牙很是显眼。他看见桑榆远远走来，笑着挥手打招呼。他本以为桑榆是要去附近的药铺抓药，只是从这里路过，没想到桑榆径直来到他的货担前，停住了脚步，又指了指身边跟着的宋慈。

宋慈出示了提刑干办腰牌，请黄五郎到一旁人少的角落里说话。

黄五郎不知道自己摊上了什么事，有些愣住了。桑榆向黄五郎比画手势，示意宋慈是好人，让他放心跟着宋慈去，她留在这里代为照看货担的生意。黄五郎想了想这段时间自己在临安的经历，似乎没犯过什么事，但还是心中惴惴，跟着宋慈来到了一旁的无人角落。

"你不是汉人吧？"宋慈问道。

"我是琼人。"黄五郎应道，"我可没犯过事啊。"

"你把左手的袖子卷起来。"

"卷袖子做什么？"黄五郎一边问着，一边卷起了袖子，很快露出了左臂上一团青黑色的文身。这团文身形似太阳，想是年月久了，颜色已略有些淡，与袁朗左臂上的文身极为相像。

"这处文身是什么意思？"宋慈指着黄五郎的左臂问。

"这是宗族纹。"

"宗族纹？"

"我们琼人有很多宗族分支，各宗族都有自己的宗族纹，族人要把宗族纹文在身上。"

宋慈的目光落在黄五郎的脸上，道："我之前有见过一些琼人，会在脸上文身，为何你没有？"

"你说的是打登吧。"黄五郎道，"我们琼人只有女人才打登，到十二岁就绣面，在脸上文一些谷粒纹、泉源纹、树叶纹之类的。男人都不打登绣面，只文宗族纹。各宗族有自己崇拜的东西，有的是蛙，有的是蛇，有的是虫，崇拜什么就文什么。我们这一支崇拜的是日月，男人在手上文太阳，女人在腿上文月亮，平时只要见到宗族纹，就知道是不是自己宗族的人。"

宋慈眼神一变，仿佛猛然间想通了什么事。他提起初四那晚黄五郎与袁朗发生争执一事，道："听说你与那车夫是同乡？"

"是啊，那车夫姓袁，和我一样，也是从琼州来的。他也是琼人，还和我文着一样的宗族纹，我们祖上是同一支宗族的。他说来临安是为了找自己失散多年的妹妹，如今好不容易找到了，赶着带妹妹回琼州与爹娘团聚。"黄五郎感慨道，"能在这临安遇到同乡同族，那真是太有缘了。我同他约好了，等以后我回了琼州，定要抽空去找他。"

就在这时，远处忽然传来一阵嘈杂声，过往游人都转头望去，只见一群身穿金国服饰的人在大街中央招摇过市，一边走一边齐声高喊："西湖沉尸一案，已由金国正使查破，明日一早，府衙破案！"喊完一遍，又喊第二遍、第三遍……如此不断地高喊，唯恐沿途游人不知。

这群身穿金国服饰的人，正是不久前离开梅氏榻房的金国随从，他们中间是一辆缓缓行驶的都亭驿马车。

宋慈皱了皱眉，迎了过去，当街而立，拦住了马车的去路。

这些金国随从都认得宋慈，立刻有人去到车窗下，向车内禀报了情况。很快车帘撩起，赵之杰探出身子，道："宋提刑，你这是何意？"

车帘撩起的一瞬间，宋慈已看清马车内除了赵之杰外，还有完颜良弼，以及双手被绑住、耷拉着脑袋的袁朗。他知道赵之杰一直在追查虫娘沉尸一案，看来赵之杰已然认定袁朗是凶手，这才要将袁朗抓走。他道："赵正使刚才急着走，是赶着去熙春楼抓人吗？"

"不错，我已抓到了凶手，可惜宋提刑来迟一步。"赵之杰微笑道，"明日巳时，临安府衙，赵某恭候宋提刑大驾。"说罢手一挥，坐回车内。几个金国随从不再客气，一把将挡路的宋慈推开，护着马车前行，一边继续高喊，一边往远在城南的都亭驿而去。

宋慈被推了个趔趄，赶来的桑榆忙扶住了他。桑榆很是气恼，瞪了那些金国随从一眼。宋慈却不以为意，也不打算再去问黄五郎，道："桑姑娘，我们回去吧。"

两人沿着来路而回，这一次宋慈的步子快了不少，似乎有些着急。

没过多久，两人回到了梅氏榻房。

通铺房中，一个长须花白但面色红润的老先生正在给桑老丈诊脉，身旁还立着一个梳着单髻的药童。这老先生便是以医术精湛而著称的刘太丞。

"怎么了？"刘克庄从宋慈走进房中的步子，已看出宋慈有些起急。

宋慈不作解释，叫刘克庄跟着他走。离开之前，他没忘记把钱袋留给桑榆，用来付刘太丞的诊金。他给出钱袋后，不由得稍稍迟疑了一下。他很罕见地觉得自己有些过于着急了。这个钱袋一面绣着兰草，一面绣着竹子，是桑榆一针一线亲手绣上去的，那个用红绳系了千千结的竹哨，此刻还放在钱袋之中。他应该把里面的钱留给桑榆，自己留下钱袋和竹哨的。可钱袋是他亲手给出去的，实在不好意思又立马要回来，只好向桑榆和桑老丈告了辞，有些急着逃离似的离开了梅氏榻房。

宋慈带着刘克庄，直奔同一条巷子里的朱氏脚店，来到了袁晴所住的房间外。

房门依然锁着，透过门缝，能看见袁晴又回到了桌边，只不过茶壶盖子已经摔碎，她没法再拨弄着玩，而是玩起了油灯，不时地吹一口气，看火苗偏偏倒倒。

刘克庄记得以前查问袁朗的事，道："里面是袁朗的妹妹？"

宋慈点了点头，将刘克庄拉到一边，说了袁朗被赵之杰抓走一事。

"这帮金国人真是无法无天，竟敢在临安城里抓人。"刘克庄甚是不满，"那赵之杰当自己是大宋提刑吗？"

"袁朗被抓，他妹妹无人守护，我怕出什么问题。"宋慈道，"今晚我就住在这朱氏脚店，不回太学了。"

"那我也不回去，陪你一起……"

宋慈却摇头道："我还有更重要的事，需要你去做。"

"什么事？"

"还记得上回在净慈报恩寺后山开棺验骨的事吧？"

刘克庄不明白宋慈为何提起这件事，道："记得。"

宋慈凑近刘克庄耳边，小声说了几句话。

刘克庄皱起了眉头，道："又找那群人做什么？"

"现下还不能告诉你，明天你就知道了。"宋慈道，"快去吧。"

"每次都卖关子。"刘克庄微微一笑，"也罢，我这便去。"

刘克庄走后，宋慈没有找店家要房间，而是在大堂里找来两条长凳，拼在一起，算作一张简易的床。他打算今晚就睡在大堂，守在袁晴的房门外。他身上只剩下十来文散钱，一起付给了店家，算是借宿一夜的费用。店家见他穿着太学生的衣服，以为他是落魄学子，没赶他走，还给他抱来了一床被子。

宋慈将被子铺开在凳子上，在上面半躺半坐，身边不时有住客来来去去，他全不理会。如此过了不知多久，刘克庄回来了。

"这里有我就行，你回太学休息吧。"宋慈道。

"可别以为我是回来陪你的。"刘克庄道，"有人找到太学去，非要见你，我才带他来的。"

"谁要见我？"

刘克庄身子一让，身后走出一人，一身武学劲衣，剑眉朗目，却是叶籁。

第九章

两位特殊的人证

刘克庄嘴上说不陪宋慈，实则却待在朱氏脚店不肯走，搬来两条长凳拼作床，就在大堂里陪了宋慈一夜。

这一夜两人交替睡觉，轮流看着袁晴的房间，一夜相安无事。

天亮之后，宋慈凑近房门，透过门缝往里瞧，袁晴还好好地睡在里面。他找来店家，这才亮出提刑干办腰牌，表明了自己的身份，让店家找人将房门上的锁撬开。锁撬开之后，他又吩咐店家做好早饭，送入袁晴房中，让昨晚就没吃饭饿了一夜的袁晴填饱了肚子。做完这一切后，眼看离巳时不远，宋慈与刘克庄带上袁晴，准备前往府衙。

一出朱氏脚店，面对来来往往的行人，袁晴又惊又怕，瑟瑟缩缩，不敢迈脚。宋慈和刘克庄只好在朱氏脚店里雇了一顶小轿，抬着袁晴，朝府衙而去。

抵达府衙时，公堂大门外已是人满为患。金国使团昨晚沿街高喊，赵之杰今早将在府衙破西湖沉尸案的事，已是一传十十传百，到了尽人皆知的地步。发生在大宋临安的命案，破案的不是府衙，也不是提刑司，而是一个金国外使，这令许多市井百姓大感好奇，一大早便聚集到府衙看热闹。

不仅众多市井百姓来了，贵为当朝太师的韩侂胄也来了，此刻正坐在府衙公堂的侧首。他身旁是披坚执锐贴身护卫的夏震，以及一脸不耐烦却又不得不老老实实站着的韩珍。西湖沉尸案与韩珍有莫大关联，昨晚赵之杰特地派人前往韩府告知破案一事，请韩侂胄和韩珍今早到府衙旁听此案。赵师睪当堂而坐，时不时望一眼府衙大门，再看一眼韩侂胄的脸色。韦应奎立在下首，感受到公堂上的凝重气氛，大气也不敢透一口。

韩侂胄瞧见宋慈来了，脸色微微一沉。他将西湖沉尸案交给宋慈查办，本意是要查实完颜良弼杀人之罪，名正言顺地整治倨傲无礼的金国使臣，替皇帝赵扩出一口恶气，可到头来破案的不是宋慈，而是金国正使赵之杰，反倒让这帮金国使臣大出了风头。此事迟早会传入宫里，迟早会传入赵扩耳中，韩侂胄自然高兴不起来。

"见过韩太师。"宋慈上前行礼。

韩侂胄没作任何回应。赵师睪察言观色，板着一张肥厚的脸，道："宋提刑，韩太师如此看重你，将这么一起牵连重大的要案交由你查办，你倒好，不用心彻查此案，却去追查其他无关紧要的案子，倒让一个金国外使先破了案。"

宋慈看了一眼赵师睪，赵师睪的身后是一堵屏风墙，屏风墙上海浪翻涌，礁石立于其间，岿然不动，可谓气势磅礴，再往上是一块"明镜高悬"的匾额，黑底金字，庄严肃穆。他微一摇头，道："人命关天的案子，最重要的是查出真相，使真凶罪有应得，还枉死之人公道。至于案子是谁所破，真相是谁查出，并不重要。"

赵师睪却道："对你而言，或许是不重要，于我大宋，这却是莫大耻辱。"顿了一下又道，"听说赵之杰从熙春楼抓走了一个名叫袁朗的厨役，那袁朗真是杀害虫娘的真凶？"

宋慈道："赵正使既已破案，是不是真凶，等他来了，自然便知。"

赵师睪哼了一声，道："巳时早已到了，那赵之杰怎的还不来？"

话音刚落，府衙大门外忽然喧声四起，一辆都亭驿的马车由十几个金国随从护卫，大张声势地驶来。马车停稳后，车帘掀起，从车上下来三人，分别是一身红衣的赵之杰，满脸傲色的完颜良弼，以及被双手反缚的袁朗。十几个金国随从当先开道，赵之杰在前，完颜良弼押着袁朗在后，穿过围观人群，向府衙公堂而来。

当踏上公堂外的台阶时，袁朗忽然在围观人群中看见了袁晴。袁晴被刘克庄带在身边，站在台阶左侧的围观人群里。一直神色委顿的袁朗，整个人顿时为之一振。袁晴也看见了袁朗，如同闹市中走丢的孩童突然瞧见了亲人，惊惊怕怕的眼中流露出激动之色，想要挨近袁朗，却被刘克庄一把拽住。

袁朗冲袁晴连连摇头，示意她不要过来。他被完颜良弼从背后狠狠地推了一把，身不由己地进入了府衙公堂。

"韩太师、赵知府，金国正副使赵之杰、完颜良弼，在此有礼了。"一入公堂，赵之杰便往正中央一站，向韩侂胄和赵师睪简单行了一礼，又朝站在一旁的宋慈看了一眼。

赵师罩道："赵正使，今日贵国使团北归，西湖沉尸一案，就不劳你费心了，还请将嫌凶移交府衙，本府自会查清本案，依律处置。"

赵之杰却道："临安境内发生命案，自该归临安府衙查办，将凶犯交由赵知府处置，原是理所应当之事。可本使就怕将这凶犯一交，今日我金国使团可就北归不了了。"

"赵正使这是什么话？西湖沉尸一案，牵连完颜副使，本府自然要查个清楚明白，以免旁人对完颜副使说三道四。只要这案子查清，虫娘之死确与完颜副使无关，贵国使团北归自然无人拦阻。"

完颜良弼怒从心起，瞪视赵师罩："上次在这府衙之中，当着你的面，早已证实我与此案无关，如今你还来说这种话！"

"案子未结清之前，谁都有可能是凶手。"赵师罩慢条斯理地道，"副使若与此案无关，犯不着这般心急火燎。"

完颜良弼听赵师罩说来说去，都是在暗指他便是凶手，更加恼怒，正要还口，赵之杰却道："副使，今日你我来此，是为侦破西湖沉尸案，揪出真凶，其他的事，无须多费唇舌。"他转过身，面朝公堂外围得水泄不通的市井百姓，声朗音正地道："本月初五，西湖苏堤南段，打捞起了一具女尸。死者名叫虫怜，年方二八，是熙春楼一位刚开始点花牌的角妓，生前被人唤作虫娘。"目光一转，落在韩珍身上，"据我查问所知，虫娘首次点花牌是在本月初二，这位韩公子当天前往熙春楼，想点虫娘的花牌，却未能点成，由是生怨。初三夜里，韩公子又去了熙春楼，这一次强行点了虫娘的花牌，想要当众羞辱虫娘，却又遭他人插手，替虫娘解了围，由是更增怨恨。接下来的初四夜里，虫娘欲同青梅竹马的情人夏无羁私奔，途经丰乐楼时，被楼上喝酒的韩公子瞧见了。韩公子派家丁将虫娘抓上丰乐楼，意图报复，迫得虫娘跳窗出逃。韩公子，我说的这些事，都是真的吧？"

韩珍冷冷一哼，没有应话。

"虫娘跳窗出逃时，正好遇上了乘马车经过的完颜副使。"赵之杰看向完颜良弼，"完颜副使，当晚你见到虫娘时，虫娘是何模样？"

完颜良弼道："当时虫娘从楼上跳下来，摔伤了膝盖，披头散发，衣裙被撕破了，半只袖子也没了，看起来像是刚遭人欺辱过。她神色惊慌，说有人要害她，求我救她。"

"虫娘被韩公子抓入丰乐楼后，有没有遭受欺辱，我不敢妄下断言。"赵之杰道，"但据我所知，虫娘尸体阴门处有损伤，再加上她逃出丰乐楼时披头散发，衣裙破裂，她在丰乐楼上的遭遇，可想而知。"

韩珍听赵之杰一上来便说道自己，一直强行忍着，听到此处，实在忍不下去，道："虫娘之死与我毫不相干，你这金国蛮子，少来……"

"住口。"长时间沉默无声的韩侂胄，忽然吐出了这两个字。

韩珍把没说完的话咽了下去，恨恨地瞪了赵之杰一眼。

"赵正使，犬子无知，多有冒犯。"韩侂胄声音沉稳，"你接着说。"

赵之杰道："韩太师客气了。韩公子方才的话，倒也没有说错，虫娘之死确与他无关。当时韩公子派家丁追赶虫娘，完颜副使故意指错了方向，让那些家丁追去了涌金门，完颜副使则将虫娘藏在马车上，从南边的清波门入城，由此让虫娘逃过了一劫。可是入清波门时，虫娘却突然要求马车停下，接着便自行下车离开了。虫娘下车时又是何模样，完颜副使，你还记得吧？"

"当然记得。"完颜良弼应道，"虫娘一路上不断掀起车帘向后张望，生怕有人追来，等马车到清波门时，她突然要下车。她原本惊魂不定，很是担惊受怕，下车之时，却突然笑了，看起来倒很高兴。"

"你是说，虫娘下马车时，脸上带有喜色？"

"是啊，她面带喜色，弄得我好生费解，一直觉得奇怪。"

赵之杰却微微摇头："不奇怪。"

"不奇怪？"完颜良弼不解。

"是啊，人在遭遇困境、身陷绝望之时，倘若突然看见一个深为信赖的人，理所当然地以为自己能从此人身上获得救助，脸上流露出喜色，表现出高兴，又有什么可奇怪的呢？你说是吧，袁朗。"赵之杰说完这话，目光一转，看向一直被完颜良弼押着的袁朗。

袁朗一直低着头，什么话也不说，哪怕被赵之杰叫到了名字，依然没有任何反应。

赵之杰指着袁朗道："这位袁朗，是熙春楼的厨役，熙春楼中有一角妓，唤作月娘，与他关系非同一般。虫娘在熙春楼时，与月娘情同姐妹，因为袁朗与月娘的关系，虫娘一直将袁朗视作值得信赖的人，两人之间私交甚好。虫娘准备与夏无羁私奔时，为了将自己留在熙春楼中的金银首饰取出来，找到了这位袁朗相助。"他抬起双手，在身前一环，"这么一大包金银首饰，都是经袁朗之手收拾好的，足见虫娘对袁朗有多么放心。虫娘还曾对夏无羁说过，熙春楼中只有袁朗肯真心实意地帮她，还会替她保守秘密，不对鸨母透露她私奔一事。虫娘对袁朗如此信任，途经清波门时正是因为看见了袁朗，她才会突然面露喜色，自行下车，去寻袁朗相助。"

"袁朗，初四那晚，你可是在清波门？"赵师睪听到这里，向袁朗问道。

袁朗仍是不应声，便如没听见一般。

赵师睪"咦"了一声，道："问你话呢，你是哑巴吗？赵正使，你说这袁朗当时在清波门，可有凭证？"

"梅氏榻房有一对桑姓父女，初四那晚在清波门外摆摊做买卖，在虫娘下马车之前，他们刚刚瞧见了袁朗经由清波门出城。"赵之杰说到这里，看向宋慈，"昨晚我去梅氏榻房找桑姓父女查证时，宋提刑也在场。宋提刑，你觉得有没有必要现在派人去梅氏榻房，将这对桑姓父女请来府衙当堂对质？"

梅氏榻房与临安府衙一北一南，相隔甚远，桑老丈卧病在床，桑榆要留下照看，将两人请来府衙当堂对质，实在多有不便，又太过耽搁审案时间。宋慈知道赵之杰说这话，意在激他开口，于是道："袁朗，初四那晚你带着妹妹袁晴出城，是走的清波门吧？"

袁朗无论是面对赵之杰，还是面对赵师睪，始终一言不发，不作任何反应。此时宋慈一开口，他虽未出声，却点了点头。

"看来还是宋提刑的话管用。"赵之杰微微一笑，随即恢复了正色，"袁朗与妹妹失散多年，来临安就是为了寻找妹妹，他好不容易找到了，于是辞了熙春楼的活计，打算带妹妹回乡，当晚推着一辆车，载着妹妹出城，沿西湖南岸而去。虫娘看见袁朗后，下马车去寻袁朗相助，自然也是去了西湖南岸的方向。当时已是深夜，天色又黑，西湖南岸已没什么行人。袁朗见到虫娘后，非但没有帮助虫娘，反而将虫娘杀害，绑上石头，沉尸于西湖之中。"

赵师罩奇道："你刚才不是说，袁朗与虫娘私交很好吗？现在却又说袁朗杀害了虫娘？"

"完颜副使救助虫娘时，曾看见虫娘戴着珍珠耳坠，后来我又查到，虫娘生前随身带有一个荷包，那是她和夏无羁的定情之物，她常在荷包中放有珍珠。可是虫娘的尸体被打捞起来时，珍珠耳坠不见了，荷包中也空无一物，身上找不到半点钱财，由此可见，此案极可能是劫财杀人。"赵之杰看着袁朗，加重了语气，"袁朗当天曾替虫娘收拾过金银首饰，那么一大包金银首饰，任谁见了都会眼红。当时深夜无人，又是在城外，再加上虫娘已与夏无羁分开，一个人孤独无助，袁朗于是滋生恶意，起了歹心，要虫娘交出那一大包金银首饰。可那些金银首饰都在夏无羁那里，不在虫娘身上，虫娘如何交得出来？袁朗求财不成，恐事情败露，于是一狠心，杀了虫娘灭口，又将虫娘身上仅有的财物洗劫一空，最后抛尸于西湖之中。他以为虫娘的尸体绑上石头，就会永沉湖底，不被人发现，却不想只过了一夜，苏堤上就有渔翁钓起了虫娘的荷包，认识虫娘荷包的宋提刑又恰巧经过苏堤，这才阴差阳错地发现了虫娘的尸体。发现尸体的消息很快传开，袁朗知道后，心中害怕。他刚辞去熙春楼的活计，虫娘紧跟着便死了，两人还在同一时段经过了清波门，说不定官府会把虫娘的死与他的离开联系在一起，怀疑他与虫娘的死有关。于是他不敢走了，假装盘缠丢失，又返回熙春楼干活，打算过上一段时间，等风声过了，再离开临安。"

讲到这里，赵之杰伸手入怀，取出一张折叠好的纸，道："昨晚我带人去熙春楼，将袁朗带到都亭驿，一番审问之下，他无从抵赖，已经认罪。这是经他亲手画押的供状，赵知府请过目吧。"同时将供状展开，伸在空中。

赵师罨朝韦应奎看了一眼，韦应奎立刻上前，接过供状，呈了上去。供状上详细记录着袁朗杀害虫娘的经过，最末处有袁朗的画押。赵师罨看过后，又让韦应奎将供状呈给韩侂胄过目。

韩侂胄粗略看了一遍供状，朝袁朗斜了一眼。他没看出袁朗身上有任何外伤，可见赵之杰审问时并未用刑逼供，袁朗又没有喊冤叫屈，反而一直低着头不说话，一副早已认罪的样子，由此可见，赵之杰所查只怕都是事实，杀害虫娘的凶手就是这个袁朗。韩侂胄原本想查实完颜良弼杀人之罪，到头来完颜良弼不是凶手不说，反倒让赵之杰破了此案，还是当着这么多临安百姓的面，此事必然迅速传遍全城，不消数日便将遍传各州府，说不定还会传到金、夏、大理等国。想到这里，他脸色愈加难看。

赵师罨暗暗摇了摇头，最初是他向韩侂胄保证此案真凶就是完颜良弼，韩侂胄这才会禀明圣上，想借着此案大做文章，可如今查出来完颜良弼不是凶手，破案的还是金国正使，韩侂胄事后必会追责，他如何交代？他不清楚韩侂胄有何打算，不敢擅作主张，等着韩侂胄示意。

却听韩侂胄道："赵知府，还不快将凶手拿下。"

赵师罨这才道："来人啊，将凶犯袁朗拿下，打入司理狱，听候处置！"

韦应奎立刻带领几个差役，去到袁朗跟前。完颜良弼冷笑一声，在袁朗后背上一推，任由府衙差役将袁朗押走了。

公堂外的围观人群得知西湖沉尸案的真相，免不了对袁朗指指点点，交头接耳间，议论纷起。

当着这么多宋人百姓的面，赵之杰破了西湖沉尸案，将公堂上的赵师睪、韦应奎、宋慈等宋人官员全都比了下去。他面带微笑，道："韩太师、赵知府，西湖沉尸案已经告破，本使也该启程北归了，告辞！"这一次他没有再行礼，而是两袖一挥，便要负手而去。

"赵正使请留步。"宋慈的声音忽然在这时响起。

"宋提刑还有何事？"赵之杰回头道。

"西湖沉尸一案，赵正使是于昨夜破案，我也正好于昨夜破案，"宋慈道，"只是我所查到的真相，与赵正使略有不同。"

"哦？"赵之杰道，"有何不同？"

"袁朗虽是凶手，"宋慈摇头道，"却也不是凶手。"

此话一出，韩侂胄神色微动，赵师睪愣住了神，原本要将袁朗押往司理狱的韦应奎停了下来，公堂外议论纷纷的围观百姓则一下子安静了下来。

这一次赵之杰不只是回头，连身子也转了回来，道："宋提刑这话，本使听不大明白。"

"此案要说明白，只怕费时颇多，恐要耽误赵正使启程北归了。"

赵之杰原定于巳午之交启程，道："时候尚早，本使愿闻其详。"

"既然赵正使这么说了，"韩侂胄道，"宋慈，你查到了什么真相，只管当众说来。"

宋慈点了点头，道："既是如此，宋慈领命。"环看公堂内外众人，徐徐说道："西湖沉尸案牵连甚广，关于此案的种种因由，还要从六年前说起。"

宋慈开头的这句话，便让赵之杰皱起了眉头。

只听宋慈道："六年前，池州御前诸军副都统制虫达叛投金国，罪及全家，他有一对孪生女儿，姐姐名叫虫惜，被罚为奴，妹妹名叫虫怜，被罚为妓，也就是本案中被发现沉尸于西湖的虫娘。此案死者虽是虫娘，源头却在她的姐姐那里。她姐姐虫惜，原在礼部侍郎兼刑部侍郎史弥远史大人家中为婢，后来韩太师广纳姬妾，史大人便在半年前将虫惜送给了韩太师。"他看向韩侂胄，"虫惜容貌可嘉，韩太师一开始对她很是宠爱，甚至有意纳她为姬妾，却因得知她是叛将虫达之女，对她生厌，仍只让她做婢女。再后来，便是这位韩公子，见虫惜貌美，偷偷与之私通，竟致珠胎暗结，又怕韩太师责怪，于是包下望湖客邸，将虫惜藏匿在望湖客邸的听水房，要虫惜将腹中胎儿打掉。可虫惜非但不肯，反而要韩公子给个名分。"

宋慈一上来的这番话，并未揭示虫娘被杀之谜，而是把矛头直指韩侂胄和韩㺭，尤其是广纳姬妾和珠胎暗结等语，就如一根根芒刺，刺得韩侂胄和韩㺭脸色骤变。宋慈却丝毫不加掩饰，继续往下道："腊月十四日夜里，韩公子约同史大人的公子史宽之，招揽了几个角妓，一起在望湖客邸饮酒作乐。酒酣之后，韩公子去到听水房，逼虫惜喝药打胎，虫惜不肯喝，两人之间发生了争执。韩公子趁着酒劲，一怒之下，用房中花口瓶将虫惜击倒在地，又用花口瓶的碎片捅刺虫惜腹部，致虫惜丧命。这杀人的一幕，却被当晚到望湖客邸作陪的角妓月娘看见了。月娘惊慌失措地逃跑，被韩公子派家丁追赶，最终在苏堤被追上，推搡之中失足落水，溺死在西湖之中。一夜之间，两条人命，皆是害于韩公子之手。"

韩玙越听越怒，道："宋慈，你个驴球的，这些事早就证实是你栽赃诬陷，现下又拿出来说事。你难道忘了，昨天你是怎么被打入府衙大牢的？别以为你有圣旨在，我就不敢……"

韩玙出言不逊，话语中提及圣旨，等同于提到了皇帝，这是公然对皇帝不敬。韩侂胄一拍椅子扶手，韩玙知道说错了话，忙住了口。

宋慈却是语气淡然："韩公子不必动怒，这些事是从夏无羁，还有你的家丁马墨口中说出来的，是不是栽赃诬陷，眼下未可知之，但这番话确实有不少可疑之处。"他看了看公堂内外众人，"试想虫惜怀上了韩公子的孩子，不过想图个名分而已，与韩公子并没有什么深仇大恨。可据夏无羁所言，本月初四夜里，韩公子将虫娘抓上丰乐楼后，曾对虫娘提及她的姐姐虫惜，言语中带有莫大恨意，原来他之所以处处与虫娘为难，只是因为他发现虫娘与虫惜长得太过相像，是一对姐妹，于是迁怒于虫娘。那么，韩公子为何对虫惜怀有这么深的恨意呢？难道仅仅是因为虫惜想要一个名分吗？"

"那是为何？"赵之杰出声问道。

"那是因为，虫惜的的确确想要一个名分，却不是韩公子的名分，"宋慈目光一转，落在韩侂胄身上，"而是韩太师的名分。"

此言一出，公堂上各人都是神色一惊。

"众所周知，韩太师并无亲生子嗣，韩公子虽是韩太师独子，却是早年收养的义子。世上之人，谁不看重香火之继？寻常贩夫走卒尚以无后为大，更别说身居高位的韩太师。这两年韩太师多纳姬妾，其意如何，不言自明。虫惜进入韩府，一开始是深受韩太师宠爱的，倘若她肚中所怀，不是韩公子的孩子，而是韩太师的子嗣呢？韩太师若有亲生子嗣，韩公子在韩家的地位，只怕就要另当别论了……"

"你胡说八道什么？"韩珍喝道。

韩侂胄却是微微一怔，道："说下去。"

宋慈继续道："虫惜与妹妹虫娘感情深厚，她为了早日替妹妹赎身，在韩府做婢女时偷偷行窃，盗了不少金银首饰，托夏无羁带去熙春楼交给虫娘，这便是虫娘那一大包金银首饰的来历。可是虫惜行窃之时，却不小心被韩公子发现，于是韩公子以此为由，将她逐出韩府，然后将她带到望湖客邸的听水房关禁起来，一来逼她打掉腹中胎儿，二来要她封口，绝不对外传扬此事。虫惜说什么也不肯答应，一定要韩太师的名分，只因得了这个名分，她才能消除奴籍，才能凭借韩家的权势，更好地保护妹妹。然而韩公子为保自己在韩家的地位，绝不会让虫惜得到这个名分，不惜将虫惜杀害，永绝后患，也正因如此，韩公子才会对虫惜恨之入骨。"

韩侂胄越往后听，神色越发复杂，从最初得知自己有亲生子嗣的一丝惊喜，迅速转变为惊诧，最后阴沉着脸，转过头去，无比失望地看着韩珍。

韩珍不敢与韩侂胄的目光对上，道："爹，他……他这是在瞎说，你别……别听他的……宋慈，你个驴球的，空口无凭，净在这里瞎说一气！"

"谁说我空口无凭？"宋慈道，"你杀害虫惜，逼死月娘，此事有两位人证，可以当堂做证。"

韩侂胄沉声道："人证何在？"说这话时，目光依然盯在韩珍身上。

宋慈转身面朝公堂之外，高声道："进来吧！"

只见公堂外的围观人群被拨开，一人大步跨过门槛，走进了府衙公堂。来人身穿武学劲衣，却是叶籁。

"这位是权工部侍郎叶适大人的公子叶籁。"宋慈道，"叶公子，腊月十四那晚，你人在何处？"

听说是叶适的儿子，韩侂胄的目光终于从韩㻇身上移开，落在了叶籁身上。

只听叶籁应道："那晚我在望湖客邸。"

"当晚你在客邸中看见了什么？"宋慈问道。

叶籁正要回答，韩㻇忽然道："放屁！腊月十四那晚，望湖客邸哪来的你？"

"那晚我就在望湖客邸，"叶籁道，"只是韩公子不知道罢了。"

"当晚我在望湖客邸设宴，只请了史兄一人，何时请过你这个姓叶的……"韩㻇忽然念头一转，想起了一事，"那晚客邸里进了贼，偷了我一箱子金银珠宝，还在墙上留了名字，叫什么'我来也'，莫非你……"

韦应奎听到"我来也"三字，神色骤然一紧。

叶籁朗声接口道："不错，我便是大盗'我来也'！"

此言一出，围观百姓顿时哗然。大盗"我来也"的事迹早已传遍临安，市井百姓交口谈论，都在猜测"我来也"的身份，有说是行侠仗义的大侠客，有说是身手矫捷的女飞贼，还有说是鬼神下凡显灵的，此时听说叶籁便是"我来也"，惊讶万分的同时，不由得议论纷起。

"我早就知道是你！"韦应奎指着叶籁道，"你之前被关押在司理狱中，张寺丞家却被'我来也'所盗，你定然还有同伙。说，你的同伙是谁？"

叶籁却道："只我一人，别无同伙。"

韦应奎道："没有同伙，那张寺丞家何来第二个'我来也'？"

叶籁嘿嘿冷笑一声，道："你只当我被关押在司理狱中，却不知你手下狱吏收受钱财，深夜私自放了我出去。张寺丞家被盗，是我本人所为，无非是想让你们误以为'我来也'另有其人，好将我放了。"

韦应奎道："胡说八道，我手下狱吏谁敢放你出去？"

"你若不信，把你那个看守司理狱的外甥叫来，一问便知。"

"你是说冯禄？"韦应奎一愣。

叶籁听四周议论纷然，环顾公堂内外众人，道："看来今日我若不把此事说个清楚明白，只怕这个人证我是决计做不了了。"声音陡然拔高，"本人叶籁，打小倾慕游侠之道，只想有朝一日锄强扶弱，可以行侠仗义。然则如今世道不同，行侠仗义的大游侠做不成，做个劫富济贫的小游侠，也算不枉。我通过武艺选拔考入武学，平日里弓马骑射，学武论兵，夜里则劲衣蒙面，化身大盗'我来也'，专盗临安城中的富家大户，将所得财物散与穷苦百姓，旬月之间，连盗十余家富户，无一失手。

"然则本月初三深夜，我原打算去替张寺丞家散财，却被巡行差役撞见，从我身上搜出石灰，将我抓入府衙司理狱审问。这位韦应奎韦大人，是府衙的司理参军，整日对我严刑拷打，我虽不承认自己是'我来也'，可这种活罪，我却不愿受。初四夜里，待韦大人离开司理狱后，我叫来了狱吏冯禄，悄悄跟他说："我知道如今我没法开脱罪名，但也希望在这狱中好过一些。我以前偷了不少金子，藏在保叔塔五层最里侧的灯龛里，你可以去取来。"冯禄说保叔塔出入之人甚多，怎么可能有人把金子藏在那上面，说什么也不信。我说："你负责看守我，我故意骗你，岂非自讨苦吃？你不用怀疑，尽管去。保叔塔虽然白天人多，夜里却人少，你只需入夜后装作去点塔灯，在灯龛里仔细一找，便能找到。"冯禄嘴上说着不信，其实早已动了心，当夜便按我说的去做，果然得了不少金子。他很是高兴，第二天回到狱中，偷偷带了酒肉给我。

"我见冯禄已经上钩，于是趁没人时又把他叫来，对他说："我还有一个坛子，装着许多银器宝物，藏在侍郎桥头的水中，你可以再去取来。"他不再怀疑，问我道："侍郎桥那地方是闹市，白天夜里都是人，我怎么取得了？"我问他家在何处，他说了住址，那地方离侍郎桥不远。我问他家中有没有妻子，他说有。我便说："换了是我，便叫妻子用箩筐装着衣服，假装到桥下浣洗，找到水中坛子后，悄悄放入箩筐，用衣服盖住，便可以拿回家去。"冯禄按我说的去做，果然又得了一笔横财，第二天又给我带了酒肉，还悄悄跟我说，韦大人险些因为太学岳祠的案子丢官，说我一天不认罪，韦大人便会折磨我一天，直到将我屈打成招为止，劝我还是及早认罪，免受那皮肉之苦。我自有出狱妙计，只是笑而不答。

"到了初六夜里，三更天时，我又叫来冯禄，对他说："我想出去一趟，四更天回来，决不连累你。"他当然不肯答应，我便拿他收受贿赂之事威胁，道："倘若我食言，一去不回，你顶多因囚犯越狱落个失职之罪，但我给你的金子银器，足够你花销一辈子了。

倘若你不依我，我便告发你收受贿赂，到时可就不是失职那么简单了，恐怕还会充军流放，得到的那些金子银器也会被罚没，只怕到时候你更后悔。'冯禄怕了，犹豫再三，最终打开枷锁，拿狱卒衣服给我换上，偷偷放了我出去，叮嘱我一定要回来。

"冯禄虽不是什么好人，但我答应别人的事，从未食言过。我把没做完的事情做了，潜入张寺丞家，偷了一大包财物，用石灰在墙上留下'我来也'三字，又把财物散给穷苦人家，赶在四更天前回了司理狱。张寺丞家被盗，自然会到府衙报案，大盗'我来也'仍在外面行窃，一直被关在狱中的我，自然就不是'我来也'了。"

叶籁这番话细细道来，各种关节极为翔实，公堂内外众人听得，再无怀疑，知道他便是名噪全城的大盗"我来也"。

宋慈听着叶籁的这番讲述，脑中不由得浮现出昨晚发生的事。昨晚刘克庄赶到朱氏脚店，带来了叶籁，说要见他。叶籁见到宋慈后，说自己改变了主意，愿意当堂做证。刘克庄直到那时才知道叶籁便是大盗"我来也"，吃惊之余，试图阻拦叶籁这么做。叶籁之前在司理狱中受了那么多严刑拷打，始终不承认自己是大盗"我来也"，倘若当堂做证，等同于自认身份，他势必被抓回司理狱中，各种酷刑折磨定然少不了，还会连累父亲叶适声誉受损。可他有感于宋慈在望湖客邸当众揽下一切罪责的大义，不愿再缩手缩脚地隐藏身份置身事外，说自己决心已定，让刘克庄不用劝他。这才有了今日叶籁现身公堂、当众做证一事。

韦应奎听完叶籁所述，不由得想起叶籁在司理狱中时，曾说自己一二日内便能被释放出狱，当时他还觉得奇怪，却没想到背后竟是这么回事，心道："好你个冯禄，吃里爬外的东西，竟敢背着我收受犯人贿赂，私放犯人出狱，看我回头怎么收拾你！"

"啪"的一响，赵师睪猛地拍击惊堂木，喝道："来人啊，速将这盗贼拿下！"

叶籁敢承认自己是大盗"我来也"，便没打算作抵抗，任由几个差役将自己拿了。

等到叶籁被几个差役拿下，反剪了双手无法动弹时，赵师睪才道："你就是一个盗贼，有何资格当堂做证？一个盗贼口中说出来的话，岂可用作证词？"他不知道叶籁要如何做证，但心想叶籁腊月十四身在望湖客邸，只怕是亲眼见证了某些事，这些事一旦说出来，势必对韩玙极为不利。他肥厚的手掌一挥，道："将此贼押入司理狱，听候处置。"

几个差役立刻要将叶籁押走，宋慈却横步一拦，道："事关人命案子，赵大人这么急着将叶公子抓走，不让他做证，是打算公然庇护杀人凶手吗？"

"宋提刑，你这是说的什么话？"赵师睪道，"他是个盗贼，如何能做得人证？"

"叶公子虽行偷盗之举，却不为一己谋财，而是为了劫富济贫，行心中道义，如此人物，凭什么做不得人证？"宋慈指着公堂外水泄不通的围观人群道，"人命大如天，事关韩玙杀人一案，你不让叶公子做证，不听一听他当晚在望湖客邸见过什么，就要将他投入牢狱，你问过在场众人答应吗？"

围观百姓大都将大盗"我来也"视为侠盗，平日里谈论起"我来也"，都是称赞有加，见赵师睪要将叶籁抓起来投入牢狱，本就为之愤慨不平，又见赵师睪不肯让叶籁做证，分明有意包庇韩玙，都忍不住出声叫嚷，一时间群情激愤，声援叶籁之声滔滔滚滚，响彻公堂。

赵师睪脸色发白，不知如何是好，转头看向韩侂胄。

韩侂胄眼见情势如此，又见赵之杰和完颜良弼在场，尤其是完颜良弼，面带嘲弄之色，仿佛等着看笑话，于是轻咳两声，道："待叶籁做完证，再押入牢狱处置。"

有了韩侂胄的命令，赵师睪只好示意拿住叶籁的差役先行退下。围观百姓欢呼雀跃，过了好一阵，才逐渐安静下来。

宋慈道："叶公子，腊月十四那晚，你进入望湖客邸后，听到了什么，见到了什么，还请如实说来。"

叶籁当即将他进入望湖客邸行窃，听见女人惊叫，看见月娘从西湖邸那边仓皇奔出，飞快地逃出望湖客邸，以及韩玠满身鲜血地从西湖邸那边现身，吩咐马墨等家丁追赶月娘的经过仔细讲述了一遍。

宋慈看向韩玠，道："韩公子，事到如今，你还有何话说？"

腊月十四那晚望湖客邸失窃，韩玠被盗了一箱子金银珠宝，换作平时，他早就报官追贼拿赃了，可当晚他在听水房中杀害虫惜，此事牵涉人命案子，他不敢对外声张，没有报官，只能吃了这个哑巴亏，还吩咐家丁将墙上的"我来也"留字擦去了，却不料今日叶籁突然自认大盗身份，出面当堂做证。韩玠原以为叶籁亲眼看见了他杀害虫惜的经过，心中惶惶不安，此时听完叶籁的讲述，才知道叶籁并没有亲眼看见这一幕，顿时恢复了底气，道："姓叶的又没亲眼瞧见我杀人，我虽派了家丁去追月娘，可我本人又没去追，什么虫惜和月娘，她们就算死了，与我又有何干？"

"那你倒是说说，你当晚为何满身是血？月娘又为何深夜慌张逃走？"宋慈道。

"我……我那晚喝醉了，自己跌了一跤，流了鼻血，不行吗？"韩珍道，"月娘深夜逃走……那是因为我当是她偷了我一箱子金银珠宝，要抓她问话，她当然要逃。"

"你还要强行狡辩？"

"一个人一张嘴，凭什么姓叶的说的就是真的，我说的就是假的？"

"你说得对，一个人一张嘴，单凭叶公子一人做证，别说你韩公子不服，在场诸位当中，想必也会有人不服。"宋慈忽然话锋一转，"可我方才说了，我有两位人证。除了叶公子，我还找到了一位人证，此人腊月十四那晚也在望湖客邸，不但看到了你满身鲜血，还曾亲眼看见你杀害虫惜。只要请出此人做证，再与叶公子的话相佐证，想必你便无从狡辩了。"

韩珍听宋慈这话说得胸有成竹，心中不禁又一次惶惶不安起来，心想莫非是马墨？可马墨对自己忠心耿耿，自己又待马墨不薄，实在想不出马墨有什么理由背叛自己。难道是当天身在望湖客邸的其他家丁？他看了看公堂外面，没有在围观人群里看见马墨和其他家丁。他道："宋慈，你说……说的人证是谁？"

宋慈吐出了两个字："月娘。"

韩珍先是一愣，随即笑了，道："你把一个盗贼充作人证也就罢了，现在居然好意思把一个开不了口的死人推出来。宋慈，我看你脑子是被驴踢了吧！"

"倘若你口中的这个死人开得了口呢？"

韩㺬的笑容立时一僵。

"你亲眼看见了韩㺬杀害虫惜，难道就打算一直隐瞒下去，一辈子也不开口吗？"宋慈一字字有如惊雷，目光投向公堂外，投向刘克庄的身边，落在了一脸惊怕的袁晴身上。

众人都随宋慈转头，一道道目光向袁晴看去。袁晴吓得缩起了身子，眼睛里透着惊恐。

"宋慈，你到底是什么意思？"韩㺬诧异道。

宋慈却不应话，向刘克庄使了个眼色。刘克庄会意，当即拽着袁晴走进了公堂。宋慈围着瑟瑟缩缩的袁晴走了一圈，道："事到如今，这一出戏，你还打算继续唱下去吗？"

袁晴仍是一副惊怕模样，没有任何反应，似乎全然不懂宋慈在说什么。长时间默然不语的袁朗，这时忽然开口了："宋大人，袁晴是我妹妹，她没有犯过事啊……"

"不错，袁晴是你的妹妹，也的确没有犯过事。可眼前这位，并非袁晴。"宋慈直视着袁晴，"我说得对吧，月娘？"

第十章

水落石出

赵之杰微微一惊，道："宋提刑，你是说……这女人是月娘？"

"不错，她便是月娘。"

"月娘没死？"

"她当然没死。"

熙春楼的云妈妈、琴娘等人，此时都聚在公堂外围观，听了宋慈这话，皆惊讶万分地打量袁晴，见她身形与月娘极为相似，但那张满是文身的脸，实在让人难以将她与容貌姣好的月娘联系在一起。

宋慈见袁晴神态举止依旧如故，道："看来你还是不肯承认。无妨，待我将你面纱一层层揭去，你的真面目自会显露出来。"他环视公堂内外众人，朗声说道："腊月十四日深夜，月娘逃出望湖客邸后，在苏堤被以马墨为首的家丁追上，推搡之下跌落水中，溺死在了西湖里。月娘的尸体打捞起来后，我在苏堤上当众验尸，当时赵正使、完颜副使，还有韦司理都在场。因为尸体所穿的彩裙，所戴的首饰，还有脚上的烧伤，我最初认定死的就是月娘。可尸体上有一些蹊跷难解之处，一直困扰着我，譬如尸体的死状明明符合溺死，但口鼻之中、指甲之内却没有半点泥沙；又如尸体的脸部被鱼鳖啃噬得面目全非，按理说尸体沉在水下，鱼鳖不可能只啃噬一个部位，裸露在外的手脚，也应该被啃噬才对，可偏偏只有脸部才有啃噬痕迹；再如溺亡之后，到打捞上岸之前，尸体一直沉在西湖湖底，然而尸体的小腿上有一处伤痕，似乎是皮肉被刮去了，查验之后竟发现那是一处死后伤，是人死之后才造成的伤痕；此外，尸体上有一道被验证为生前伤的弧形瘀痕，这道瘀痕又细又长，中间略微断开，通常来讲，这种细长的瘀痕常见于勒毙伤，一般位于颈部，可尸体上的这道弧形瘀痕却不在颈部，而是起自两肩，合于胸前。这些疑问，一度令我百思不得其解。"

宋慈说到此处，朝围观人群中的云妈妈看了一眼，道："后来我查问熙春楼的鸨母，问起月娘的过去，得知月娘从小生在太湖边，长在渔船上，八岁时曾放火烧船，想将收养她的姨父姨母烧死，她本人则用火炭烧伤自己的脚，又跳入水中，再回到岸上，假装自己是从大火中逃生，以此来撇清自己与那场大火的关系。且不说她小小年纪便有如此心机，单说她八岁就敢跳入太湖，还能回到岸上，足见她并不怕水，而且极有可能会水，甚至水性很好。这样一个人，怎么可能失足落水之后，没怎么扑腾，便溺死在了并不算深的西湖之中？直到这时，我还没有怀疑死的不是月娘，因为熙春楼的鸨母和角妓都认过尸，袁朗也认过尸，他们都认定死的就是月娘。直到韩公子出现，我才开始改变了想法。"他看向韩玡，"说起来，我能想通个中关节，倒还要感谢韩公子。"

"谢我？"韩玡眉头一拧。

"昨天在望湖客邸，你曾说过这样的话：'衣着首饰相同之人比比皆是，天底下有烧伤的人也多的是，凭什么脚上有烧伤的就是月娘'，这话虽有强词夺理的意思，却在无意中提醒了我，脚上有烧伤，穿戴一样的衣裙和首饰，就一定是月娘吗？万一死的不是月娘，另有其人呢？"宋慈说道，"这个想法一冒出来，我之前查案时遇到的一些困惑，也随之解开了。这具被我一直当成是月娘的尸体，经坐婆查验，生前怀有胎孕，胎儿已有五个月大小，肚腹隆起已非常明显，可奇怪的是，月娘失踪之前，熙春楼没人看出她怀了孕，唯一提及她有可能怀有身孕的琴娘，也只是提到她失踪前有过一段时间呕吐，吃什么便吐什么。我问过坐婆，坐婆说妇人怀有身孕，呕吐常发生在头三个月，之后便会渐渐消失。从这一点看，即便月娘呕吐，也应该是在怀有身孕的开初，不该是在怀有身孕五个月这么久时。倘若死的不是月娘，而是旁人，那这具尸体为何会穿着月娘的彩裙，戴着月娘的首饰，脚上还有与月娘相似的烧伤呢？很显然，这是有人故意移花接木，弄了一具其他人的尸体，来假冒月娘。

"顺着这一思路往下推想，之前困扰我的那些蹊跷难解之处，尽皆迎刃而解。为何尸体明明是溺死，口鼻和指甲内却无泥沙？因为尸体最初溺死的地方不是西湖，而是在一处没有泥沙的水中。为何尸体脸部被鱼鳖啃噬，同样裸露在外的手脚却无啃噬痕迹？因为要假冒月娘，就不能留着尸体的本来面目，必须把脸砸烂，正因为面部碎烂了，血腥味和腐肉味更重，这才引得鱼鳖只对着脸部啃噬。为何尸体的小腿会出现一处死后伤？因为尸体小腿处的这一块皮肉，有着太过明显的特征，不得不刮去，否则假冒不了月娘。至于尸体两肩之间那道细长的弧形瘀痕，这与尸体的真正死因有关，没有这道瘀痕，我便难以指认真凶。"

"宋提刑此番言论，"赵师睪忽然道，"听起来未免太过匪夷所思了些。"

"虽然匪夷所思，却是合情合理。"宋慈道。

赵师睪不以为然地摇了摇头，道："好吧，就算如你所说，那这具假冒月娘的尸体，又是谁呢？"

"这具尸体，其实才是袁朗的妹妹——袁晴。"

宋慈此话一出，围观人群又是一阵议论。

"这一手移花接木，就是为了让袁晴变成月娘而死，让月娘变成袁晴而生。"宋慈看向袁晴，"月娘，我说的对吧？"

袁晴仍是毫无反应。袁朗连连摇头，向来憨实稳重的他，这时却有些急了，道："宋大人，她真是我妹妹，是我失散多年的妹妹袁晴啊。她……她不是月娘……"

宋慈道："袁朗，你的妹妹袁晴究竟长什么模样，我没有见过，但我知道你是琼人，你曾提及你们宗族的女人有十二岁打登绣面的习俗，你的妹妹失踪时正好是十二岁，脸上已经文了泉源纹，所以你才能时隔多年后认出她来。正是因为她满脸都是文身，所以拿她的尸体假冒月娘，才不得不将整张脸完全砸烂，以免留下任何文身的痕迹，让人辨认出来。梅氏榻房有一个名叫黄五郎的货郎，与你是同乡，也是琼人，还是同一宗族，他说你们宗族崇拜日月，男人会在手臂上文太阳，女人会在腿上文月亮。尸体小腿上被刮去的那一块皮肉，倘若我猜得不错，想必就是文着月亮吧？"

袁朗道："宋大人，你……你当真是弄错了，这些事真的没有……"

"那我问你，月娘苏堤溺水是在腊月十四，一天之后的腊月十五，你就带着妹妹袁晴住进了锦绣客舍，这是为何？"宋慈直视着袁朗。

袁朗没有应答，只是摇了摇头。

"你不肯说，那我来说。"宋慈道，"腊月十四，月娘苏堤落水后，其实并没有死。她本就熟悉水性，只是为了摆脱马墨等家丁的追击，这才假装失足落水，又假装不识水性沉入水下，潜游至其他地方偷偷换气，等那些家丁走了，再悄悄上岸。她亲眼看见了韩㺿杀人，她很清楚韩㺿是什么人，有多大的权势，倘若她没有死，韩㺿定然不会放过她，定然会灭她的口。她不敢回熙春楼，更不敢在人前露面，只能偷偷去找你，求你救她，这才有了第二天你带着妹妹袁晴入住锦绣客舍的事。

"你们在锦绣客舍住的是行香子房，位于一楼，窗外是一条偏僻的小巷子，只需打开窗户，月娘就能避开所有人，进入房中。就在住进行香子房的头天夜里，你和月娘将袁晴的头摁在盛满水的浴桶之中，将她活活溺死，所以她的口鼻和指甲里才没有泥沙。袁晴死后，你二人用油灯在她的脚上烫出烧伤。死后造成的烧伤，通常带湿不干，浅而光平，也不发硬，原本不难分辨，但尸体后来在水中浸泡太久，这些特征全都变得难以辨别。烫出烧伤后，你二人再将她的脸砸烂，又将小腿上的月亮文身刮去，然后趁夜深人静之时，从窗户将尸体弄出客舍。你在熙春楼常干的活，就是用板车运倒泔水，锦绣客舍与熙春楼离得不远，你只需从熙春楼拉来板车，将尸体藏在泔水桶里，扣上盖子，假装是运送泔水，想运出城并不难。你将尸体运至苏堤上月娘落水之处，抛尸于水中。第二天，你以房中物什都是旧的为由，要求掌柜换了新的，把行香子房中与袁晴之死相关的东西全都换了。锦绣客舍向来以整洁干净著称，掌柜祝学海经营客舍二十多年，最在乎的便是这一点，客房中换下来的物什，一定会清洗得干干净净，你以为这样就不会留下任何痕迹，却不知那个换下来的浴桶，其边缘上有一处细微的缺口。袁晴尸体两肩之间的那道弧形瘀痕，就是她的头被摁在浴桶里时，身子压在浴桶边缘上留下的，那道弧形瘀痕中间有断开，正好和浴桶边缘有缺口相吻合。这便是你二人在行香子房中杀害袁晴所留下来的唯一破绽。

　　"在这之后，月娘扮作你的妹妹袁晴，与你一起在锦绣客舍住了二十天之久。这二十天里，一日三餐都是你亲自送入房中，你每日回熙春楼干活时，会将行香子房的房门上锁，说是怕你妹妹袁晴再次走失，实则是不想让外人进入房中，以免月娘露面太多被人识破。可即便如此，让一个在青楼备受恩客宠爱、过惯了锦衣玉食生活的角妓，突然扮作一个乞丐，难免会留下种种反常之处。每顿饭都要吃最好的，每日都要洗浴，常常深夜还要吃消夜，二十天的开销多达十八贯，这根本不是一个乞丐的生活。十八贯对你袁朗而言，抵得上你半年的工钱了，可对月娘而言，这十八贯的开销，却只是她这些年来再平常不过的生活。"

　　赵之杰听到此处，微微摇了摇头，道："宋提刑，你讲了这么多，可我还是有些不大明白。"

"赵正使有何不明白之处？"

"袁朗只是熙春楼中一厨役，月娘走投无路之时，不去找别人，为何偏偏要去找他呢？"

"赵正使问得好。"宋慈道，"虫娘求我帮忙寻找月娘下落时，曾提及月娘与袁朗早已私订终身。月娘在失踪前之所以会出现呕吐，住进锦绣客舍后常吃消夜，是因为她已经怀有身孕，她肚中所怀，正是袁朗的孩子。正因如此，她无路可走之时，才会去找袁朗相助。"

"就算是这样，可他们二人为何要杀害袁晴，弄这一出移花接木呢？"赵之杰道，"在我看来，他们二人大可不必如此，直接离开临安，远离韩公子不就行了，何必一定要杀人，杀的还是自己失散多年的妹妹呢？"

宋慈看着袁晴道："是啊，直接离开临安当然最好，怪就怪这位月娘心机太深。她怕西湖中没有尸体浮起来，韩珍会怀疑她没死，会继续追查她的下落，所以才设计了这么一出移花接木。她以为用袁晴的尸体造假，抛尸于西湖之中，用不了几日，尸体便会浮起来，到时候韩珍便会确信她已经淹死了。殊不知尸体挂住了湖底的沉木，一直没能浮起来。她假扮袁晴，和袁朗在锦绣客舍滞留了二十天之久，为何？因为她一直在等尸体浮起来。然而过了二十天，尸体还是没有浮出水面，又见韩珍并无追查此事的迹象，她才与袁朗一起，准备离开临安，远走他地。"

说到这里，宋慈停顿了一下，暗暗摇了摇头，道："还有一个杀害袁晴的原因，是我个人的猜想。袁朗费尽千辛万苦才找到了妹妹袁晴，可是找到妹妹的喜悦，只怕来得快去得更快，因为袁晴已经变得疯疯癫癫，不认识他了，肚中还怀有四五个月的胎孕。袁晴为何会有孕在身，这我并不清楚，或许是她流落街头时，被其他乞丐污辱所致。一个年轻女子，流落街头，成天生活在乞丐堆里，寻常人会嫌弃她脏，嫌弃她丑，可那些乞丐之中，总有人不会嫌弃这些，甚至比她更脏更丑，欺负她疯疯癫癫，玷污了她。对袁朗而言，这个多年不见的妹妹，本来感情就已淡了，如今又疯癫了，还怀了孕，俨然成了一个天大的累赘。不难想象，他带袁晴回到家乡后，袁晴被卖入青楼做奴、沦为乞丐、莫名有孕在身的经历，势必会招来一大堆飞短流长，袁晴和她肚中孩子的下半辈子也要靠他来照料，这将是一个莫大的负担。而对月娘来说，倘若她真打算和袁朗远走高飞，自然不希望多出袁晴这样一个累赘，因此提前将这个妹妹除去，对他们二人而言，都不失为一件好事。"

袁朗听着宋慈这番话，默默埋下了头，神情间透出愧疚之色。袁晴却仿佛没听见宋慈所说，依然是之前那副惊怕模样。

"西湖里打捞起来的那具尸体，指甲里虽无泥沙，却有不少污垢，别说是注重梳妆打扮的青楼角妓，便是平民人家的女子，也不会任由指甲那么脏，只有沦落街头的乞丐，才不会在意这些。"宋慈看着袁晴道，"月娘，我说了这么多，你还要继续装模作样吗？"

袁晴缩了缩身子，仍是极为害怕的样子。

"好。"宋慈道，"克庄，你打些清水来。"

刘克庄立刻外出，片刻间提来了一桶清水。

"月娘，你再怎么不愿承认，你脸上的文身，还有脚上的烧伤，终究是不会说谎的。"宋慈说了这话，走向袁朗，一把将袁朗的袖子捋起，露出了左臂上的太阳文身，"袁朗，这是你琼人的宗族纹，文身颜色已淡，此乃经年日久，文身逐渐褪色所致。你这位妹妹脸上的泉源纹，是她十二岁时所文，至今已有八年，却是如此清晰分明。月娘容貌姣好，我不相信她会真的在自己脸上文身，倘若我猜得不错，她脸上的泉源纹，应该是用榉树汁画上去的。榉树汁可伪造青黑色的伤痕，亦可伪造文身，一旦画在皮肤上，虽不易掉色，但只需用清水反复擦洗，终究是会擦洗掉的。但若我猜错了，她当真是你的妹妹袁晴，那她脸上的文身必然是真的，不可能被清水擦洗掉。这里有一桶清水，你敢不敢当着众人的面，为你妹妹擦洗脸上的文身，以辨真假？又或者，你敢不敢当众脱去你妹妹的鞋袜，看她脚上有没有烧伤？"

袁朗怔怔地低头看着那桶清水，立在原地没动。

"看来你是不肯，那好，就让我来吧。"宋慈把手一伸，刘克庄立刻递来一方手帕。宋慈拿过手帕，在清水中浸湿，走到袁晴身前，道："得罪了。"伸出手帕，去擦拭袁晴的脸。

袁晴身子抖抖簌簌，很是惊怕地躲开了。

宋慈不为所动，仍是去擦拭文身，袁晴却总是惊吓着躲开。几次三番之下，公堂内外人人都瞧明白了，袁晴这哪里是惊恐害怕，分明是故意躲开宋慈，不敢让手帕接触自己脸上的文身。

袁朗终于看不下去了，道："宋大人，你住手吧，别再为难她了……"长叹一声道，"月娘，事已至此，你这又是何苦……"

此言一出，"袁晴"不再躲逃了，眼睛里的惊怕，浑身的瑟瑟缩缩，在这一刻全然消失得无影无踪。

宋慈不再追着她擦拭文身，道："你终于肯承认了吗？"

"袁晴"开口了，声音很是平静，平静得让人觉得冰冷如刀：

"大人说得那么清楚，我还有什么好说的。"

"你究竟是不是月娘？"宋慈正声道，"我要你亲口回答。"

"袁晴"看了看四周，所有人的目光都集中在她身上。她看见了韩珍恶毒怨恨的眼神，看见了云妈妈暗含鄙夷的脸色，看见了熙春楼众多角妓幸灾乐祸的模样，看见了其他人或惊讶、或冷漠、或轻贱、或等着看她咎由自取的目光。最后她看着袁朗，看见了袁朗满脸的关切和在乎，以及袁朗眼睛深处的后悔和愧疚。她语气冷淡，不带一丝悔意地说道："不错，我是月娘。"

公堂内外，尽皆哗然。

漫天的非议声中，月娘却冷傲地抬高了头。

等各种声音稍静了些，宋慈才道："虫娘被杀，沉尸西湖，也是你和袁朗所为吧？"

月娘冷冷地道："大人这么厉害，何必再来问我？"

"本月初四深夜，虫娘乘坐完颜副使的马车，在途经清波门时，之所以露出笑容突然下车，如方才赵正使所言，是因为她看见了一个深为信赖的人，但这人不是袁朗。"宋慈摇着头道，"一个袁朗，是不足以让虫娘在经历夏无羁背叛、遭韩珍污辱的绝望之下笑出来的。她笑是因为看见了月娘。桑老丈和黄五郎都证实，当夜袁朗推着车与黄五郎的货担发生擦碰时，你曾从推车篷子里探出头来，想必就是那时，虫娘乘着马车经过，看见了你。虫娘一直将你当成熙春楼中最好的姐妹，她不顾鸨母责罚，也要私自离开熙春楼去净慈报恩寺寻你，哪怕她刚受了韩珍的欺辱，也不忘求我寻找你的下落。她对你是那么在乎，即便你满脸文身别人都认不出来，她还是一眼便认出了你。她在自身万般绝望痛苦之际，因为见到你还活着，竟而笑了出来。她想也不想，立刻下了马车，跑去找你。虫娘与你重逢之时，想必是又惊又喜。我在虫娘裙袄的左肩位置发现了一块青黑色污迹，那是沾染上的榉树汁，想必是重逢时你们二人拥抱过，你的下巴压在她的左肩上，下巴上用榉树汁涂抹的文身，就这么蹭在她的左肩上，留下了这么一小片青黑色的污迹。她与你劫后相逢，满心都是欢喜。可是你呢？"

宋慈语气肃然："你看见了虫娘，看见她披头散发，裙袄破裂，非但不关心她遭遇了什么，反而心中所想，都是你自己的身份被虫娘识破了。你怕虫娘会泄露你没死的消息，立刻便对她起了杀心。你怕韩珍灭你的口，可你却灭了虫娘的口。就在那辆带篷的推车上，你掐死了虫娘。我昨晚检验了虫娘的尸体，在虫娘脖子上，验出来了两道瘀痕，是人手掐出来的。"提及掐痕时，他有意朝韦应奎看了一眼，只见韦应奎目光躲闪，不敢与他对视，显然之前用芮草遮掩掐痕的便是韦应奎。掩盖致命伤一事，往小了说是韦应奎为迎合上意擅作主张，往大了说是韩侂胄乃至皇帝赵扩有意借西湖沉尸案治罪金国使臣，故意挑起与金国的争斗，此事牵连不可谓不大，宋慈选择了暂且隐忍，没有当众说出来。他的目光回到月娘身上，道："这两道掐痕的尺寸很小，不管是完颜良弼还是袁朗，他们手掌粗大，都不相符，甚至那根本就不是男人的手，而是女人的手掐出来的。"

宋慈说到这里，神色透出苦楚，道："虫娘被你掐住时，想必心中一定无比绝望吧。那个夜晚她遭遇了那么多的痛苦，没想到自己最好的姐妹竟突然要杀害自己。临死之际，她没有反抗，而是用最后的力气留下了指认凶手的证据。在她的左臂上，有一道细微的弧状伤口。起初我以为那是铜钱、吊坠之类的小物件压出来的，直到我把这道伤口与她指甲里的血迹联系起来。她指甲里的血迹，一开始被误认为是抓伤凶手留下的，可她的十根手指之中，只有右手拇指的指甲深处留有血迹，其他九根手指却没有，为何？因为那血迹不是凶手的，而是她自己的。她用自己的右手拇指，在自己的左臂上，掐破了自己的皮肉，掐出了一道看起来微不足道的伤口。这道伤口虽然细小，却是月牙状的，虫娘用这道月牙状的伤口留下了她最后想说的话，杀害她的凶手，就是你月娘！"

围观人群听到这里，心中惊骇，原本议论纷纷的公堂内外变得一片死寂。

宋慈继续道："杀害虫娘后，你还冷血到不忘将她身上的首饰和珍珠洗劫一空，然后绑上石头，将她就近抛尸于西湖之中。你抛弃袁晴的尸体时，没有捆绑石头，那是希望尸体尽早浮起来，好让世人以为你已经死了。抛弃虫娘的尸体时，你却绑上了石头，那是希望她一直沉在湖底，永远不被发现。可是人算不如天算，你希望浮起来的尸体，却一直沉在湖底不起来，你希望永沉水下的尸体，却在第二天一早便被打捞上岸。虫娘被杀的消息迅速传开，你怕同一时段经过清波门的袁朗被怀疑，于是冒险返回城里，想等风平浪静之后再走。"说到这里，他摇起了头，"这些事用心太过狠毒，心机深得可怕。袁朗不会有此等心机，他充其量只是你的帮凶而已。赵正使将袁朗当成是凶手，昨夜将他抓去都亭驿问罪，我却在查问黄五郎之后，确定你才是真凶。我赶到朱氏脚店，在你房间外守了一夜，不是怕赵正使派人来抓你，而是怕你这个杀人凶手发现袁朗没回来，意识到情况有变，会想办法逃跑。袁朗对你和你腹中胎儿极为在乎，他被赵正使抓去都亭驿，自知难逃与虫娘一案的关系，于是甘愿认罪，想以此来保住你和你腹中的胎儿。可是他错了，像你这等心机的女人，根本不值得他这么做。"

月娘冷然一笑，道："值不值得，只有我和袁大哥清楚，你懂什么？"她看向公堂外，目光落在云妈妈和琴娘等人身上，"我做得再好，姨父姨母永远只知道对我打骂，我再怎么诚心待人，云妈妈和其他角妓都是轻我贱我。既然我做什么都没用，那我又何必再示好于他人？袁大哥也是如此，他做再多的脏活累活，旁人只会讥笑他傻。这些事，你根本就不会明白。"

"这世上有太多的事我不明白。"宋慈道，"但我明白一点，不管有再多的理由，有再大的难处，都不该去杀害无辜之人。"

"你以为我想杀害无辜吗？"月娘道，"那一晚冰天雪地，西湖的水那么冷，我好不容易才死里逃生，你以为我不想就此躲得远远的？可是第二天一早，韩府那些家丁便去西湖到处搜寻。他们没有找到我的尸体，便去熙春楼打听我有没有回去，还逼着熙春楼的人不许透露我前一夜去过望湖客邸。他们已经开始怀疑我没死，你说我该怎么办？我不想等着被他们找到，不想等着他们来灭我的口，我也想活着。"

宋慈道："你该去报官，官府自会为你做主。"

"报官？"月娘瞧了一眼高高在上的赵师睪，"谁不知道堂堂知府大人的官位，是靠讨好韩太师的姬妾得来的。他前些日子扮狗一事，早就传得人人尽知，大家背后都叫他狗知府，你却叫我来报官？"

"放肆！"赵师睪肥脸涨红，一拍惊堂木，气得连声喝叫，

"来……来人！快……快将这女犯拿下！"

当即便有差役向月娘冲去。

"慢着！"宋慈声音一扬，拿出通过杨次山得来的那道皇帝手诏，"这是圣上手诏，我奉旨查案，案子未破，谁敢拿人？"

差役顿时不敢轻举妄动。

"宋大人，你也瞧见了，有这样的知府在，我敢来报官吗？"月娘指着韩㻛，"谁都知道他是韩太师的独子，我来官府报官，那不是自己来送死？"

宋慈摇头道："不管怎样，这些都不是你杀害无辜之人的理由。"

月娘笑了，笑中带着不屑，也带着无奈："明明杀人的是他，我只不过是听从云妈妈的安排，去望湖客邸陪侍歌舞，只不过是去茅房时走错了路，去到了听水房，为什么我就该被他追杀？为什么我就该被他逼得走投无路？"

"月娘，你不要再说了。"袁朗道，"宋大人，是我杀害了自己的妹妹，是我见财起意，杀了虫娘，我对不起她们……"

"袁大哥，你什么都不必再说，你为我做的已经够多了。"月娘道，"都是我月娘心机太深，是我见袁晴与我身形相似，将她压在浴桶里活活溺死，是我怕虫娘泄露我还活着的秘密，亲手掐死了她，也是我以肚中孩子相逼，迫着袁大哥去抛尸。宋大人，"她目光如刀，直勾勾地盯着宋慈，"袁晴和虫娘都是我杀的，你打算如何治我的罪？"

宋慈道："你杀害袁晴和虫娘，乃是故杀，依大宋刑统，以刃及故杀人者，斩。"

月娘冷冷一笑，道："我只是一个无权无势受人轻贱的妓女，不管你如何治我的罪，哪怕现在就斩我的脑袋，我也只能听之任之，反抗不得。可是有权有势的人杀了人，比如这位韩公子，你能治他的罪，让他也杀人偿命吗？倘若你不能，那你凭什么治我的罪，要我来偿命？"

"大宋自有王法在，王侯贵胄杀人，当与庶民同罪。"宋慈说出这话时，扭头向韩侂胄看去，"我说的对吧，韩太师？"

自从得知自己曾有过亲生子嗣后，韩侂胄已经许久没说过话了。

当着众多大宋百姓和金国使臣的面，宋慈突然说出这话，那是要逼着韩侂胄不得不点头，倘若韩侂胄当众否认，传出去势必大损他的声威和名望。夏震见状，挨近韩侂胄耳边，小声道："太师，要不要将围观之人都赶出去？"

韩侂胄没有任何示意，只是冷眼看着宋慈。夏震不敢擅作主张，重新站直了身子。

赵师睪忽然道："此案牵涉多条人命，案情千头万绪，一时实难厘清。依本府之见，先将袁朗和月娘二人下狱，待厘清案情后，另择他日再审。"

宋慈肃声道："赵大人，此案还有什么没厘清的？"

"宋提刑，你可不要忘了自己的身份。"赵师睪道，"你虽有圣上手诏，可圣上只是让你查案，没让你来审案。这里是府衙公堂，案子该怎么审，本府说了才算。"拿起惊堂木，便要拍下去。

便在这时，公堂外忽然有人高呼道："太尉到！"

只见公堂外的围观人群纷纷避让，杨次山拄着拐杖，由管家搀扶着，慢慢走入了府衙公堂。

赵师睪忙起身行礼，道："下官见过太尉。"

杨次山微微颔首，朝公堂上各人看了看，尤其朝韩侂胄多看了几眼，又向韩侂胄见了礼，道："韩太师也来了，今天这里可真是热闹啊。"

韩侂胄一见杨次山，不由得想起昨日赵扩突然颁下手诏，让宋慈以戴罪之身出狱查案一事。他在宫中多有眼线，稍加打听，得知昨日赵扩去见了杨皇后，这道手诏是从杨皇后寝宫里出来的。杨皇后根本不认识宋慈，与宋慈毫无瓜葛，不可能平白无故对宋慈施以援手，这必然是杨次山在背后指使。韩侂胄道："数日不见太尉上朝，听闻太尉身子抱恙，不知可有好些？"

"有劳韩太师记挂，大病一场，今日总算好转了不少。"杨次山咳嗽了两声，徐徐说道，"听说金国使臣要在府衙破案，此事关系甚大，我特来一观，看来我是来迟了些。"

韩侂胄知道是杨次山助宋慈出狱，见杨次山拖着病体也要来府衙旁观审案，那自然是杨次山知道所审之案牵涉韩家，怕宋慈一人之力应付不过来，帮宋慈坐镇来了。韩侂胄心中冷笑，道："还不快给杨太尉看座。"

赵师睪忙吩咐差役在另一边侧首摆置座椅，请杨次山坐了。

杨次山坐定后，又咳嗽了好几声，道："赵知府，方才我刚到外面时，听公堂上有人说，案子如何审，圣上手诏说了不算，是我听错了吧？"

赵师睪忙道："圣上旨意，自然无人敢违抗。"

杨次山淡淡一笑，道："那就好。你们不必管我，继续审案子吧。"

杨次山什么都不用多说，只需往公堂上一坐，赵师睪自然要忌惮几分。赵师睪不敢擅自做主，转头看向韩侂胄，等韩侂胄示意。

韩侂胄默然片刻，站起身来，道："宋慈方才所言不错，莫说是我韩侂胄的儿子，便是皇亲国戚杀人，亦当与庶民同罪。"

此言一出，公堂外围观百姓顿时喧然鼎沸，齐声叫好。

韩珍因为有韩侂胄在，一向是有恃无恐，此时听了这话，不禁脸色大变，道："爹……"

韩侂胄压根不理会韩珍，道："宋慈，只要你能拿出实证来，证明我儿确实杀了人，你即刻便可将他下狱治罪，在场诸人，皆不可加以阻拦。"

宋慈道："好，那我就拿出实证来。"转头向月娘道，"月娘，腊月十四深夜，韩珍在望湖客邸听水房杀人，可是你亲眼所见？"

月娘应道："是我亲眼所见。"

"那晚究竟发生了什么事？你又看到了什么？如实说来。"

月娘冷冷地瞧了一眼韩珍，道："事到如今，我也不怕说出来。那晚我听从云妈妈的安排，坐上一顶轿子，被抬去了望湖客邸，给这位韩公子还有另一位史公子陪侍歌舞。其间韩公子有事外出，我喝多了酒，去房外吐，后来想去茅房，却走错了路，误入了后花园。我听到附近一间客房有人争吵，凑近去想看看发生了什么事。客房的窗户没关严，留着一道缝，我看见韩公子和一个怀有身孕的女子在里面争执得很厉害。那女子和虫娘长得很像，若不是她大着肚子，我险些便以为是虫娘。那女子说她不在这里住了，要回府去，说着打包好衣物，就要出门。那女子从韩公子身边经过时，韩公子突然脸色大变，举起一旁的花瓶砸在那女子头上。花瓶碎了，那女子倒在地上，挣扎着还想爬起来。韩公子大声叫骂，握着碎掉的瓶颈，冲那女子的肚子发狂似的捅刺，鲜血溅得到处都是。我吓得叫出了声，酒也醒了，只听韩公子叫了一声'什么人'，我心中慌乱，只想着赶紧逃走，韩公子的家丁却都追了出来……"

韩玹越听越是暴躁。今日他先是被宋慈揭破断绝韩侂胄亲生血脉的秘密，后是叶籁出面做证，眼下连韩侂胄也对他见死不救，还被一个低贱的角妓当众指认杀害虫惜的经过。他怒不可遏，猛然扑上前去，一巴掌扇在月娘的脸上，骂道："你个臭娘皮，净在这里乱嚼舌根！"

这一巴掌打得太过结实，月娘险些摔倒。袁朗惊呼一声"月娘"，挣脱几个差役，冲上去抱住了月娘。

韩玹丝毫不觉解气，如发狂一般，还要继续殴打月娘。袁朗忙用身子护住月娘。几个差役赶紧扑上去，重新捉拿袁朗，公堂上顿时一片混乱。

韩侂胄目睹此状，脸色越发难看，沉声道："夏震，将玹儿拿下。"

夏震立刻领命，冲上去将韩玹拉开，一把抱住。夏震壮如牛虎，韩玹拼命挣扎，却无论如何挣脱不得。

宋慈道："韩玹，此案三尸五命，追根溯源，一切都是因你而起。袁晴和虫娘之死，是你追迫月娘太急所致，虫惜更是为你亲手所杀，你恶行昭著，此番是罪无可恕。"

"宋慈，你个驴球的，我早该弄死了你！"韩玹龇牙咧嘴，若不是被夏震抱住，只怕早已朝宋慈扑了过去。

"我说的是要铁证。"韩侂胄忽然道，"宋慈，你说三尸五命，可袁晴和虫娘是死于他人之手，指认我儿所杀之人，只一个虫惜而已。然则叶籁也好，月娘也罢，都不过是空口无凭，连虫惜的尸体都没找到，你如何指认我儿杀人？"

韩玚听了这话，才知道韩侂胄到了这步田地，居然仍有保他之意。他虽然断绝了韩侂胄的亲生血脉，可韩侂胄这些年打压异己树敌众多，大权在握却年事已高，就算再生出亲生子嗣也太过年幼，整个韩氏亲族中又是人丁稀少，没几个值得倚靠之人，眼下有且只有他这一个已经成年的独子。他早已慌了神，韩侂胄却冷静异常。一桩命案，尸体最为关键，连尸体都没有找到，如何定罪？韩侂胄一语便道破了这最为关键的一点。韩玚顿时醒悟过来，道："是啊，连尸体都没有，谁说虫惜已经死了……"

"住口！"韩侂胄忽然一声冷喝。

韩玚吞了吞喉咙，剩下的话都咽了回去。

韩侂胄看着宋慈，公堂内外所有人的目光，都集中在了宋慈身上。

却听宋慈道："虫惜的尸体在何处，我早就已经查到了。"

韩玚顿时张口结舌，心中暗道："不可能，不可能……我将尸体处理得那么隐秘，他怎么可能找得到……"

"尸体在哪里？"韩侂胄的语气一如既往的冷静。

"只要在我所说之处找到虫惜的尸体，无须其他实证，韩玚杀人藏尸之罪便可昭然。"宋慈道，"可就怕我说出来，韩太师不会同意我去寻找尸体。"

韩侂胄知道刘克庄和辛铁柱到韩府后花园挖地掘尸之事，心想："听宋慈的口气，莫非珍儿真将尸体埋在了府上？"此时所有人的目光都从宋慈身上移开，集中到了他的身上。眼下势成骑虎，倘若他不应允，定然被人当作心中有鬼，于是他道："不管是什么地方，你大可去寻，谁都不得阻拦。"

宋慈等的就是韩侂胄这句话。他面朝围观人群，大声说道："虫惜的尸体，就在吴山南园，被韩珍埋入了自家祖坟之中。"

吴山南园是韩侂胄花费数年修葺一新的园林，此事临安城中人人都知道，前不久的吴山南园之宴，更是王侯毕至，百官咸集，可谓盛极一时。一听虫惜的尸体被埋在吴山南园，还是埋在韩家祖坟之中，围观人群顿时哗然。

韩侂胄老脸一颤，看向韩珍，却见韩珍呆若木鸡，僵立在原地。

一片哄闹声中，宋慈叫过刘克庄，低声道："昨晚我吩咐你找的人，都找来了吧。"

"我办事，你放心。"刘克庄拍着胸口道，"我刚才打水时出去看过了，人已经到齐，都等在府衙门外。"

宋慈点了点头，朗声道："韩太师有命，此去吴山南园，挖寻虫惜尸体，谁都不可阻拦。"大步走出公堂。公堂外围观人群立刻分开一条道，宋慈直出府衙大门，竟将韩侂胄、杨次山、赵师睪、赵之杰等一众高官大员全都抛在了公堂之上。

韩侂胄阴沉着脸，让夏震带上韩珍，由甲士开道，走了出去。赵师睪赶紧命差役将月娘、袁朗和叶籁看押起来，他则紧跟在韩侂胄的身后随时待命，韦应奎则紧跟在他的身后。赵之杰知道自己所查真相有误，在查案上算是输给了宋慈，但眼下这事关系到韩侂胄的名声，也关系到整个大宋的脸面，这个热闹自然是要看到底的，当即和完颜良弼一起跟了出去。

杨次山目睹韩侂胄强压怒火走出公堂的样子，心中暗道："韩侂胄，想不到你也有今天。之前的岳祠案，你利用宋慈这死脑筋来恶心我，如今我保宋慈出狱查案，那是以其人之道，还治其人之身，让你也尝尝被宋慈恶心的滋味。"轻咳了两声，由管家扶着，慢慢走出公堂。

府衙大门外，一群手握锄头、铁铲的劳力已经等候多时。这些劳力是上次宋慈在净慈报恩寺后山开棺验骨时，曾被刘克庄雇去挖开巫易坟墓的人。昨晚宋慈吩咐刘克庄，再叫来这几个劳力今早听用。刘克庄一直不知道宋慈要找这几个劳力干什么，此时才知道宋慈竟是要去吴山南园掘韩家的祖坟。

"你是怎么查到虫惜的尸体埋在韩家祖坟的？"刘克庄大感好奇，凑近宋慈，小声问道。

宋慈摇了摇头，应道："我猜的。"

刘克庄顿时目瞪口呆。

宋慈昨天被抓入司理狱羁押时，曾有过长时间的冥思苦想，其中便推想过虫惜的尸体在哪里。马墨之前交代的那些事，与他在望湖客邸听水房中验出来的血迹，还有叶籁在望湖客邸亲眼所见的事情对应得上，想必大部分交代都是真的，唯独在韩府后花园中没有挖出尸体，可见在尸体的处理上，马墨撒了谎。但听水房中的被子曾被替换过，很可能如马墨交代的那样，当时是使用被子裹住虫惜的尸体进行了掩埋，只是掩埋之地不在韩府后花园。他推想埋尸之地在何处，猛然间想起一事，初七那天他受韩侂胄邀请，去吴山南园赴宴时，曾独自一人在南园中游走，其间他走到了祖茔园，在祖茔园的角落里发现了一座坟墓，坟墓的香糕砖出现了些许裂缝。当时他以为是工匠修砌坟墓时没有封实，还心想这批工匠犯下如此错误，倘若让韩侂胄发现，定然难逃重罚。如今想来，却觉得其中另有蹊跷。给权倾朝野的韩侂胄修建园林，工匠岂敢敷衍，监工岂敢马虎，祖茔园中的坟墓都是新砌而成，怎么可能刚刚修好就出现裂缝？其他坟墓都没有出现裂缝，唯独角落里那一座坟墓出现了裂缝，还是出现在坟墓的侧面，好似曾被人开过一道口子。想到这里，一个大胆的想法在宋慈脑中冒了出来——韩玠将虫惜的尸体埋进了自家祖茔园的祖坟当中，封填坟墓时因为不是工匠经手，所以没有封严实，这才留下了裂缝。倘若真是如此，韩玠对尸体的处理可谓极为干净，试问天底下有哪个查案的官员敢往这个方向去查，就算有所怀疑，谁又敢真的去动韩家的祖坟呢？

可是宋慈就敢。

昨天这一想法才从宋慈脑中冒出来，尽管没有足够的把握，可查案期限就在眼前，赵之杰又已将袁朗当成凶手抓走，并扬言今早要在府衙当众破案，宋慈已预料到今天在府衙公堂上会发生什么事，要想治韩玠的罪，唯有放手一搏。所以，他才叫刘克庄去雇用劳力，却不告诉雇用劳力做什么，只因刘克庄对他的安危极为在乎，倘若知道实情，定会阻止他这么冒险。

"你是在说笑吧？"刘克庄惊讶地望着宋慈，心中暗想："惠父兄啊惠父兄，我以为只有我刘克庄才如此冒失，没想到你胆子比我还大。我只是挖韩府的后花园，你却要去挖韩家的祖坟。万一你猜错了，虫惜的尸体不在坟中，后果如何担待得起？你这是把身家性命都赌上了啊。"在他眼中，宋慈一直都是有万全把握才会去做某事，委实没想到宋慈竟会有如此大冒风险的时候。

宋慈淡淡地应了一句："去了便知。"招呼上所有劳力，在众多围观百姓紧随之下，朝吴山南园而去。

熹微的阳光洒在挺立的松柏上，枯疏的枝丫投下稀稀落落的影子，不知何处飞来一只鸟雀，在光影斑驳的神道碑上落爪停歇。一阵脚步声传来，鸟雀脑袋一点，扑簌簌振翅飞去。

这里是吴山南园的祖茔园。伴随着脚步声，宋慈当先进入，来到了这处位于角落的坟墓前。身后跟着韩侂胄、杨次山、赵师睪、赵之杰、完颜良弼、韦应奎、夏震和韩玿等人，还有刘克庄和那一群劳力。宋慈看了一眼神道碑，就是这座韩国华的坟墓，坟墓侧面的裂缝还在。

吴山南园是韩侂胄的私家园林，前来围观的市井百姓都被甲士拦住不让进入。可这些百姓不甘心错过此等热闹，竟另辟蹊径，绕着南园的围墙走，来到了祖茔园背后的山坡上，居高临下，居然能望见祖茔园中的一切。这一消息很快传开，越来越多的百姓聚集到了这处山坡上。

"宋慈，你说的是这座墓？"韩侂胄道。

宋慈应道："正是这里。"

"此乃我韩氏高祖之墓，你可想清楚了。倘若挖开墓室，找不到你所说的尸体，该当如何？"

"倘若找不到虫惜的尸体，我一人承担后果，任凭太师处置。可若尸体真在这墓中，"宋慈反问道，"敢问太师，又当如何？"

韩侂胄看了看杨次山、赵之杰等人，又朝山坡上聚集围观的百姓瞧了一眼，道："外人进不来这南园，更无可能来此藏尸，倘若真有尸体藏在墓中，那自然是我韩家人所为。"说这话时，朝韩玠斜了一眼，韩玠低着头，压根不敢抬头瞧他，"只要找出虫惜的尸体，到时依我大宋王法，该如何处置，便如何处置。"

宋慈应道："好。"他不再多言，指着坟墓侧面的缝隙，吩咐众劳力上前，沿着那处裂缝，将香糕砖一块块地挖开。

随着香糕砖一块块被移出，坟墓的侧面渐渐被掏出了一个洞。众劳力纷纷面露恶心之状，有的甚至奔到一旁干呕起来。宋慈站在坟墓前，距离很近，闻到了一股极重的腐臭味。

韩侂胄站得较宋慈更远，同样闻到了这股腐臭味。祖茔园中的这些坟墓，只是为了遥祭韩家先祖而建，墓中虽埋有棺椁，但棺椁中葬的都是先祖木像，并无真人遗骨，不可能有什么腐臭味，更别说是味道这么重的腐臭味。韩侂胄已知墓室中十有八九藏有尸体，再瞧韩玠时，却见韩玠已是面如死灰。

坟墓的侧面很快被掏出了一个两尺见方的洞口，已能看见墓室中塞着一团绣着鸳鸯的被子。众劳力合力将那团被子拖了出来。宋慈将裹成一团的被子小心翼翼地掀开，一具女尸出现在了眼前。

这具女尸穿着彩裙，肚腹隆起，周身腐烂，面部肿胀得不见人形，可以清楚地看见肚子上有许多伤口，伤口周围皮肉卷起外凸，彩裙上、被子上随处可见乌黑色的血污，尤以腹部和头部周围的血污最多，可见除了腹部的伤口外，尸体头部也曾遭受重击以致头破血流，粘连成一团的头发间，还能看见零星的碎瓷片。

宋慈蹲下身来，按压肚腹，验看伤口，查验了一番尸体，道：

"这具女尸怀有胎孕，身穿彩裙，与当日望湖客邸的周老幺所见相同，从尸体腐败程度来看，死了已有大半个月，应该就是死去的虫惜，只要进一步仔细查验，不难确认身份。望湖客邸的杂役曾说过，韩㺄包下望湖客邸后，听水房中除了花口瓶被替换过，还有一床绣着鸳鸯的被子也被替换过，原本被子上的鸳鸯，是绣在被子的正中，与眼前这床被子正好吻合。这床被子，还有尸体头发间的碎瓷片，便是最好的物证。"宋慈转头盯着韩㺄，"有叶公子和月娘二位人证，如今虫惜的尸体也已找到，又有了物证。韩㺄，你还有何话说？"

韩㺄脸色灰败，嘴角抽了抽，一贯嘴硬的他，此时却什么话也说不出来。

韩侂胄冷声道："宋慈在问你话，为何不答？"

韩㺄茫然无措，呆了一呆，忽然扑跪在韩侂胄身前，抱住韩侂胄的腿，哭号道："爹，你救救我……你只有我这一个儿子，你要救救我啊……"

韩侂胄神色极为失望，示意夏震上前，将韩㺄拖开了，道："我早说过，便是皇亲国戚杀人，亦当与庶民同罪。事到如今，谁也救不了你。"向赵师睪道："赵知府，韩㺄杀人，证据确凿，即刻拿下，打入牢狱，依大宋王法处置，决不可减罪宽饶。"

赵师睪不敢不从，吩咐韦应奎带差役上前捉拿韩㺄。

韩㺄哇哇大叫，发疯似的挣扎反抗，对着韦应奎和众差役拳打脚踢。

韦应奎一脸为难，手下差役都不敢对韩㺄用强，纷纷踟蹰不前。

"没听见我的话吗？"韩侂胄道。

赵师睪忙道："韦应奎，还不赶紧把人拿下。"

韦应奎这才吩咐众差役动粗，强行将韩珍擒住了。韩珍一边被押解，一边破口叫骂，各种难听至极的污言秽语，全都是在辱骂宋慈。

祖茔园外的山坡上，传来了大片欢呼叫好之声。围观百姓大都听说过韩珍的为人，见韩侂胄居然大义灭亲，当众将韩珍下狱治罪，既深感惊讶，又为之痛快。

韩侂胄听着这些叫好之声，脸色却很是阴沉。他朝宋慈斜了一眼，袖子一拂，转身而去，夏震立即随行护卫。赵师睪朝宋慈瞪了一眼，趋步在韩侂胄身后。杨次山同样只是看了宋慈一眼，并无其他表示，在管家的搀扶下离开了。

宋慈破了这么一桩关系重大的案子，大宋这边的官员却没一人理睬他，倒像是他犯了什么天大的错误。这时身为金国正使的赵之杰向他走了过来，道："宋提刑，你今日所为，实在令我刮目相看，真想不到宋人之中，还有你这般年少敢为之人。此次查案，我算是输得心服口服。只是你这般当众得罪韩太师，往后的路，怕是不会好走了。"

"多谢赵正使提醒。"宋慈道，"往后的路，无论好坏，宋慈自会走下去。"

赵之杰点点头，道："时候不早了，我也该启程北归了。有缘的话，你我将来还会再见的。"拱手一礼，"告辞了。"

宋慈忽然想起了什么，道："赵正使稍等。"

赵之杰刚走出没几步，停下道："宋提刑还有何事？"

"昨晚我问过虫达一事，"宋慈眉头微凝，"赵正使当真不知道此人吗？"

"真有他国降将来投，朝堂议事定会提及，六年前我已是太常卿，记性也不算差，不记得有哪次朝会上提到过虫达投金一事。你说的这个虫达，"赵之杰摇头道，"我的确没有听说过。"

宋慈点了点头，行了一礼，道："多谢赵正使告知。"

赵之杰极为郑重地还了一礼，与完颜良弼一起去了。

转眼之间，偌大的祖茔园中，只剩下了宋慈和刘克庄，以及几个雇来的劳力。

自打离开府衙公堂，刘克庄便一直提心吊胆，生怕韩㧑又像上次韩府后花园掘尸那样早有准备，直至此时虫惜的尸体被挖出，韩㧑被差役抓走下狱，他悬着的心才算落了地。

刘克庄拍了拍宋慈的肩膀，露出了笑容。

宋慈望着虫惜的尸体，道："倘若不是韩太师命我接手此案，邀我来吴山南园赴宴，我便来不了这祖茔园，发现不了坟墓上的裂缝，也就不可能找到虫惜的尸体。冥冥之中，真是自有天意。"说完这话，神色微凝，似有所思。

尾声

翌日天气阴晦，净慈报恩寺后山荒林深处，刘克庄捐了两块地，一块用来合葬虫娘和虫惜，另一块用来收葬了袁晴。昨日那几个劳力，又受刘克庄的雇用，将棺材抬来此处，掘土掩坟。刘克庄取出一颗珍珠，那是当日苏堤上初遇虫娘时，虫娘用于支付算卦钱的珍珠，当时被他拿在了手中，一直视作珍宝，随身带着。他将这颗珍珠一并埋入了虫娘的坟墓中。待到虫娘入土为安，刘克庄点燃香烛纸钱，在刚落成的坟前祭拜。

"虫娘曾对我说起，当初薛一贯给她算卦时，指点她去太平观捐十贯香油钱，说她只要那样做，便能寻见月娘。虫娘当真去了太平观，捐了香油钱，最后居然真的灵验了，她当真在清波门见到了月娘。"宋慈站在刘克庄的身旁，想象着虫娘面带笑容走下马车时的场景，感慨道，"可我真希望那没有灵验啊。"

刘克庄默默地烧完纸钱，良久才站起身来。此时天色已晚，林中寒风渐起，有零星的枯叶从空中飘转落下。他拿起一瓶皇都春，将酒水倾洒在虫娘的坟头，叹息道："远林摇落晚风哀，香魂一缕去瑶台，何年何月归去来？人言酒是消忧物，消不尽此中情怀。只祈雨露到枯荄！"

宋慈望了一眼枝丫罅隙间的阴霾天色，道："天快黑了，回去罢。"

刘克庄将酒瓶轻轻搁在坟头，从怀中摸出几张行在会子，付与几个劳力，算作酬劳。

两人沿山路下山。刘克庄心中郁郁，虫娘之死，于他是莫大遗憾，但真相既已大白，真凶既已抓住，也算有个了结，可还有一事，一直记挂在他的心头。"叶籁兄的事，"他道，"当真就没有法子了吗？"

叶籁不避囹圄之祸、慨然挺身做证的这份大义，宋慈一直感念在心。他道："叶公子大盗'我来也'的身份已然坐实，其偷盗之罪虽难免去，但有一线机会，总要设法救他出来。"

刘克庄点了点头，只要能救出叶籁，付出任何代价他都甘愿。他又想起今早太学里的传闻，不无忧心地道："我听说太学里有学官传言，圣上原打算在上元节视学典礼上当众召见你，如今却取消了这一安排。你一直想为官，想着重查十五年前那桩旧案，如今你忤了圣上治罪金国使臣之意，算是得罪了圣上，往后可如何是好？"

圣上取消召见一事，宋慈今早也已听闻。他奉旨查案，在限期之内查出真凶，成功破了西湖沉尸一案，却没有得到来自朝堂之上的任何褒奖，无论是此前一直对他夸赞有加的皇帝赵扩，还是举荐他查案的韩侂胄，对他都是不闻不问。他昨日破案之时，当众揭破了韩家一些见不得人的秘密，将韩㻬定罪下狱，公然得罪了韩侂胄，又没有将完颜良弼定罪，忤逆了皇帝赵扩的意思，往后的仕途只怕极为难走。仅仅取消召见一事，他便能清晰地感受到朝堂的施压，而且他非常清楚，这种施压，只怕才刚刚开了个头而已。然而，他望向山下，远眺水波浩渺的西湖，神容坦然地应道："大世浮沉，随遇而安。"

宋慈和刘克庄并肩下山后，几个劳力将酬劳分了，一人得了一张行在会子，竟还多出来了一张，不知是刘克庄不小心给多了，还是见他们辛苦，有意多付的酬劳。各人将自己那份酬劳揣在怀中，多出来的那张行在会子则交给带头的劳力揣着，收拾好锄头器具，结伴下山，打算用这张多出来的行在会子，找家酒楼好好地吃喝一顿。

这一顿吃喝选在了清波门入城不远的一家小酒肆，也就是此前刘克庄和叶籁久别重逢的青梅酒肆，点了几样酒菜，筛了几碗青梅酒，众劳力吃喝吹嘘，转眼天便黑尽了。

带头的劳力姓葛，唤作葛阿大，众劳力之中，就数他嗓门最大，话最多。两碗酒下肚，葛阿大话匣子打开了，说起了他昨晚遇到的一件怪事："你们不知道，侍郎桥那地方闹鬼啊。昨天夜里，我手痒去了柜坊，带去的钱输了个精光，离开时又背运得很，明明白天还晴着，夜里却下起了雨。我在柜坊借了把伞，回家时从侍郎桥路过。当时已是后半夜，路上明明没有人，可我刚到桥头，身后忽然响起踢嗒、踢嗒、踢嗒的声音。那一听就是木屐声，可大冬天的，谁会穿木屐啊？当时桥头的店铺还点着灯笼，我就看见我身边突然多出了一道影子，那影子左一摇，右一晃，居然只有身子，没有脑袋！我吓得躲在伞里不敢回头，假装没看见，硬着头皮往桥上走。结果那影子跟了上来，嗖的一下钻进伞里，紧挨着我。我可不敢转头，慌乱之中，灵机一动，往身边用力一挤，扑通一声，那影子被我挤下河去了。我顾不了那么多，慌忙跑掉了。"

众劳力一开始听得胆战心惊，听到最后却都笑了起来，道："不知是哪个倒霉蛋子，想借你的伞避雨吧，让你给挤河里去了。"

葛阿大道："真是闹鬼，那影子没有脑袋的！你们若不信，自己去侍郎桥走走。"

众劳力起哄道："走就走，谁会怕？一起看鬼去喽！"说着叫来酒保结账。

多出来的那张行在会子由葛阿大揣着，可他往怀里一摸，霎时间愣住了。他翻遍全身口袋，只有一张行在会子，那是他应得的酬劳，多出来的那张却怎么也找不着。

"葛阿大，你可别想赖账。"众劳力都道。

"谁说我要赖账？"葛阿大很是气恼，掏出自己那张行在会子，当场付了钱，"你们爱信不信，要去自己去，我不去了！"

众劳力都笑着打圆场，葛阿大却气不消，从酒肆里出来，一个人气冲冲地走了。

葛阿大并没有回家，而是打着灯笼沿路往回走，想找一找那张行在会子掉在了何处。沿路行人颇多，行在会子若是掉在途中，只怕早已被人捡去，只有指望是之前在净慈报恩寺后山收拾锄头器具时遗失的，那还有可能找到。

他一路找回了净慈报恩寺后山，一个人提着孤灯，走进了后山密林，回到了虫娘、虫惜和袁晴的坟墓前。他在坟墓附近找寻了一阵，居然真让他在一旁的枯草丛里找到了那张行在会子。行在会子夹在枯草间，没有被风吹走，居然失而复得。他欣喜万分，正要伸手去捡。

就在这时，一片死寂的密林之中，忽然响起了窸窸窣窣的声音。

后山密林大多是坟地，本就格外阴森，这阵突如其来的细碎声响，令葛阿大一下子汗毛倒竖。

"是谁？"葛阿大举起灯笼，朝声音来处一照，那里是一片土坡，没照见人，只照见了一个圆滚滚的东西。他挨近几步，却见那圆滚滚的东西是一个人头，一个已成骷髅的人头。

这个骷髅人头没有身子，孤零零地搁在土坡下，忽然动了一下。

葛阿大吓得退了两步，以为自己看花了眼，定睛再看时，却见那骷髅人头又动了一下，往土坡上爬去。那骷髅人头竟然在爬坡，爬上又滑下，滑下后又爬，其状不胜骇异。

"鬼……鬼啊！"

葛阿大吓得一跤跌倒，爬起身来，连行在会子也顾不得捡了，抓起灯笼，慌不择路地奔下山去。他一边飞奔一边叫喊，声音响彻整片山林。

宋慈洗冤笔记2

作者 _ 巫童

产品经理 _ 杨霞　　装帧设计 _ 邵飞　　产品总监 _ 程峰　　技术编辑 _ 刘兆芹
责任印制 _ 刘世乐　　出品人 _ 程峰

鸣谢（排名不分先后）

大七　凌梦辰　郑为理　采薇　水净陈桉

果麦
www.guomai.cn

以 微 小 的 力 量 推 动 文 明

图书在版编目（CIP）数据

宋慈洗冤笔记 . 2 / 巫童著 . –– 成都：四川文艺出
版社，2023.10（2024.1 重印）
ISBN 978-7-5411-6753-9

Ⅰ . ①宋⋯ Ⅱ . ①巫⋯ Ⅲ . ①长篇小说—中国—当代
Ⅳ . ① I247.5

中国国家版本馆 CIP 数据核字 (2023) 第 165011 号

SONGCI XIYUAN BIJI. 2

宋慈洗冤笔记.2

巫童 著

出 品 人　谭清洁
产品经理　杨　霞
责任编辑　王思鈜
封面设计　邵　飞
责任校对　段　敏
出版发行　四川文艺出版社　（成都市锦江区三色路238号）
网　　址　www.scwys.com
电　　话　021-64386496（发行部）　028-86361781（编辑部）
印　　刷　嘉业印刷（天津）有限公司
成品尺寸　145mm×210mm
开　　本　32开
印　　张　10
字　　数　223千
印　　数　30,001-40,000
版　　次　2023年10月第一版
印　　次　2024年1月第四次印刷
书　　号　ISBN 978-7-5411-6753-9
定　　价　58.00元